無傷跑法

戴劍松
鄭家軒
合著

《無傷跑法》（978-7-115-49551-8），
本書經人民郵電出版社有限公司授權出版
Copyright 人民郵電出版社有限公司

www.cosmosbooks.com.hk

書　　名	無傷跑法
著　　者	戴劍松　鄭家軒
責任編輯	宋寶欣
美術編輯	楊曉林
出　　版	天地圖書有限公司
	香港黃竹坑道46號
	新興工業大廈11樓（總寫字樓）
	電話：2528 3671 傳真：2865 2609
	香港灣仔莊士敦道30號地庫（門市部）
	電話：2865 0708 傳真：2861 1541
印　　刷	美雅印刷製本有限公司
	香港九龍觀塘榮業街 6 號海濱工業大廈4字樓A室
	電話：2342 0109　傳真：2790 3614
發　　行	香港聯合書刊物流有限公司
	香港新界大埔汀麗路36號中華商務印刷大廈3字樓
	電話：2150 2100 傳真：2407 3062
出版日期	2020年7月 / 初版·香港

推薦序一

　　說起跑步，人們總會想起在奧林匹亞阿爾菲斯河岸岩壁上刻的一段名言：「如果你想聰明，跑步吧！如果你想強壯，跑步吧！如果你想健康，跑步吧！」如今在中國，跑步已成為發展最快、大眾參與度最高、最受社會關注的運動之一，馬拉松的火爆也代表着大眾跑步潮流的興起。

　　然而，當人們開始投入跑步運動時，通常會有兩種情況出現。一種是認為跑步很簡單，人人天生會跑，不需要學習，順其自然；另一種是在具備一定的跑步經驗後，盲目追求速度，過度追捧馬拉松，缺乏科學跑步與訓練的基本理念和方法，由此帶來一系列問題，如減肥失敗、傷痛高發、練得辛苦卻進步緩慢等。

　　我的同仁戴劍松老師長期從事運動科學的教學和研究工作，具有豐富的指導高水平運動員體能訓練和運動康復的實踐經驗，特別是近幾年來又着力在大眾跑步方面開展了探索研究，並將成果服務於社會，向大眾傳播科學的跑步知識、方法、技能，逐步構建起一整套適合大眾跑步的專業體系，幫助大眾實現科學、持久、健康地奔跑。

　　時下伴隨跑步運動的興起，跑步圖書也越來越多，主要有兩類：一類是以講述情懷和「雞湯」為主，另一類是從國外引進的。而對

跑步深入研究的專業性、全面性、本土化、通俗化的著作則鳳毛麟角。本書可以說是國內第一本由專業團隊在深耕多年的基礎上，緊緊抓住大眾跑步的「痛點」，以理論為依據，以實操為重點，用授之以漁的方式和方法，用國人習慣的思維表達形式呈現的作品，是跑步知識、方法、技能的「乾貨」大全，令人耳目一新。這是一本上佳的、特別接地氣的跑步著作，更是廣大跑者科學跑步的「及時雨」和行動指南。

　　當前，我國正在大力推進「健康中國」宏偉藍圖的實現。開展全民健身運動，既是藍圖建設的重要內涵，也應是大眾的自覺行為和生活方式。要想使體育運動真正成為強身健體、提高國民健康水平的基礎和保障，就需要像戴劍松老師及他的團隊這樣的研究者，努力為大眾傳道、授業、解惑。我相信本書的出版可以達到這種效果。

中國生理學會體適能研究專業委員會主任委員
江蘇省康復醫學會運動康復專業委員會主任委員
南京體育學院運動健康科學系主任

推薦序二

2016 年 4 月，我在法國一個海灣小鎮跑一場 177 公里的越野賽事。「你哪裏不舒服嗎？」我剛深深呼出一口氣，就有醫療志願者過來問我身體是否需要適當檢查和處理。我注意到一個很特別的現象，在沿途及終點的每個檢查點，最大的空間都是留給恢復師、治療師和需要適當治療的選手使用的，比給路過或者短暫休息的選手的空間還要大一些，而在當時，國內注重 AED（「自動體外除顫器」的英文縮寫，現更多指的是一種急救新觀念）的賽事是很少的。

確實如此，要抓重點——跑步中最常見的傷痛。專業而及時的治療會讓選手們堅持得更遠。

我清楚地記得，2013 年我參加智利阿塔卡瑪極地長征之前一個月時，髂脛束傷痛仍未恢復所帶來的恐懼，以及 2014 年參加八百流沙賽測線賽前兩個月時，足底筋膜炎仍然肆虐所帶來的恐懼。遺憾的是，那個時候還沒有與戴劍松教授相識，顧曉明先生也才剛剛開始慧跑的創業，我只能在擔憂中自學和到處找醫生。

感謝戴劍松教授和顧曉明先生多年的堅持，讓中國的廣大跑友在預防、治療跑步損傷方面深深獲益。無論是從預防還是治療，或

者是從跑步訓練本身,我本人都獲益頗多。

我跑過眾多六大洲百公里以上的越野賽事,其中大多是 250 公里的賽事,也有 400 公里的賽事。在做賽前訓練時,我深知無傷訓練的重要性。無傷跑讓我一路向上,達到完賽目標。

再次感謝戴劍松教授、家軒和曉明先生,他們集多年理論研究和實踐,推出《無傷跑法》一書。我對此充滿期待。

東軟集團副總裁
八百流沙極限賽聯合創始人
珠峰 135 英里超級越野賽發起人
極地長征全球四大荒漠挑戰賽第一個完賽的中國選手

自序

作為一名運動科學研究者和運動愛好者，多年的教學、研究及實踐，讓我深深地熱愛我所從事的工作——對運動展開深度探索。回顧自己以往的工作，無外乎聚焦於競技體育與大眾健身兩大領域。在競技領域，我一直從事高水平運動員體能訓練與運動康復工作，常年與一線運動員摸爬滾打在一起，服務過包括奧運冠軍在內的眾多專業運動員。一方面，從運動員身上我學到了很多；另一方面，也讓我不僅懂理論，更能動手實踐。這是我服務運動員所獲得的最為寶貴的人生財富。在大眾健身領域，我主要從事教學、研究和科普工作，將自己所學的科學運動理念、知識和技能更多地服務大眾，造福社會。

2013年和2014年，我已經留意到跑步運動開始呈現火爆之勢，一個很明顯的特徵是馬路上、公園裏跑步的人越來越多；一些熱門馬拉松比賽報名報不上，需要抽籤決定參賽名額，而這在之前是不可想像的。2014年年底，機緣巧合，我結識了一群熱愛跑步的朋友，這其中也包括後來一起創立慧跑的CEO顧曉明先生和總教練鄭家軒先生。當時的場景至今令人印象深刻。而讓我頗感驚訝的是，就是這樣一群跑者，傷痛發生率高得驚人，幾乎每個人都受過傷或者正在經歷傷痛，我用已有的運動科學和運動康復知識為大家

做了一次講座，大家恍然大悟，原來運動還有那麼多竅門，原來運動也是一門科學，蠻幹不僅不能帶來健康，還會導致傷痛。

自此，為大眾提供科學跑步知識與服務，就成為慧跑的使命。因為我們看到隨着大眾跑步運動的興起，傷痛正在成為跑者跑步路上最大的敵人和障礙。國外文獻研究顯示，跑者傷痛發生率從 19% 到 79% 不等。而針對中國跑者的調查也顯示，跑者傷痛發生率高達 85%。一項看似簡單、最容易上手、隨時隨地可以開展的大眾運動，為甚麼會有如此高的傷痛發生率，引發了我們的深思。從事運動科學的我有責任、有義務去分析和研究這個問題，並且通過持續不斷地傳播科學的跑步知識，來提升大眾的科學跑步素養，讓大眾掌握跑步技能，從而實現科學、持久、無傷地奔跑。科學和無傷容易理解，這裏的持久並不是說跑馬拉松或者跑幾個小時，而是希望大家可以健康無傷地一直跑下去，跑一輩子，將積極健康的生活方式進行到底。

說起跑步的好處，可謂不勝枚舉：有效減肥；提高心肺功能，從而幫助你長時間有效地工作而不會過度疲勞；預防肥胖症、高血壓、冠心病、糖尿病、癌症等這些嚴重危害健康的慢性疾病；緩解伏案久坐帶來的頸肩腰腿不適；消除焦慮和抑鬱這兩種最常見的不良情緒，改善心理健康和減壓；有利於骨骼、關節、肌肉健康；改善睡眠質量等。這些都是跑步的生物學作用。另外，跑步除了帶來健康，還能讓你更有毅力，結識更多志同道合的朋友，並充滿成就感（例如完成一場馬拉松比賽）。通過堅持跑步，最終會成為一個對自己和他人負責，並且積極上進、擁有健康生活方式的人。

當然，跑步帶給大眾的上述益處都應當建立在科學無傷的基礎

之上，如果因為傷痛阻礙了你的跑步，那麼跑步的益處恐怕也就無從談起。為甚麼大眾跑者在跑步過程中容易受到傷痛困擾？這看起來是一個並非三言兩語就能說得清楚的話題。其實跑步過程中的急性受傷，例如腳踝扭傷、肌肉拉傷雖然有，卻並不常見，絕大部份跑步傷痛都是慢性損傷，我們稱之為「overuse injury」，中文翻譯過來就是「過度使用」的意思。跑步是雙腳騰空的運動，每一次着地，你都會受到地面的衝擊力。如果只是跑幾步，你不會受傷，因為這樣的低頻次、低強度的衝擊力人體是完全可以承受的。但是，隨着跑步時間和距離的延長，衝擊力雖然仍是低強度的，卻由於高頻次運動，使衝擊力不斷累加，超出人體的承受能力或修復能力，從而可能引發傷痛。因此，一切傷痛，無論發生在膝關節、小腿，還是腳踝，都可以從運動生物力學上加以解釋，可以說力學因素是導致傷痛的直接原因。除了直接原因，誘因或其他相關因素就很多了，例如體重較大、跑姿不佳、力量不足、柔韌性差、過量運動、下肢力線異常等，這些因素歸根結底還是導致受力異常或者受力增加。

有跑者也許會問，馬拉松運動員的跑量那麼大，按照這個說法，應該受到積累性應力作用很大，很容易受傷啊。這個問題應該如何看待呢？首先，一些馬拉松運動員，例如國際名將貝克勒也的確受到過傷病困擾。但總體而言，馬拉松運動員跑得比大眾多，傷痛卻比大眾少，因為合理的跑姿、良好的身體素質、科學的訓練與恢復讓他們可以承受大運動量的負荷。而大眾往往在身體能力不足、缺乏足夠科學知識的情況下，盲目跑步，這就容易造成傷痛高發。因此，可以說理念的混亂、知識的匱乏、技能的缺失是大眾跑

者面臨的最主要的問題。我們的跑者離熱情很近，但離科學較遠。

經過幾年的探索，我本人和慧跑團隊，都已經深刻意識到在大眾跑步運動蓬勃發展的今天，在「小白」跑者成長為成熟跑者的過程中，建立可循證的、科學的、面向大眾的跑步知識體系，並且將跑步知識體系內化、提煉為一整套適合大眾的跑步方法，是當下國內跑步領域特別需要的，我們將這套跑步方法定義為「無傷跑法」。我們的初心就是要盡最大努力降低跑者的傷痛發生概率，賦能大眾跑者，讓他們一步步在知識掌握和技能學習中成長，最終實現科學、持久、無傷奔跑。

本書緊密圍繞如何才能實現無傷奔跑而展開。你需要掌握必備的跑步知識與基本技能（如正確的跑前熱身和跑後拉伸）；理解合理、輕盈、低衝擊的跑姿是怎樣的；學會如何加強力量，出現傷痛怎樣才能有效康復；了解科學訓練的基本原理和方法，掌握無傷參賽的方法和技能。這絕對是一本集「跑步乾貨」之大成的好書。內容體系化、翔實、科學、可循證、可操作，是本書區別於其他跑步書的最大特點。

回望我和我的團隊在過去幾年的工作，不由感慨萬千。我們走過的每一步或許步子都不大，但每一步都特別扎實，我們所做的工作具有很強的創新性，我們的作為都是在為奔跑中國、健康中國添磚加瓦。本書作為一項重要的成果，集中體現了我和我的團隊的智慧，我們無愧於自己的初心。在此，我想感謝許多人。感謝慧跑CEO顧曉明先生和總教練鄭家軒先生，我們三個人的組合戰鬥力非常強；感謝凌東勝先生、童寧先生、洪翔先生、劉勝先生、李淑君女士、俞慧洵女士、張愛娟女士等眾多企業家一直以來對慧跑的

支持和厚愛；感謝顧忠科老師對本書的特別幫助，他是本書圖片和視頻的拍攝者；感謝徐凱老師、楊旭晨老師、彭勇老師，以及我的學生孫蕃、趙華偉、蔣新月、陳鋼銳對本書內容的貢獻；感謝我的學生王沛珣參與本書的整理工作；感謝顧怡雯教練出鏡擔任本書的模特，同時一併感謝中長跑運動員王田參與本書跑姿章節的拍攝工作；感謝中長跑訓練專家陳野對本書的指正；感謝我的家人尤其是我的太太對我工作的默默支持；感謝眾多業內大咖撰寫書評，推薦本書；感謝國家體育總局將本人主持的《科學跑步內容平台的建設與推廣》項目立項為 2017 年科學健身指導內容重點項目；感謝江蘇省運動與健康工程協同創新中心的大力支持；感謝所有曾經和正在幫助慧跑的人。因為有你們，慧跑一直在路上！

2018 年 10 月 31 日於南京

目錄

第六章　跑者的合理營養

第一章

無傷奔跑的基礎知識與技能

第一節 為了健康，每週最低跑量應該是多少

運動是健康生活方式最重要的組成部份，而跑步因其簡單、不受場地限制、有足夠鍛煉強度而理所當然成為大眾喜愛的運動。縱然朋友圈以曬跑量為榮、許多資深跑者以拼跑量和不斷刷新個人最好成績為目標，但是，對於絕大多數跑者而言，為了健康而跑步仍然是跑步的第一目標。

跑太少無法帶來健康，過量跑步又會導致疲勞、傷病等問題。為了健康，跑步應該跑多長時間？跑多少距離？無數科學家已經對這個問題進行了充份的實證和研究，並且形成了非常肯定的權威結論。

一、《美國身體活動指南》對於運動量的基本要求

2008 年由美國政府發佈的《美國身體活動指南》是迄今為止全球最全面、最客觀、最科學的運動指南，該指南明確指出了人們為了健康所需要的基本運動量究竟是多少。

雖然該指南的標題是 For American（針對美國人），但事實上，

運動沒有人種之分，這個指南現已成為全球各國指導大眾運動的綱領性文件。該指南對成年人提出了如下 4 個基本建議。

1. 所有成年人應當避免長時間靜坐不動。有活動比沒有要好，成年人參加任何體育鍛煉都能獲得健康益處。

2. 為獲得實質性的健康益處，成年人每週應該累計進行至少 150 分鐘（2 小時 30 分鐘）的中等強度運動，或累計每週參加 75 分鐘（1 小時 15 分鐘）的大強度運動。也可以將中等強度和大強度的運動相結合。至少持續 10 分鐘的運動才算是有效運動並進行累加，也就是說每次跑步不足 10 分鐘不是真正有效的運動。一次性進行中等強度運動 150 分鐘可以接受，但建議大眾最好還是將運動分散在一週內完成更佳。

3. 為了獲得更多和更廣泛的健康益處，成年人可以增加他們的活動量，活動量越多，健康收益越大。如果每週能參加 300 分鐘（5 小時）的中等強度運動，或者每週參加 150 分鐘（2 小時 30 分鐘）的大強度運動，你會比僅僅滿足基本活動量，獲得更多的健康提升。

4. 成年人除了參加跑步這一類有氧運動，也應該進行一些力量訓練。力量性運動的頻率建議一週 2 次或更多，因為這些活動能帶來與有氧運動不一樣的健康收益。

二、運動時間長短與運動強度相關

《美國身體活動指南》指出每週進行 75 分鐘的大強度或 150 分鐘的中等強度有氧運動就可以保持基本的健康。也就是說運動時

間長短與運動強度有關，強度越大所需的運動時間越短，反之亦然。跑步作為有氧運動的典型代表，到底屬於甚麼強度的運動？

三、評價強度的核心指標 MET

先給大家科普一個評價強度的關鍵指標——梅脫（MET）。梅脫又稱能量代謝當量，它是指運動時攝氧量與安靜時攝氧量的比值。一般來說，成年人安靜時攝氧量為 3.5 毫升 / 千克 / 分，如果一項活動攝氧量為 21 毫升 / 千克 / 分，那麼這項活動 MET=21/3.5=6MET。MET 是評價絕對運動強度的標準指標。不同 MET 值代表不同運動強度。

MET 值	運動強度
<3MET	低強度活動
3-6MET	中等強度活動
6-9MET	大強度活動
>9MET	極大強度活動

國際上已經對幾乎所有人類活動的強度進行了 MET 值界定，對應 MET 國際標準，我們就可以輕鬆了解不同活動的運動強度。

從下表中可以看到，普通步行（4-6 千米 / 時）都屬於中等強度活動，快走（7.2 千米 / 時）已經是大強度活動。**而只要是雙腳離地的跑步，無論速度快慢，都屬於大強度活動。**跑得越快，強度越大，MET 值越高。

步行／跑步運動強度國際標準

METs	主要活動內容	強度類型
2.0	走路，低於 3.2 千米／時	低強度活動
2.8	走路，3.2 千米／時	低強度活動
3.0	走路，4 千米／時（配速 15:00）	中等強度活動
3.5	走路，速度 4.5-5.1 千米／時	中等強度活動
4.3	走路，速度 5.6 千米／時（配速 11:00）	中等強度活動
5.0	快走，速度 6.4 千米／時（配速 9:20）	中等強度活動
7.0	快走，速度 7.2 千米／時（配速 8:20）	大強度活動
8.3	快走，8.0 千米／時（配速 7:30）	大強度活動
6.0	跑步，6.4 千米／時（配速 9:20）	大強度活動
8.3	跑步，8.0 千米／時（配速 7:30）	大強度活動
9.0	跑步，8.4 千米／時（配速 7:00）	大強度活動
9.8	跑步，9.7 千米／時（配速 6:15）	極大強度活動
10.5	跑步，10.8 千米／時 配速 5:40）	極大強度活動
11.0	跑步，11.3 千米／時（配速 5:20）	極大強度活動
11.5	跑步，12.1 千米／時（配速 5:00）	極大強度活動
11.8	跑步，12.9 千米／時（配速 4:45）	極大強度活動
12.3	跑步，13.8 千米／時（配速 4:20）	極大強度活動
12.8	跑步，14.5 千米／時（配速 4:00）	極大強度活動
14.5	跑步，16 千米／時（配速 3:45）	極大強度活動
16	跑步，17.6 千米／時（配速 3:20）	極大強度活動
9.0	跑步，越野跑	大強度活動
15.0	跑步，垂直跑	極大強度活動
13.3	跑步，馬拉松	極大強度活動

四、每週跑步 75 分鐘是維持健康的最少跑量

　　只要你是跑步，無論快慢，都屬於大強度活動，每週累計 75 分鐘跑步就足以維持健康。你可以一次性跑步 75 分鐘，也可以分

成 3 次，每次 20-25 分鐘。當然，進行更長時間的跑步，例如每週累計跑步 150 分鐘，你獲得的健康收益也將增加。

如果你的體力還不夠，無法長時間維持跑步，你也可以採用快走方式健身。如果走的速度在 6 千米 / 時以下，你需要每週累計步行 150 分鐘，才能維持健康；如果你的快走速度在 7 千米 / 時以上，那麼這時的強度基本與 6.5 千米 / 時慢跑接近。所以慢跑與快走交替，是一種既增加能耗，又不至於心肺負擔過重的非常值得推薦的健身方式。

距離並不重要，快慢也無須糾結，跑起來，每週累計 75 分鐘跑步，你將開啟健康人生！

第二節 跑步時該如何呼吸

我們每天無時無刻不在呼吸，不斷從空氣中攝取氧氣，從體內排出二氧化碳，實現氣體交換。這看起來是最簡單、最尋常的事。可是在跑步中，大多數人仍會出現氣喘吁吁、喘不上氣、岔氣的情況。要想更合理地「呼吸」，先簡單了解「呼吸」的原理。

一、呼吸的基本原理

呼吸運動是胸廓有節奏地擴大和縮小，主要通過膈肌、肋間肌

的收縮實現呼吸。

安靜時，當你吸氣時，膈肌和肋間肌收縮，推擠腹腔臟器向下，胸廓擴大，肺內氣體壓力小於大氣壓，氣體自然被壓入肺部，肚子就會鼓起來。當你呼氣時，膈肌和肋間肌舒張，膈肌、肋骨回位，胸廓縮小，肺內氣體壓力大於大氣壓，氣體從肺內被壓入空氣，肚子恢復平坦。

其實，安靜時吸氣是一個用力過程，而呼氣只是一個放鬆過程，不需要刻意用力。但在運動時就不一樣了，更多腹肌和肋間肌參與到呼吸中，所以一定的腹肌訓練，不僅可以增強核心力量，更有利於呼吸。而氣體只是順着肺內氣體壓力和大氣壓力差值被擠進擠出，而非呼吸的力量讓氣體進出。

一般而言，兒童和成年男性多為腹式呼吸（以膈肌活動為主的呼吸運動）；成年女性多為胸式呼吸（以肋間肌活動為主的呼吸運動）。當然，腹式呼吸和胸式呼吸一般都會混合參與，並不存在絕對的胸式呼吸或者腹式呼吸。

二、跑步過程中的呼吸，與甚麼因素有關

跑步時的呼吸調節其實主要與神經體液調節有關，神經調節為主導。當你跑步前開始熱身時，呼吸已經開始加強，這是由於大腦皮質興奮，增強呼吸。另外，體內二氧化碳濃度增加也會刺激呼吸加強，這屬於體液調節。這一點在運動中表現尤為明顯，呼吸不用刻意，自然會加強，這主要是由於運動時熱量消耗會在體內產生大量二氧化碳。

三、跑步時如何合理呼吸

呼吸一般不是限制耐力的主要因素（限制耐力的主要因素是心臟機能），但合理的呼吸有利於保證氧氣供應，避免出現岔氣、上氣不接下氣等情況，為充份發揮人體機能，提高運動成績打下基礎。

1. 以口代鼻、口鼻並用呼吸

安靜時，我們通常用鼻子進行呼吸（通氣量在 6-8 升／分）。而在跑步中，為了增加通氣量、減少呼吸道阻力，要採用以口代鼻、口鼻並用方式，此時通氣量可增至 100 升／分，是安靜時的十幾倍。這種方式可以減少呼吸肌為克服阻力而帶來的額外消耗，推遲疲勞出現，同時有功散熱。

在寒冷的冬季，運用以口代鼻、口鼻並用的呼吸方式時，啟口不能太大，盡量保證吸入的空氣由口腔加溫後進入咽喉。

2. 控制呼吸頻率

研究發現，隨着跑步開始，呼吸頻率在 2-4 分鐘後穩定；呼吸深度在 3-5 分鐘後穩定。跑步時，我們都希望可以吸入更多氧氣、呼出更多二氧化碳，通過加強呼吸可以吸入更多的新鮮空氣，那是不是呼吸頻率越快越好？當然不是！

氣體進出肺部還會經過呼吸道，也就是說你吸入的每一口氣並非全部進入肺部，因為呼吸道會佔用一部份氣體容積，當呼吸頻率過快時，這部份容積（專業術語叫解剖無效腔）就會顯得比較大，

也就是說氣體老是在呼吸道來回徘徊，真正進出肺部的氣體量反而是下降的。假如解剖無效腔是 150 毫升，下表顯示了淺快呼吸效率是如何降低的。

深慢呼吸與淺快呼吸對比

	呼吸深度	呼吸頻率	通氣量	實際氣體交換量
深慢呼吸	2400 毫升	25/ 分	2400×25=60000	（2400-150）×25=56250
淺快呼吸	1500 毫升	40/ 分	1500×40=60000	（1500-150）×40=54000

呼吸頻率太快，通氣效率降低，呼吸肌卻很吃力，這是一種典型的費力不討好的呼吸方式。很多跑者跑快之後岔氣就跟呼吸頻率太快，呼吸肌痙攣有關。但是過深過慢的呼吸也會限制通氣量的進一步提高。因此，有意識地控制呼吸頻率和加大呼吸深度非常有必要，建議呼吸頻率每分鐘不超過 30 次（呼吸 1 次用時 2 秒以上）。

3. 偏重深呼氣

跑步時進行適宜頻率的深呼吸，是偏重深吸氣好？還是偏重深呼氣好？跑者往往認為應當強調深吸氣，因為吸氣才能保證吸入足夠的氧氣。但恰恰相反，肺泡中新鮮氣體的含量取決於呼氣末或吸氣前留在肺泡腔內的餘氣量。當餘氣量越少，吸入新鮮氣體越多，也就是說，上一口氣呼出得越充份，下一口氣自然也就會吸入得更充份。氣體是被壓入肺部，而不是被吸入肺部，上一口氣呼出氣越多，此時肺內氣體壓力就越低，與大氣壓之間形成的壓力差越大，自然下一口氣就有更多氣體在壓力差作用之下被壓入肺部。所以，其實呼氣比吸氣更重要。建議跑者在跑步過程中盡可能把呼吸重點

放在深呼氣上。

4. 與跑步動作配合，節奏很重要

跑步時通過週期性、有節奏的呼吸，會讓我們感覺跑得更輕鬆、更協調。建議採用 2-4 步一吸氣、2-4 步一呼氣的方法練習。具體來說，你可以採用 2 步一吸、2 步一呼的方式，你也可以採用 3 步一吸、3 步一呼的方式，只要自己覺得舒服就行。

《跑步時該如何呼吸》的作者創造了一種「3 吸 2 呼」的呼吸技巧：3 步吸氣，2 步呼氣。這種呼吸方式宣稱呼氣時交換左右腳落地可以降低受傷機率。正如前文所說，從運動生理學原理上來看，呼氣的重要性要大過吸氣，與其「3 吸 2 呼」，還不如「3 呼 2 吸」更為合理，並且該書作者說這種呼吸方法可以降低受傷機率，也沒有文獻研究支持，更多是為了吸引讀者而做的一個噱頭宣傳而已。

我們並非在這強調「3 吸 2 呼」有甚麼錯誤，但是把減少跑步傷痛，或者提高呼吸效率寄託於具體的呼吸次數上，仔細想想也太過簡單了吧。重要的是呼吸要有節奏，呼吸要和跑步動作配合，不能亂，呼吸次數要依照運動強度以及個人感覺而定，任何刻意而為的呼吸都是不自然的。

四、總結

過於急促的呼吸不僅會讓你疲憊不堪，還會導致吸入的氧氣減少。因此，有意識地控制呼吸頻率，加大呼吸深度，強化吐氣是跑

步呼吸的關鍵。至於採用 2 步呼 2 步吸，還是 3 步呼 3 步吸，抑或 2 步呼 3 步吸，3 步呼 2 步吸，都是允許的，只要你自己覺得舒服就行；但如果是 1 步呼 1 步吸，這樣的呼吸就太過急促了。

晨跑的真相

迎着晨曦的陽光，感受着早晨的清新，晨跑無疑是愜意和舒適的，但許多跑者仍然對於晨跑有着諸多疑問，而許多不靠譜的晨跑知識加劇了跑者對於晨跑的誤解。本節從科學角度講解晨跑話題。

一、不是晨跑讓你養成早起的好習慣，
　　而是晨跑讓你養成早睡的好習慣

用運動開啟一天的工作生活，會讓你神采奕奕。許多跑者試圖養成晨跑習慣，但往往無疾而終，原因很簡單——早晨太睏起不來。偶爾用鬧鐘強迫自己早起是可以的，但天天如此，恐怕就會在被鬧鐘鬧醒和睏意之間來回做思想鬥爭，有時鬥志能戰勝睏意，但多數時候，是睏意讓鬥志繳械投降。

所以，其實不是晨跑讓你養成早起的好習慣，而恰恰是晨跑讓你養成早睡的好習慣。真正要養成晨跑習慣，保證充足睡眠，清晨自然醒來才是王道。為甚麼老年人晨起沒有任何困難？一方面是因為老年人往往比年輕人睡得更早，另一方面老年人睡眠時間相對

短，所以他們清晨自然醒來更容易。

二、清晨空氣究竟是好還是差

一種廣泛流傳的説法是早晨太陽出來前，大氣二氧化碳濃度較高，因為植物的光合作用只有在太陽光作用之下才會發生吸收二氧化碳並釋放氧氣這一過程，所以在太陽還沒有出來前，植物不會釋放氧氣，因此清晨氧含量不足，二氧化碳濃度較高。這種説法貌似科學，但實則經不起推敲。

首先，大氣中氧和二氧化碳濃度基本恒定，不可能發生大幅波動，二氧化碳濃度僅為 0.03%，即使略有波動也是人體無法感知的，也不可能對運動構成甚麼不良影響。

清晨空氣好還是不好，不能一概而論，**最科學的説法應該是清晨空氣質量對於運動不構成影響，那些認為清晨空氣不如下午好，清晨二氧化碳濃度高的説法都是沒有科學依據的**。總體而言，對於沒有霧霾的地區，清晨空氣質量都可以，對於有霧霾的地區，秋冬季晨跑要關注空氣質量問題。

三、晨跑前不吃東西會導致低血糖嗎

這個問題也是跑者頗為擔心的問題，也有不少文章説晨跑不當會誘發低血糖。要回答這個問題，我們做理性的數學計算讓你徹底明白這其中的道理。

一般來説，普通人血液內大約有 5 克的血糖，肝臟中含有 100

克肝糖原，肌肉中含有 400 克肌糖原，人體內糖由這三部份組成，他們都可以為運動提供熱量。

人體內糖含量 =5+100+400=505 克

當人體處於安靜狀態時，每小時每千克體重消耗 1 千卡熱量，熟睡時能耗水平比這個標準其實還要更低一些。就算熟睡時能耗為一千卡/ 4 克/ 時，一位成年男性，如果體重為 60 千克，晚上 8 小時的睡眠時間所消耗能量為

一夜睡覺能消耗的熱量 =1×60×8=480 千卡

假設這 480 千卡的熱量全部由糖原分解供能（其實安靜時脂肪供能比例較高，糖供能比例較低），1 克糖分解能產生 4 千卡熱量，那麼：

一夜睡覺最多能消耗的糖 =480/4=120 克

經過一夜睡眠，

一夜睡覺後體內還剩餘的糖 =505-120=385 克

385 克糖可以進行多長時間運動？如果以 6:00 配速跑步，每小時每千克體重大約消耗 10 千卡熱量，60 千克體重的跑友跑步 1 小時大約消耗 600 千卡熱量。1 克糖分解能產生 4 千卡熱量，就算跑步全部由糖提供能量（其實跑步時糖和脂肪是混合供能）

385 克糖能提供的跑步時長 =（385×4）/600，約為 2.5 小時

經過一整夜的休息，壓根就不存在糖原消耗殆盡的情況，即使晨起空腹跑步，也至少可以維持 2 小時左右的運動而不發生低血糖。雖然上述計算是基於理論，實際情況可能只會比這個時間更長，但可以肯定的是晨起跑步 1 小時左右完全不會發生低血糖。

所以一般情況下，晨起空腹運動導致低血糖的概率極低，晨起空腹運動完全安全，擔心空腹運動會導致低血糖那是杞人憂天。

四、晨起跑步吃不吃東西看個人，補水則人人需要

　　至於晨跑前，吃東西還是不吃東西，全看個人。晨跑前不一定要吃東西，但建議晨起喝點水再跑步。經過一夜睡眠，身體會以不顯汗方式蒸發一部份水分，身體可能會輕度脫水，補水很正常。如果覺得餓，可以小量吃點東西，例如半根香蕉，一片吐司麵包，但千萬不要吃太多。

　　當然，對於很多跑者而言，習慣於雙休日早晨進行 LSD（long slow distance，長距離慢跑）訓練，這種情況下的跑步不屬於晨跑範疇。如果你打算跑 15-20 千米甚至更長，那麼建議吃一頓正規的早飯，飯後 1-2 小時再進行訓練。我們所說的晨跑一般是指大清早（7 點前）起來進行 3-5 千米、不超過 10 千米的跑步，空腹晨跑沒有任何問題。如果要進行更長距離晨跑，那麼你應該吃過早飯後再跑。

五、晨跑更減脂

　　不少文章宣稱空腹跑步可以燃燒更多脂肪。理由是，在一整夜的休息睡眠後，身體中的糖原已經被消耗殆盡，這個時候早起去跑步，身體只能直接調用脂肪來提供能量，所以有利於脂肪消耗，減肥效果當然更好。這個理由看上去説得頭頭是道，實則毫

無依據。

前文已經通過數學計算解釋得很清楚，經過一夜睡眠最多能消耗體內 1/4 的糖，**所謂「在一整夜的休息睡眠後，身體中的糖原已經被消耗殆盡」完全沒有科學依據。**這還是假定睡眠時，完全靠糖分解供能計算出來的理想值，事實上，睡眠中這 480 千卡的熱量消耗不可能全部由糖提供能量，大約糖和脂肪各佔一半，也就是説一夜睡眠實際只能消耗約 60 克糖。所以説「由於睡了一夜糖原消耗殆盡，晨跑完全靠脂肪供能提供熱量」的説法純屬以訛傳訛。晨跑時仍然會是糖和脂肪混合供能，**目前沒有足夠科學證據證明晨跑更有利於燃燒脂肪。**

血糖是一項非常重要的生理指標，不可以隨意波動，血糖濃度正常為 80-120 毫克／分升，血糖過低會引發低血糖症，血糖過高則是糖尿病。

六、晨跑時生理機能低下，狀態不好

通過人體運動生物節律的研究發現，認為早上跑步狀態比下午好，或者下午跑步狀態比早上好的説法都沒有科學依據。大家感覺不同時間運動，狀態似乎有所不同，那也就是感覺而已。如果你願意且有時間，你可以在自己認為狀態最好的時候運動。跑前狀態會影響到今天的跑步表現，涉及的因素很多，例如疲勞程度、精神狀態、氣壓、濕度、風力等。

如果你早睡早起，清晨自然醒來，那麼狀態就不會有問題，而如果你晚睡又強迫自己早起，那麼犯睏的你怎麼可能有好狀態

呢？**晨跑時提升狀態的方法包括起床後用冷水洗臉，做好充份的跑前熱身。**

七、總結

　　晨跑是一個不錯的運動習慣，但是否採用晨跑，完全看個人以及生活作息。從運動科學角度來看，晨跑是安全健康的，沒有任何潛在的對於健康的不利之處，也不存在晨跑更好還是下午跑更好的說法。

第四節 夜跑的真相

　　關於科學夜跑，很多跑者也有不少疑問。當然，我們指的夜跑一般是指天黑以後跑步，而不是傍晚的跑步。

一、如果無法做到早起，不如安心選擇夜跑

　　對於大多數中青年跑者而言，如果他們總是夜裏十一二點才睡覺，那麼指望長期堅持早晨 6 點左右起來跑步是不現實的。根據成年人每天要保證 8 個小時睡眠這一基本要求，要確保清晨 6 點左右起床，晚上 10 點睡着，9 點 30 分準備入睡是必需的。你能那麼早睡嗎？如果你無法保證早睡，那麼夜跑更適合大家。

二、夜跑是消除一天工作疲勞的最佳方式

現代人發生的慢性疲勞綜合症多數與伏案工作有關。伏案工作時，身體靜止不動，幾乎沒有承受負荷，但大腦卻在飛速運轉，因此，腦力疲勞是慢性疲勞綜合症的重要特徵。而通過跑步，換一種方式，讓你的身體疲勞，從而使大腦得到一定程度休息，這在專業術語上稱為「交互抑制」。

有人說，下午下班時，感覺自己已經很累了，沒有力氣再跑步。伏案工作一天，身體幾乎沒有活動，怎麼會感覺身體很累呢？**大家所說的累其實就是指大腦疲勞、心理疲勞，俗稱「心累」。**這時你不妨夜跑三五千米，跑步能使人達到「忘我」的境界，而忘我其實就是讓大腦得到休息，跑步也可以幫助「發洩」，排解負面情緒。從生理層面上來看，跑步可以幫助大腦分泌愉快因子（如多巴胺），從而改善情緒。也就是說，跑步可能會讓你的身體略有疲勞，但會讓你的心情變好。當然為了調節疲勞而進行的跑步不需要時間很長，一般慢跑三五千米就足以達到消除疲勞的作用。所以，夜跑是消除一天工作疲勞的最佳方式。

三、如果需要熬夜加班，加班前跑一跑工作效率更高

雖然我們並不主張和支持熬夜加班，但事實上，相當比例的職業人群時不時都需要熬夜。在夜晚工作前跑一跑，通過肌肉運動讓大腦得到一定程度休息，這樣可以讓大腦以最佳的狀態再度開始工作，提高思維能力和閱讀能力，並且可以讓你更加專注地投入加

班。美國著名的「零點體育課」（引自《運動改造大腦》）發現，上文化課之前進行大量的體育鍛煉大大提高了學生的閱讀能力以及其他學科的學習能力。

四、夜跑有助於養成晚餐少吃一點的好習慣

幾乎所有人都知道健康飲食的基本要求——「早上要吃好，中午要吃飽，晚上要吃少」。

但問題是，早餐我們往往匆忙應對，中餐在單位不管營養填飽肚子即可，只有晚餐才會正經吃上一頓，晚餐也是家人交流情感的重要時間，所以晚餐我們往往容易吃得偏多。如果晚餐吃太飽，即使你經過餐後一段時間休息再去跑步，胃脹仍然會讓你跑起來十分難受，甚至引發腹痛。所以，為了夜跑時能感覺輕鬆一些，你就得限制晚餐時的食物攝入，只吃六至七成飽。這樣就避免了熱量攝入超標，也完全符合「晚上要吃少」這一要求。

五、是吃過晚飯夜跑還是夜跑後吃晚飯

關於這個問題，關鍵得看你的夜跑時間。如果你選擇晚上 6 點夜跑，跑完休息半小時吃飯，這樣可以在晚上 8 點前吃完晚飯，那麼先夜跑後吃晚飯沒有問題。但如果你夜跑是 7 點多，跑完回到家，休息一下再吃晚飯，那麼吃完晚飯已經是夜裏 9、10 點鐘，這樣距離睡覺時間太近，食物還沒消化就得睡覺，容易造成「胃不和則臥不安」。另外，如果你是夜跑後才吃晚飯，很有可能因為從午餐到

夜跑的這麼長時間內都沒有進食，而感覺十分飢餓，這頓晚飯就容易吃得太多。

因此，盡量吃過晚飯再夜跑。例如 6:30 吃完飯，餐後休息 1 小時，8 點出發夜跑，9 點跑完做做拉伸回到家，基本 10 點前可以完成洗澡，並準備休息。當然，正如第四點所說，夜跑前不要吃太多。

六、吃過晚飯間隔 1 小時再夜跑最為合理

大家都知道吃過晚飯不能立即運動這一常識。因為，吃過晚飯後，胃體積明顯增加且血液聚集於胃部進行消化。此時如果立即運動，一方面血液重新分配更多流向骨骼肌，不利於食物消化吸收；另一方面，跑步時的振動顛簸讓膨脹的胃受到牽扯，胃表面神經受到刺激，非常容易引發運動性腹痛。

晚飯後究竟多長時間可以跑步？我們建議至少休息半小時，最好休息 1 小時。如果你吃了六七成飽，1 小時後胃裏面的食物基本消化了四五成，這時開始跑步，一般都是安全的。還有一個簡單的判別方法，吃過晚飯後，等休息到感覺不到飽腹感時，就可以開始夜跑了。

七、晚上大吃一頓，餐後狂跑步減輕罪惡感可行嗎

首先，暴飲暴食本身是不正確的，這時我們往往充滿罪惡感，想立馬通過跑步把攝入的過多熱量消耗掉。但由於你大吃一頓後胃處於過飽狀態，這時不管你餐後休息 1 個小時還是 2 個小時，都無

法消化掉吃下的食物，胃還是感覺脹脹的，這時去跑步非常容易引發腹痛。

因此，**如果一定要通過運動消除罪惡感，可以採用走路的方式，**例如走上 1-1.5 小時，這樣走完後你會感覺胃脹感得以減輕，罪惡感也消除了不少。

八、夜跑後需要加餐嗎

夜跑後不需要額外加餐，多喝水就好。如果你感覺很飢餓，一小杯酸奶或小量水果都是可以的。當然，如果你夜跑時跑量驚人，達到 15-20 千米，那麼跑後加餐或許是有必要的。

九、夜跑更減肥嗎

夜跑更減肥的說法來源於晚上是身體新陳代謝最旺盛的時候，這時跑步有利於脂肪燃燒。按照生物節律，體溫在晨起時相對最低，隨着時間進程，白天體溫會升高。到了晚上確實有可能新陳代謝相比早晨更旺盛。

但問題是：第一，晨起跑步前如果做了充份熱身，體溫照樣會升高，晨跑的新陳代謝水平不會低於夜跑；第二，燃燒脂肪更多是靠一定強度的運動，運動可以使得代謝明顯增強，從而促進脂肪消耗，靠體溫略微升高、代謝增強一點所帶來的脂肪燃燒，相比運動是微不足道的。**目前，科學研究還無法給出夜跑減肥效果更好的證據。**

十、夜跑可能並不適合進行間歇跑等速度性練習

夜跑無論是在田徑場上還是在馬路上，光線都不會特別充足，慢跑是沒問題的。但如果你想進行速度更快的抗乳酸跑、間歇跑、衝刺跑等練習，還是在白天光線充足時更為合適。因為一方面速度較快而看不清路面時，容易因為路面不平整而腳踝扭傷甚至摔倒；另一方面，也容易因為光線不佳而撞到行人或者被行人撞到。所以，從安全角度來看，夜跑適合進行 LSD 跑。

十一、夜跑時的空氣質量問題

對於空氣質量問題，只需要跑步前拿出手機看看空氣質量播放的 APP 即可，符合要求，何時跑步都行，空氣質量不佳，何時跑步都不好。

十二、夜跑會導致晚上興奮影響睡眠嗎

跑步後洗完澡，精神就已經徹底放鬆，不會影響睡眠。即使跑完步 10 點才回到家，也不大會影響 11 點睡覺。運動後輕度疲勞感有助於提高睡眠質量，所以夜跑導致晚上興奮睡不着覺是個偽命題。

十三、夜跑的安全法則

夜跑時更要重視安全。例如雨後不適合夜跑；夜跑不建議戴耳機；最好穿帶反光條或者能發熒光的衣服和跑鞋，這樣更容易被車輛或行人識別；夜間視線變差，路跑更要遵守交通規則，避免闖紅燈。

十四、總結

夜跑對於大多數無法晨起跑步的人來說，是一個不錯的選擇。

第五節 跑前不要再用這套錯誤的熱身方法

熱身作為運動的標準組成部份，在任何運動前，包括跑前都需要進行。

一、典型的錯誤熱身動作——繞膝

一些傳統、沒有意義，甚至是具有傷害性的熱身動作仍然被跑者廣泛採用，最典型的就是繞膝動作。

錯誤的熱身動作──繞膝

膝關節主要功能是屈伸，即向後彎腿，向前伸腿，膝關節屈伸可以達到很大幅度膝關節在伸直位具有鎖定功能，所以膝關節在伸直位幾乎不會發生任何運動。

而膝關節在屈膝位，具有少量向內旋轉和向外旋轉的功能。但即使旋轉，幅度也非常有限。繞膝動作是屈伸和旋轉複合運動，有時用力程度還相當大，運動損傷的基本原理告訴我們，膝關節半月板、韌帶損傷非常容易發生在膝關節旋轉同時伴隨伸直的過程中，而繞膝就是故意產生這種過程的動作模式。用力過猛就容易發生損傷，有些跑者在做繞膝動作時時常聽到膝關節有摩擦音，這其實就有可能是研磨半月板或其他重要部位時發出的。

二、其他錯誤或沒有意義的熱身動作

對於頸椎不大好，特別是有頸椎骨質增生的人，脖頸環轉運動容易導致椎動脈受到擠壓，反而加劇眩暈。更主要的是這樣的頸部環繞運動沒有任何實際熱身價值。

錯誤的熱身動作──脖頸環繞

　　腰部環繞會導致椎間盤受到不正常的剪切應力作用，除了研磨擠壓椎間盤這一壞的作用，幾乎找不到任何好的作用。

錯誤的熱身動作──腰部環繞

　　彈震式彎腰屬於典型的過度彎腰弓背，對腰椎的壓力不小，更有甚者追求爆發用力以達到手碰地，瞬間對腰椎產生極大壓力，極易傷腰。

錯誤的熱身動作——彈震式彎腰

下腰轉體在所有熱身動作中危險系數排名第一。很多人還沒開始運動，熱身就導致腰扭傷。因為在彎腰時，椎間盤的一側已經被擠壓，這時候再進行大幅度的旋轉相當於給已經變形的椎間盤一個剪切力，非常容易導致椎間盤損傷。

錯誤的熱身動作——下腰轉體

快速向前踢腿與彈震式彎腰一樣，都屬於典型的彈震性拉伸。這種拉伸比較暴力，它是使用爆發力快速往復牽拉肌肉。彈震性拉伸往往難以控制力度，導致牽拉過度而拉傷肌肉。這個動作現在已經被淘汰。

錯誤的熱身動作——快速踢腿

三、總結

跑者應學會鑒別正確的知識、摒棄過時的熱身方法。正確充份的熱身才能發揮價值，讓跑者更好地跑步。

第六節 正確的跑前熱身該怎麼做

上一節介紹了常見的錯誤熱身動作，那麼正確的跑前熱身應該如何做？本節將系統地教會你。

一、跑前熱身的 10 大好處

- 升高體溫，降低軟組織黏滯性，預防肌肉拉傷；
- 喚醒機體，對即將到來的運動做好全面準備；

- 激活肌肉，產生更大的肌肉力量，讓你跑得更快；
- 調動心肺，克服心肺惰性，縮短進入最佳跑步狀態的時間，推遲極點發生；
- 促進關節滑液分泌；減少跑步剛開始時，關節因為缺乏潤滑而發生僵硬和疼痛；
- 減少岔氣現象，岔氣的專業術語叫作「運動性短暫腹痛」；
- 促進身體散熱，防止在夏季跑步時體溫過高的現象；
- 激活神經系統，讓你跑步更專注，動作更協調；
- 更大程度地激活核心，使跑步更加穩定，更加經濟；
- 更好地適應天氣與場地，排除外界因素的干擾。

二、甚麼才是正確的跑前熱身

現代運動科學認為熱身由三部份組成：**慢跑、肌肉動態牽拉和專項熱身**。動態牽拉與靜態牽拉相對應，是指在完成相應動作過程中，把肌肉做短暫拉長（不超過 2 秒），並重複多次的拉伸方法。甚麼叫專項熱身？舉個例子，籃球運動員在比賽前會進行傳接球、投籃、上籃等練習，這就是專項熱身。同理，跑前結合跑步動作進行一些熱身動作就是跑前專項熱身。

1. 熱身慢跑

跑者做結合跑步專項動作的原地跑熱身，然後再做肌肉動態牽拉，最後通過幾個快速蹲跳練習激活肌肉，既實現了熱身效果，也靈活執行了熱身三大步驟。

2. 肌肉動態牽拉

肌肉動態牽拉可以在短時間內有效地拉伸多塊肌肉，既有效增加關節活動度，也激活肌肉。

3. 熱身時激活肌肉也很有意義

對於某些特別重要的肌肉，例如大腿前側、大腿後側、臀肌、小腿肌肉，除了動態牽拉以外，通過一些快速動作或力量練習，可以更好地達到激活作用。

三、正確熱身動作

1. 原地跑：每個動作 30 秒左右，各完成一組。

原地跑——前後墊步　　　　　　原地跑——墊步高抬腿

2. 肌肉動態牽拉：每個動作完成 12 次，一組。

大腿前側動態牽拉

大腿後側動態牽拉

臀肌動態牽拉

大腿內側動態牽拉

弓步轉體

小腿牽拉

複合動態拉伸

3. 肌肉激活：每個動作持續 10-15 秒，一組。

臀部和腿部激活——開合蹲跳　　　　　　　弓步交替跳

單腿硬拉

單腳多方向下蹲

四、總結

上述熱身動作看似複雜，其實你只要各完成一組即可，花不了太多時間，希望每一位跑者能夠重視跑前熱身，並且做對熱身。

規範的跑後拉伸究竟應該怎樣做

　　每次跑步後都需做拉伸，拉伸不到位，效果會大打折扣。甚麼才是規範到位的拉伸？

一、拉伸的重要性

　　跑步結束後，肌肉高度興奮，呈現僵硬緊張狀態，因此，腿摸上去硬邦邦的，拉伸可以讓肌肉從緊張收縮狀態更快過渡到放鬆舒張狀態，從而有利於疲勞消除和保持肌肉彈性。如果缺失了這個環節，肌肉依靠自然過程恢復，代謝廢物堆積時間更長，疲勞清除更慢，彈性也會下降，長此以往，就容易由於肌肉疲勞和彈性不足而引發損傷。

　　從微觀層面看（電子顯微鏡下），運動後肌纖維細微結構排列紊亂，容易導致肌肉打結產生激惹疼痛點，而拉伸通過物理作用，可以達到促進肌纖維恢復正常排列的作用，從而減少長時間運動對於肌纖維的破壞。

　　跑後拉伸至少具有以下 10 大好處。

- 跑後肌肉僵硬緊張，跑後拉伸具有快速緩解肌肉緊張、改善肌肉痠痛的效果；
- 研究發現運動後肌纖維排列紊亂，跑後拉伸可以促進肌纖維恢復原有整齊排列，減輕肌肉損傷；
- 通過拉伸消除肌肉疲勞，加快肌肉恢復；

- 通過拉伸讓身體逐步從激烈運動狀態過渡到安靜狀態，給予身體良好反饋；
- 促進血液回流，有利於消除身體整體疲勞，讓你更快滿血復活；
- 促進身心放鬆，給人一種良好舒適的感覺；
- 養成規律的跑後拉伸習慣，有助於長期保持肌肉良好彈性和伸展性；
- 通過拉伸保持肌肉良好彈性對於減少運動損傷、預防肌肉拉傷意義重大；
- 通過拉伸保持肌肉良好彈性是形成良好跑姿、提升身體協調性和柔韌性的基礎；
- 拉伸還能糾正肌肉不平衡，改善身體姿態，形成正確挺拔的身體基本姿態。

二、拉伸的核心要領

- 該拉伸的部位一個都不能少；
- 每個部位不是拉伸一次就了事，而是要重複幾次；
- 每次拉伸的時間要足夠；
- 拉伸時有牽拉感就行，沒必要追求疼痛感。

三、拉伸究竟應該持續多長時間

拉伸的持續時間是拉伸的核心問題，時間過短，達不到拉伸效果，時間過長，其實際效果與拉伸最佳時長相比，並無顯著優勢。一個部位一次拉伸持續時間最佳為 **20-30** 秒。不建議短於 20 秒，也不建議超過 1 分鐘。研究顯示拉伸 1 分鐘與拉伸 30 秒，效果基本等同。拉伸時間過長，還容易導致肢體麻木不適。

四、一個部位是否只要拉伸一次

肌肉在處於僵硬狀態時，一次拉伸只能略微改善其緊張狀態，而一次過長時間的拉伸會給人帶來麻木和其他不適感，所以需要停止拉伸 10-15 秒，再進行下一次拉伸。這樣進行多次拉伸，就可以充份地放鬆肌肉，促進肌纖維重新恢復整齊排列。因此，每次拉伸 30 秒鐘，重複 3 次的效果和體驗，一定比連續拉伸 90 秒更好。**重複次數不能少於 2 次，最佳為 3-5 次。**

五、拉伸部位要全面

跑步是一項以下肢為主的全身運動，因此，下肢是拉伸的重中之重，下肢主要肌群都該拉伸，才能更全面地達到放鬆、消

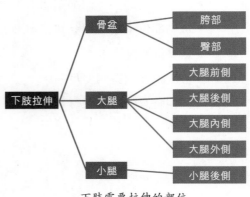

下肢需要拉伸的部位

除疲勞、改善肌肉彈性的目的。而如果只是針對部份肌肉進行拉伸，那麼那些沒有拉伸到的部位，仍然可能處於未放鬆狀態，從而影響到肌肉的整體性能。（上圖是下肢需要拉伸的部位）

六、一次拉伸總計多長時間為最佳

我們以每個部位拉伸一次耗時 30 秒，單側每個部位重複 2 次計算，身體左右側加起來就是 4 次，加上動作間歇，一次拉伸基本耗時為 18 分 40 秒，**也就是說跑完步後拉伸最佳持續時間介於 15-20 分鐘，才是規範到位的拉伸。**短於 15 分鐘，都是拉伸過於匆忙的體現。這還是在每個部位只用一個動作進行拉伸時計算得到的總耗時，有些部位還可以採用多個動作進行，時間還會更長一些。

拉伸要多長時間

	一次拉伸最佳時間	最佳重複次數	間歇時長	時長
胯部	30 秒	4 次	10 秒	2 分 40 秒
臀部	30 秒	4 次	10 秒	2 分 40 秒
大腿前側	30 秒	4 次	10 秒	2 分 40 秒
大腿後側	30 秒	4 次	10 秒	2 分 40 秒
大腿內側	30 秒	4 次	10 秒	2 分 40 秒
大腿外側	30 秒	4 次	10 秒	2 分 40 秒
小腿後側	30 秒	4 次	10 秒	2 分 40 秒
總時長				18 分 40 秒

七、拉伸肌肉的過程

當我們進行拉伸時，在逐步用力或者增加拉伸幅度的過程中，肌肉會經歷從沒有感覺——有牽拉感——疼痛感——疼痛越來越強烈這一過程。

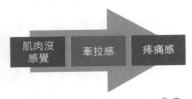

隨着拉伸幅度增大，肌肉的感覺

要理解拉伸時甚麼樣的感覺是最佳的，我們首先得弄明白在把肌肉拉長的過程中，肌肉內部發生了哪些變化。看起來，拉伸無非是把肌肉等軟組織拉長。肌肉是彈性體，所以能夠被拉長，就像把皮筋拉長一樣。但事實上，肌肉內部存在大量的感受器和神經，它們可以感受肌肉的長度變化，也可以感受肌肉的張力變化。當肌肉被拉長時，這些感受器（專業術語叫作肌梭）受到刺激，會導致肌肉反射性的收縮，目的是對抗被拉長。被拉長的幅度相對越大，那麼肌肉自產生的對抗拉長的力量也就越大，我們把這樣的生理現象稱之為牽張反射。

八、為甚麼拉伸時只要肌肉有牽拉感就夠了

通過上述原理可知，拉伸時，肌肉並不只是被拉長了，而是一拉長，肌肉就可以產生一定收縮力，來對抗被拉長，這就是牽張反射。肌肉被拉長幅度越大，肌肉對抗拉長的收縮力也就越大，也就是對抗力越大。但牽張反射不會無限制地進行下去，當牽拉肌肉的力量真的越來越大時，這時肌肉就會停止收縮，即肌肉不對抗了，

這是為了避免過度對抗導致肌肉損傷。當然，如果此時牽拉力仍然存在，肌肉就會被極度撕扯，肌肉仍然會被拉傷。肌肉拉傷的機制非常複雜，本節講解的只是其中一種情況。

牽拉是一個消耗肌肉能量的過程，牽拉力越大，肌肉收縮對抗力也越大，這時就會引發疼痛，疼痛表明肌肉在對抗用力。因為跑完步時，肌肉是緊張僵硬的，說明肌張力增高，此時，你需要做的是，通過拉伸，讓肌肉放鬆下來。如果你暴力地進行拉伸，肌肉不僅放鬆不下來，反而進一步緊張。

因此，拉伸時的疼痛感其實是一個信號，表明肌肉開始比較強烈的對抗收縮，這樣的拉伸是不必要的。拉伸時，只要肌肉有輕度牽拉感就足夠了。有牽拉感時，肌肉不會非常明顯地對抗收縮，就可以充份地發揮拉伸的積極效應，包括放鬆肌肉、促進血液循環、降低肌肉張力、改善肌肉彈性。

九、讓跑後拉伸面帶笑容，而不要齜牙咧嘴

跑完步其實已經夠累了，拉伸應該是一件很愜意輕鬆的事情，完全沒有必要把人搞得齜牙咧嘴，痛苦不堪。在激烈的跑步後，你應該享受肌肉牽拉所帶來的輕鬆愉悅感。那種越痛，拉伸幅度越大，效果越好的說法經不起推敲。記住，跑步很累，不要把拉伸過程變得累上加累；讓拉伸變得舒適和輕鬆，只會提高拉伸放鬆效果，而不會降低拉伸效果。**拉伸時，追求牽拉感，而非疼痛感是正確合理的做法。**

十、正確規範的拉伸動作

當跑者跑完步時，所處的環境其實是千變萬化的。**面對不同的場景，應該如何進行拉伸？**

1. 站立位利用支撐物拉伸

在家裏或者辦公室，可以利用中等高度的桌子、椅子、沙發等，在室外則借助欄杆、單槓等進行拉伸。

大腿後側拉伸（站立位）　　　　　大腿內側拉伸（站立位）

大腿前側拉伸（站立位）　臀肌拉伸（站立位）　髖前部拉伸（站立位）

大腿外側髂脛束拉伸（站立位）　　　　　小腿拉伸（站立位）

2. 墊上拉伸

一般來說，跑完步就應該拉伸，但跑完步回到家在墊上拉伸也是一個不錯的選擇。

大腿後側拉伸：採用坐姿或臥姿牽拉大腿後群（墊上）

大腿前側拉伸：大腿前側拉伸採用臥姿，往往拉伸感不是很強烈，採用跪姿牽拉感則十分充份。

大腿前側拉伸 1（墊上）

大腿前側拉伸 2（墊上）

大腿前側拉伸加強（墊上）

臀肌拉伸：在拉伸臀肌時，要讓膝蓋向對側肩部方向用力，這樣拉伸感才會更加充份。

採用蹺二郎腿動作拉伸臀肌感覺也較為強烈。

臀肌拉伸 1（墊上）

臀肌拉伸 2（墊上）

臀肌拉伸 3（墊上）

臀肌拉伸 4（墊上）

臀腰聯合拉伸（墊上）

髖前部拉伸：單膝跪於瑜伽墊上，前腿呈弓步，重心向前。

髖前部拉伸（墊上）

大腿內側拉伸：腳心相對，身體前傾，用肘關節下壓膝蓋。也可採用單膝跪於瑜伽墊姿勢。

大腿內側拉伸 1（墊上）　　　　大腿內側拉伸 2（墊上）

小腿拉伸：採用俯臥撐體位，腳跟下落。

小腿外側拉伸：抓住腳踝，讓腳踝輕度內翻，做用力伸膝動作。

小腿拉伸（墊上）　　　　小腿外側拉伸（墊上）

腰部拉伸（墊上）

十一、總結

跑後拉伸對於跑步的重要性毋庸置疑。把拉伸做得更全面、更充份、更到位、更細緻，你才是有態度的跑者。

第八節 一種物美價廉又好用的放鬆神器，如何選擇和使用

泡沫滾筒（又稱泡沫軸）是一種新式的放鬆恢復神器，可將自身重量壓在一個圓柱體 EVA 發泡材料上做來回滾動。如何選擇和使用泡沫滾筒呢？

一、真正充份地放鬆肌肉光靠拉伸是不夠的

為甚麼要拉伸肌肉？其實主要為了達到兩個目的：第一是通過拉伸肌肉，改善肌肉的彈性和伸展性，讓肌肉既可以用力縮短，也可以很好地放鬆拉長，這樣就可以讓肌肉拉得最長，收得最短，延

長肌肉做功距離，提高肌肉工作效率；第二，運動後肌肉傾向縮短和僵硬，這時通過拉伸可以幫助肌肉恢復初始長度，讓肌肉放鬆下來。

二、拉伸無法消除肌肉打結點

肌肉外面和裏面還包繞着筋膜結構。筋膜不僅包裹肌肉，還把肌肉分割成若干束，這樣可以讓一塊肌肉的每條束獨立收縮而互不影響。

很多時候，如果包繞肌肉的筋膜比較緊張，裏面的肌肉收縮舒張就會受到一定程度的限制，導致肌肉收縮阻力增加，也會產生額外的能量消耗。筋膜緊張加之肌

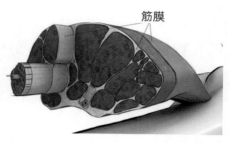

筋膜

纖維糾纏，如果沒有得到很好的放鬆梳理，長此以往，就有可能造成肌肉出現「打結」現象，專業術語稱作「扳機點」，也就是肌肉表面某些點按上去特別疼痛，也就是這些點觸發了疼痛。對這些情況，僅僅進行拉伸是無法解決問題的。這時就需要對肌肉滾揉按壓，需要用泡沫滾筒放鬆。

三、泡沫滾筒不同於拉伸的作用機制

使用泡沫滾筒進行肌肉放鬆有如下益處。

- 有效放鬆肌肉，消除肌肉緊張和痙攣狀態；
- 提高肌肉和其他軟組織的伸展性和彈性，減少肌肉拉傷；
- 釋放肌筋膜張力，消除引起疼痛的重要原因——扳機點以及軟化粘連疤痕組織；
- 促進血液循環和淋巴回流；
- 鍛煉身體的平衡能力；
- 通過放鬆肌肉，減輕關節壓力，有效緩解關節積累性疼痛。

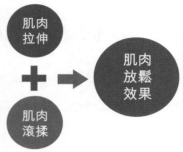

四、如何選擇適合自己的泡沫滾筒

泡沫滾筒種類繁多，到底應該如何選擇適合自己的泡沫滾筒呢？

問題 1：是選長的還是選短的？

當然是選短的，一般 30-45 厘米足矣，有的泡沫滾筒長達 90 厘米，主要適合雙腳踩在上面，或者雙手放在上面做一些平衡訓練。對於多數跑者而言，沒有必要購買 90 厘米以上的泡沫滾筒，一方面佔據家裏太多空間，另一方面也不便於赴異地參賽時攜帶。

而短的泡沫滾筒可以放在包裹方便攜帶，並且短的泡沫滾筒照樣可以進行平衡訓練。

問題 2：是選偏硬還是偏軟的泡沫滾筒？

不建議大家選質地太硬的泡沫滾筒，那樣對軟組織刺激過於強烈。在滾揉放鬆時，反而因為疼痛導致肌肉保護性收縮，達不到放鬆軟組織的目的。一般選擇中性偏軟的泡沫滾筒較為合適。不同泡沫滾筒的檔次其實也是通過表面材質體現的。

問題 3：選擇表面平整的還是帶狼牙 / 凸點的？

表面光滑的泡沫滾筒對於跑者就足夠了，沒有足夠證據顯示狼牙泡沫滾筒作用效果優於普通泡沫滾筒。狼牙滾筒表面凹凸不平，特別是如果凸點較硬，當體重壓上去時，反而導致局部壓強過大。這時你的肌肉因為被過度刺激，已經產生保護性痙攣，你的肌肉會收縮來對抗過大刺激。怎麼能通過它放鬆肌肉呢？

所以，**不建議跑者購買狼牙泡沫滾筒**。即使想讓泡沫滾筒作用更為深透，也應當購買既有一些凸點，也有平整面的混合型泡沫滾筒。那種凸點越多、泡沫滾筒檔次越高、使用效果越好的觀點是經不起推敲的。即使是專業運動員，也很少使用狼牙滾筒。當然，有些泡沫滾筒凸點已經設計成比較柔軟的，那樣就還好。

有些泡沫滾筒表面沒有大的凸點，而是極為細小密集同時很薄的凸點，這樣的泡沫滾筒與表面光滑的泡沫滾筒使用起來基本沒有差別，均可購買。

泡沫滾筒推薦

混合型泡沫滾筒：表面有凸點，但不全是凸點，過渡良好

推薦指數：★★★★★★

光滑型泡沫滾筒：光滑性滾筒就足夠好了

推薦指數：★★★★★

混合型泡沫滾筒

光滑型泡沫滾筒

密集凸點型泡沫滾筒：凸點較為密集但很細小，也不是很凸出

推薦指數：★★★★

狼牙／凸點型泡沫滾筒

推薦指數：★★

密集凸點型泡沫滾筒

狼牙／凸點型泡沫滾筒

高科技泡沫滾筒不斷出現

當然，隨着科技的進步，一些新型泡沫滾筒不斷出現，例如振動泡沫滾筒，內置可充電式振動器，諧波振動作為被研究證實的放鬆方式，其效果優於普通泡沫滾筒。至於你是選擇原裝進口的振動泡沫滾筒，還是國產的振動泡沫滾筒，那就依據個人愛好和經濟實力了。

五、最全、最精細化的泡沫滾筒放鬆方法

1. 小腿肚放鬆：腳尖朝上，可以直接放鬆小腿肚的腓腸肌，也可以雙腿交叉，這樣可以增加重量，強化效果。

2. 小腿肌肉外側放鬆：腳尖朝外，這樣可以放鬆到小腿肌肉靠外側的部份。

小腿肚放鬆

小腿肌肉外側放鬆

3. 小腿肌肉內側放鬆：腳尖朝內，這樣可以放鬆到小腿肌肉靠內側的部份。

4. 小腿外側腓骨肌放鬆：小腿外側有兩條重要的肌肉，稱為腓

骨長肌和腓骨短肌，這個肌肉拉伸往往不好實現，用泡沫滾筒放鬆就很好。

小腿肌肉內側放鬆　　　　　　　　小腿外側腓骨肌放鬆

5. 小腿前側肌肉放鬆：採用單腳雙手支撐，腳尖呈內八字，就可以放鬆到小腿前側脛骨前肌，這個肌肉拉伸效果不明顯，泡沫滾筒放鬆效果則很好。

6. 小腿肌肉強化放鬆：一般來說，我們主張單腳放鬆，這樣作用力不會太大也不會太小，但有些跑友耐受力比較好，希望更好地放鬆肌肉，則可以將一條腿架在另一條腿上面，這樣就可以強化放鬆效果。

小腿前側肌肉放鬆　　　　　　　　小腿肌肉強化放鬆

7. 大腿後側放鬆：該動作放鬆效果一般，感覺不太強烈，可能不如拉伸。

8. 大腿後側強化放鬆：如果將一條腿架在另一條腿上面增加重量，感覺會更強烈一些。

大腿後側放鬆

大腿後側強化放鬆

9. 大腿外側放鬆：大腿外側有一個重要結構就是髂脛束，這個部位的緊張是造成跑者膝痛的重要原因，髂脛束拉伸效果往往不太明顯，泡沫滾筒則效果理想。

10. 大腿外側強化放鬆：如果你耐受力良好，可以將雙腿同時壓上去。但前提是你能夠耐受強烈的滾揉感。

大腿外側放鬆

大腿外側強化放鬆

11. 大腿前側放鬆：單膝跪地，以此為支點，滾揉大腿前側。

12. 大腿前側強化放鬆：雙腿同時放在泡沫滾筒上，來回滾揉大腿前側。

大腿前側放鬆

大腿前側強化放鬆

13. 大腿內側放鬆：將泡沫滾筒斜置，順着大腿內側方向滾揉大腿內側。

14. 臀肌放鬆：蹺二郎腿，蹺哪邊腿就放鬆哪邊臀肌。

大腿內側放鬆　　　　　　　　　　臀肌放鬆

15. 腰部放鬆：腰部放鬆我們通常採用側臥位而不是仰臥位，這樣可以避免腰椎過度前凸。

16. 背部放鬆：背部也是很多跑者較為緊張的部位，用泡沫滾筒放鬆背部非常舒適。

腰部放鬆　　　　　　　　　　　背部放鬆

六、泡沫滾筒使用注意事項

1. 每個部位滾揉 30-45 秒，可重複 3-4 次。

2. 滾揉肌肉並非越痛越好，過度疼痛反而會引發肌肉反射性收縮，降低放鬆效果，所以以肌肉有滾揉感或者輕度疼痛感為度。我們提倡兩側肢體輪番進行，而不是將兩腿同時滾揉。

3. 在滾揉肌肉過程中如果某個點（扳機點）疼痛激惹特別明

顯，可以在這個點上用滾筒持續按壓，也就是說滾筒使用並非一定要滾起來，有時持續按壓痛點也是另外一種放鬆方式。

4. 每次跑完步如果能將拉伸和泡沫滾筒放鬆結合起來，當然是最佳的消除疲勞、放鬆肌肉的方式。

5. 泡沫滾筒使用有一個小問題，那就是要用手將身體撐起來，所以上肢會比較累，這一點沒有特別好的方法解決。一隻腳支撐，滾揉另一隻腳，可以減輕上肢負擔。

七、總結

重視肌肉放鬆和疲勞消除，是一個跑者走向成熟的標誌。泡沫滾筒放鬆配合拉伸，可以最大限度改善肌肉等軟組織彈性，這對於提高跑步能力、預防傷痛都具有十分重要的意義。

第九節 ## 跑步時為甚麼會岔氣

跑步時的我們，可以忍受嚴寒酷暑，可以忍受水泡和黑指甲，也可以忍受肌肉疲勞和膝蓋疼痛。但是岔氣呢？那在肋骨的下方尖銳的刺痛，往往會拖累我們前進的步伐。儘管引起岔氣的原因理論比比皆是，但是確切的原因還沒有被證實。《運動員的居家治療方法》的作者之一——運動醫學醫生喬丹·邁茲爾（Jordan Metzl）研究後認為，引起岔氣最可能的原因是膈肌痙攣。

膈肌位於橫膈膜，是胸腔和腹腔之間的一塊肌肉，也就是説膈肌位於胸腔底部和腹腔頂部，在呼吸中起着重要的作用。吸氣時，膈肌收縮，使橫膈膜下降，加大了胸腔體積，這樣我們就可以吸入更多空氣；而呼氣時，膈肌放鬆，橫膈膜上升，加速了肺部氣體排出，所以膈肌的主要作用就是參與呼吸。

就像你的腿部肌肉一樣，當你的膈肌承受太多的壓力時會產生疲勞或抽筋。這就是為甚麼一些初級跑者或者是正在提高配速的跑者會在跑步時岔氣的原因。好消息是，經過研究已經證實了一些有效策略，可以大大減少岔氣的發生。

一、加強核心力量

所謂核心力量，就是腰腹部力量，因為腰腹部位於我們身體中間（核心），所以被稱為核心力量。核心力量是指訓練身體核心部位，也就是腰腹部。

每週進行 3 次，每次 10 分鐘的核心區加強訓練，如平板支撐、捲腹、俯臥挺身等動作，或者定期練習瑜伽或普拉提（Pilates），都有助於加強膈肌力量，這樣可以更好地增強腰腹耐力，抵禦疲勞，不至於引發岔氣。

此外，更強的核心區也幫助跑友們更有效地跑步，並降低受傷的風險。雖看似不像大小腿直接參與跑步，但強有力的核心力量可以為下肢發力創造穩定的動作支點和良好的軀幹支撐。跑步時如果軀幹來回晃動，看上去很不穩定，這樣既增加了能耗，也損失了動能，甚至引發岔氣。

二、跑前有選擇地吃

跑步前甚麼時候吃、吃甚麼，都有可能會對岔氣產生影響。當你跑步時，如果體內仍然有食物沒有完全消化，那麼就會有小部份的血液流向橫膈膜，這便可能引起膈肌痙攣。

在跑步前 1-2 個小時要盡量避免食用脂肪含量高的食物，也要避免食用富含粗纖維的食物。眾所周知，脂肪含量高的食物需要消化的時間相對較長，早上吃根油條，到中午仍然有很強烈的飽腹感，不想吃中飯，就是因為油條脂肪含量實在是太高了。

粗纖維食物，比如燕麥、玉米等，一直被譽為健康食物而備受推崇，但粗纖維食物也有弊端，這是因為膳食纖維會吸收消化道水分，有可能引發胃脹和產氣。研究還發現，運動前飲用含糖量高的蔬菜汁和果汁，也有可能引起岔氣。所以當你經歷岔氣的時候，回憶一下跑步前那頓飯吃的是甚麼，不斷總結經驗，從而學會更合理地進餐。

跑前那頓飯基本要求是食物體積小、產氣少、含粗纖維少、熱量高。這樣做，才能有效減少高強度跑步可能引發的岔氣。

三、做好跑前熱身運動

運動一開始就配速非常快，也許可以節省你的時間，但它會形成不規律、急速的呼吸模式，加重了膈肌的缺氧，從而引發膈肌痙攣。跑前做好熱身運動，用 2-3 分鐘的快步走，逐漸過渡到輕鬆跑，然後再提高到你預定的配速是最佳方法。

四、加大呼吸深度

如果呼吸太淺，氣體在呼吸道來回進出，真正出肺入肺的有效可供交換的氣體減少，此時的呼吸效率反而是降低的。因為淺、快的呼吸不能供給肌肉足夠的氧氣，包括膈肌。

深吸氣和深呼氣，尤其是深呼氣，可以幫助減少岔氣的發生。

五、真的發生岔氣時該如何處理

當然，如果真的發生岔氣，降低配速，持續按壓疼痛的部位是正確的處理方法，一般很快可以緩解，千萬不可硬撐。如果仍然堅持高配速，越來越劇烈的疼痛最終會讓你被迫放棄，打敗你的不是距離和配速，而是岔氣。

第十節　跑者如何選擇跑鞋

跑鞋是跑者對裝備的第一需求，琳瑯滿目的跑鞋讓跑者犯了選擇困難症。眾多選鞋指南第一條就是告訴你根據足型選鞋，可是普通跑者想要搞清自己足型絕非易事，因此一般先考慮穿着舒適度，再考慮功能。

一、一雙跑鞋的構成要素

了解下列這些術語會讓你更加全面了解跑鞋是如何構成的，自己就可以對鞋的結構是否優良做基本判斷，然後在此基礎之上選鞋。下文以李寧公司的跑鞋為例，講解關於鞋的一些術語。

1. 鞋面

化纖織物從腳跟一直到腳尖，主要覆蓋鞋的頂部和兩側，以確保鞋完全容納腳，為了更透氣，不少跑鞋都是由網眼織物構成。

2. 鞋跟

從外到裏，鞋跟牢固地鎖住腳跟。

3. 鞋跟緩衝墊

鞋跟緩衝墊將鞋跟撐起，是吸收地面對腳後跟衝擊力和緩震的主要部件，由於 90% 的跑者都採用腳後跟落地，腳後跟受到的衝擊較大，所以大家越來越關注跑鞋對於腳後跟的緩衝保護性能，買鞋時請仔細觀察和按壓鞋跟緩衝墊，檢測其彈性性能。

4. 跟趾落差

腳趾與腳後跟的高度差，也稱為「跟趾落差」，如果沒有落差，意味着這雙鞋是完完全全平的鞋。跟趾落差為 6 毫米最佳，在鞋墊上都會標識跟趾落差值是多少。

 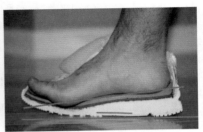

跟趾落差

5. 鞋底夾層

各式各樣的夾層材料，如泡沫、凝膠、塑料甚至是空氣囊（空氣囊典型的就是 Nike 聞名遐邇的氣墊鞋），以及不同的夾層厚度給鞋子提供了不同程度的支持、緩衝和韌性。越厚一般來說緩衝越好，但太厚的鞋底夾層會降低腳對地面的感知和觸覺，不利跑步，所以鞋底夾層並非越厚越好。

6. 鞋基底

鞋基底構成了鞋的底部層，通常由較為堅硬的橡膠製成，並與地面接觸，提供摩擦力及抓地力。為了增加摩擦，鞋基底通常有各種紋路，當紋路幾乎看不見，表示鞋已經被磨得差不多，這是判斷鞋壽命和換鞋的主要依據。

鞋底夾層

鞋基底

7. 鞋墊

鞋墊一般由織物或泡沫構成，襯托在鞋底夾層上，一般是可以取下來的。現在有不少跑鞋已經將鞋墊與鞋底夾層連為一體，取消了鞋墊。

8. 鞋頭翹度

在鞋的前面設計向上的弧度，旨在提高前進的動力。所以鞋頭翹起不僅僅是為了好看，更為了適應人體跑步工學。

鞋墊

鞋頭翹度

9. 鞋頭

在鞋子前端來包裹和保護腳趾，鞋頭的最前端被稱為腳趾帽。腳趾一般應當與腳趾帽保持約一個大拇指的距離，這樣才能保證跑鞋不擠腳。

10. 鞋舌

織物做的長條覆蓋在鞋子頂部的中央，使鞋帶不至於摩擦腳

鞋頭

鞋舌

面，並且保護腳面。有的鞋在跑步過程中，鞋舌會過度偏轉，這不利於對腳的保護。

二、究竟如何選鞋呢

1. 選擇跑鞋時考慮以下幾點

- 鞋子的大小。選鞋最常見的錯誤是選錯大小。究竟哪一雙跑鞋適合你，穿上後才知道。
- 運用過去買鞋經驗來選鞋。
- 現在鞋子存在的問題。
- 環境條件。
- 跑步參賽要求。

2. 合適、安全的跑鞋要滿足這三點

- **跟趾落差**：落差不應超過 6 毫米。
- **自然中性**：很多跑鞋會以有效緩衝、強化動作控制作為賣點。但事實上，這些刻意強化緩衝或者強化動作控制的設計不宜過多，因為這反而會額外干擾腳的正常運動。跑鞋在試圖解決一個問題的同時往往產生一個新的問題。

- **輕量化**：男性的跑鞋重量一般在 285 克左右，或者更輕；女性的跑鞋重量一般在 230 克左右，或者更輕。

3. 選鞋的基本建議

- 不要把鞋的外形以及鞋底的厚度作為選鞋的主要依據，炫和酷也不是選鞋的唯一標準。
- 事實上，在腳正常落地的時候，足弓會發生輕度旋內偏轉，即落地瞬間，腳會輕度外翻。這是因為在騰空階段，腳是輕度內翻的，所以着地時就會從輕度內翻迅速過渡為輕度外翻，這種外翻是跑步的自然現象。**如果有人告訴你選鞋時，要選可以很好支撐足弓的鞋，目的是控制外翻，這顯然是錯誤的。恰恰相反，過度支撐足弓，反而導致腳在落地時無法正常外翻，從而引發膝蓋、腳踝疼痛。**
- 對於存在過度足外翻（即扁平足）的跑友，應通過加強髖、膝、踝的力量來糾正足外翻。這比選一雙所謂能控制外翻的鞋要重要得多。
- 確保腳前部和腳尖在鞋內有足夠空間，這一點非常重要。穿上鞋後，腳趾頭要確保能扭動自如，如果腳尖被鞋擠得無法動彈，無法伸展開來，這將導致腳在着地過程中無法有效緩衝地面衝擊力。
- 判斷一下你的鞋是否過窄？取出鞋裏的鞋墊，放在地上，然後一隻腳踩上去，如果腳的邊緣已經超出了鞋墊的邊緣，那麼你買的鞋太窄了。
- 選鞋時，穿上跑一跑，看看腳跟與鞋跟之間有沒有滑動摩擦

感，如果有，鞋不對。

- 新鞋墊解決你的所有足部健康問題。

4. 跑鞋的其他考慮

- 大多數人（85%）實際穿鞋偏小。合腳的鞋應該有足夠的空間放腳最寬的部份，也有足夠空間容納腳趾頭。合適的鞋應該不緊不鬆，腳跟與鞋跟部貼合度高。
- 試穿鞋時一般穿跑步時穿的襪子，在下午或晚上試穿。穿在腳上 10 分鐘，確保它們是舒適的。大多數的商店允許顧客穿着鞋來回跑動，體驗跑步的感覺。
- 考慮購買兩雙跑鞋，交替使用，這樣可以增加每一雙跑鞋的壽命。只穿一雙跑鞋多天連續行走、跑步達到 100-120 千米就應該換鞋，這有利於延長跑鞋壽命。
- 一旦穿上新鞋，短距離跑步會很輕鬆。

三、判斷鞋的磨損程度

鞋穿太久或過度磨損後才更換新鞋，會增加腳部受傷機率。基於你的舊鞋行走的大體里程來選擇購買一雙甚麼樣的新鞋，而不是隨意選擇。跑 240 千米，鞋底夾層就會發生很大磨損；跑 480-800 千米，鞋底致密部份磨損超過 50%；因此，大多數鞋在穿着跑 480-800 千米後需要更換；大多數鞋子行走 640-800 千米後鞋底夾層破裂。這大大增加了潛在的危害。

1. 鞋底的一處或多處顯著磨損

跑鞋鞋底不管是由甚麼高科技材質構成，如果被磨損到沒有花紋，或者能看到鞋底之下的另一層材料時，你就該換一雙鞋了。就像我們經常說的，鞋底磨損的程度反映着你的跑步姿態。因此，如果你的鞋底只磨一側，而另一側幾乎沒有磨損，往往暗示着你在跑步的時候姿勢可能有問題。

2. 鞋墊發生磨損

大多數鞋墊都是比較薄的，走路或跑步時，腳每一次落地產生的衝擊都會對鞋墊產生細微摩擦並導致鞋墊整體或局部變得越來越薄。而鞋墊一旦被磨薄，會改變鞋子與腳的貼合度，導致跑步中腳的過度滑移、摩擦、起水泡等問題。

3. 鞋的減震功能明顯不如從前

通過手感、視覺、揉捏來檢驗你的鞋子。在跑了幾百千米後，鞋底夾層裏的泡沫和塑料組件會失去彈性。和新買的時候相比外表有些變形，整體都變得軟趴趴，此時就需要換鞋。

如果跑步時，始終只穿一雙鞋，那麼鞋底夾層材料就會被長時間壓縮，以致彈性下降。有研究表明，長期兩雙鞋子替換着穿，夾層部份的損耗會降低 50%。所以為了延長鞋的使用壽命，你至少得擁有兩雙以上跑鞋輪換着穿。

4. 鞋的上部或鞋帶都出現顯著磨損跡象

為了增加透氣性，用於構建鞋面的材質一般會採用網面材料，

如果連網面都破損，或者你的鞋帶失去本身的彈性，這時就需要換鞋。

5. 應該何時買雙新跑鞋

- 一般的經驗法則是：每跑 560 千米可以考慮購買一雙新鞋，**也就是說對於月跑量在 100 千米的跑者而言，一雙鞋的壽命就是半年左右。**

- 但目前沒有明確的科學依據說明所有跑鞋的最佳使用時間和距離。不同鞋子的持久性基於鞋子本身的材料、跑者的不同穿鞋方式以及跑友是否將跑鞋多用於跑步。每天穿跑鞋做其他活動可能比單獨只是用於跑步，更容易磨損。

- 鞋底上的不均勻磨損易造成跑友受傷，因此，如果鞋底有明顯磨損，那就意味着需要丟棄此鞋了。

- 請注意，你換一雙新鞋需要一段過渡期，這個階段可以新鞋舊鞋交替穿，逐步增加穿新鞋的時間，直到適應新鞋。

四、不要再相信那些選鞋的謊言

謊言之一：選一雙最好的跑鞋

總有跑者在問甚麼是頂級跑鞋？一些著名跑步網站每年都會給跑鞋評星，或者是給新鞋「大拇指朝上」或「大拇指朝下」這樣的簡單評價。

然而，事實並非如此簡單。跑鞋生產廠家會為不同步幅、不同腳型及不同跑步方式的人設計不同類型的跑鞋。顯然，「一雙完美

跑鞋」這本身就是一個謊言。一雙對他而言非常合適的跑鞋也許對你來說極為不適。

跑步網站裏羅列出來的好跑鞋或許只能説是「小編的選擇」，或者説這些鞋只是很好地按照其設計理念工作。例如，一雙跑鞋宣稱可以減震，如果它經過測試的確可以減震，我們就説它是一雙不錯的鞋，而如果其減震功能沒有像宣傳的那樣強大，那麼對其評價就不會高。所以，跑鞋推薦更多是基於測試人員的評價，可供參考，卻不必迷信。

真相：跑鞋種類非常多，跑步方式也有很多種。事實上，無法提供全面的跑鞋排名和跑鞋星級。選鞋指南或是選鞋專家唯一能幫助你的只是判斷這雙跑鞋是否適合你自己。

謊言之二：我只買某品牌的鞋

多少次聽跑者這麼説：「我只買 ASICS 跑鞋！」或「你覺得 Mizuno 跑鞋怎樣？」

一種品牌只能告訴你一雙跑鞋的極少知識，因為每個跑鞋品牌往往只能為特定類型的跑者設計特定類型的鞋。每個跑鞋生產商都有一套獨特的長期使用的腳型模具（鞋楦）。因此，如果一雙 Adidas 跑鞋適合你的足弓高度、腳的弧度和腳趾的長度，Adidas 另外一款跑鞋你穿上去同樣會很舒適。

但是每間公司還有很多不同類型的腳型模具。例如，Brooks 的 Pure Connect 系列與 Adrenaline 系列不同，New Balance 的 Zante 系列與 860 系列不同。而且公司會定期修改設計方案，所以你去年喜歡的款式今年就不一定喜歡了。

真相：盲目地傾心於某品牌或不認可某品牌往往適得其反，一間鞋廠本身就能生產出各種不同類型的鞋，這些鞋在性能和舒適度上千差萬別。事實上，既不會某品牌所有類型鞋都適合你，也不會某品牌所有類型鞋都不適合你。鞋穿上去合不合適，只有自己的腳知道。

謊言之三：一雙好的跑鞋包治百病

有一個典型的事例：某女士穿着她在百貨公司買的運動鞋開始跑步，一段時間後就受傷了，她便決定買一雙真正的跑鞋。在跑鞋專賣店裏，店員檢查後發現她的傷腳存在過度外翻，所以推薦她買了一雙減輕傷腳過度外翻問題的跑鞋。此後多年，這位女士都一直認為這種鞋是她減少傷痛的唯一「良藥」。真的是這樣嗎？

專業鞋店常常可以幫助人們找到最適合自己的鞋。有些人跑步更容易受傷是因為遺傳特徵，例如腳踝的幾何形狀和角度不同於常人。但是，也有許多別的因素影響一個人的步態和你應該選甚麼樣的鞋，這些因素會隨着時間而改變，例如體重、肌肉力量、關節活動範圍、平衡能力、步幅特徵、運動效率和配速等。所以選鞋不能只看腳型。

更重要的是，最初類型的「良藥」（鞋）可能沒有想像中那麼有用。評估你的跑步姿態特徵是一項艱巨的任務。美國足病運動醫學學會主席和狂熱的跑步愛好者 Paul Langer 説：「當你讓 10 個物理治療師、10 個足部治療師和 10 個康復醫生看你在跑步機上跑步的姿態，你會得到 30 種不同的評價描述。」運動生物力學的專家本諾·尼格認為，評估鞋子好與不好，最好的方法就是穿上腳後反

覆跑一跑，看其適不適合跑步。

　　真相：找到一雙合適的跑鞋完全是個性化的，也是一場持久戰。你要通過不斷試穿和測試來確定，而且當你跑步特徵（如配速、著地方式）改變時，鞋子也要隨之更換。沒有一種特定類型的鞋是讓你可以穿一輩子的。

謊言之四：只穿（買）一雙鞋

　　只買一雙鞋，只穿一雙鞋可能會讓你受傷。跑者都喜歡那雙自己穿了很久的跑鞋。然後他們每天都穿同一雙鞋跑步，當鞋壞了，也會買同一型號，甚至會買很多雙儲備以防該型號賣光。

　　但是研究表明，穿不同的鞋子跑步會讓人變得更快、更強、更不容易受傷，因為穿不同的跑鞋跑步可以在一定程度上減少傷害。每次跑步你穿的鞋都不同，你和地面的摩擦都會有所變化，因此你每次的步幅也會變化，這有助於強化肌肉力量和結締組織彈性，想減少只穿同一雙鞋導致的對同一部位的持續性和重複性的壓力，常常穿不同鞋很有幫助。

　　真相：嘗試買不同類型的鞋。例如，你可以同時買一雙速度型跑鞋和一雙長跑型跑鞋，換著穿，並在更換鞋子的時候再次嘗試買其他類型或品牌的鞋子。買的鞋子類型越多，你就越不會糾結到底買哪種鞋，因為每種鞋都對你有用。

謊言之五：好的跑鞋可以讓你跑得更快

　　這是一條「歷史悠久」的謊言：一雙合適的鞋能讓你健步如飛。事實上，好鞋只是能讓你感覺上跑得快，適當減輕壓力和衝擊，使

你的跑步方式不受鞋的干擾。但是跑步的根本動力來自於肌肉、心臟和肺，這些只能通過跑步本身來提高。

真相：只有堅持不懈地鍛煉，才能跑得更快。鞋的作用是讓你產生舒適感和心理安慰。

五、選鞋大總結

1. 沒有所謂最好、最頂級的跑鞋，不要以價格、品牌作為衡量跑鞋的主要標準。

2. 嘗試買不同品牌、不同類型的跑鞋，幾雙鞋換着穿有助於健康地跑步。

3. 好的跑鞋確實可以發揮一定的保護人體的功效，但指望跑鞋來避免損傷是不可能的。

4. 鞋穿上去合不合適，只有自己的腳知道，反覆試跑試穿，選擇適合自己的鞋，但不意味只選一雙鞋、只選一個品牌的鞋。

第十一節 高大上的壓縮裝備能幫助你跑得更快嗎

各種壓縮裝備在馬拉松比賽中已不鮮見，例如壓縮腿套、壓縮襪、壓縮衣、壓縮褲、壓縮護臂等。壓縮裝備對於跑步到底發揮甚麼作用？是真正有用還是心理安慰？

最常用的壓縮腿套通常是用口徑較小的高彈性編織面料製

成，這樣就可以充份束縛住小腿。壓縮裝備是基於一個基本的醫學概念：用彈性梯度織物產生壓力差，更好地促進體內血液和淋巴流動。

一、壓縮襪最早源自醫療用途

　　醫用壓縮襪早在幾十年前就應用於慢性靜脈功能不全的病人。其原理是通過從下至上產生由大到小的梯度壓力來改善靜脈血回流，減輕下肢腫脹和減少血栓形成。

　　眾所周知，心臟推動着全身血液流動，當血液經過動脈、毛細血管回流至靜脈時，動力已經明顯衰減，而下肢靜脈血回流至心臟需要克服重力。靜脈血會不會倒流呢？靜脈血管裏通常都會有雙瓣形瓣膜的存在，在由下至上回流的時候，瓣膜貼在血管壁上，不會造成阻礙。一旦站立或者其他原因引起靜脈壓力增高時，兩片瓣膜就會張開，阻止靜脈血液逆流。

　　而患有慢性靜脈功能不全的病人通常有下肢血流滯緩、瓣膜功能不全等症狀，常見的就是靜脈曲張。這時候施加一個由下至上的壓力就可以促進靜脈血回流，同時能給瓣膜正壓力，幫助完善瓣膜功能，這

正常靜脈血液
不會倒流

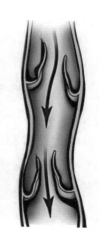
異常靜脈血液倒流
形成靜脈曲張

就是壓縮襪的功能。所以説，壓縮襪在醫療上最主要的作用是促進靜脈血回流，預防靜脈血栓形成。

在體育運動中，壓縮裝備設計的目的是利用梯度彈性提高運動表現和加快恢復。雖然目前對於壓縮裝備的功效還存有爭議，但是也有相當一部份的研究表明壓縮裝備確實起到了一定的效果。今天，我們以最常用的壓縮腿套為例，借助科學研究分析其宣稱的功能是否真的存在。

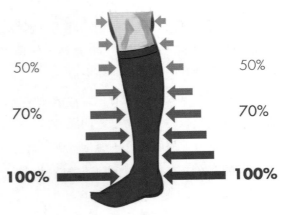

梯度彈性是壓縮襪發揮功能的主要原理

二、壓縮腿套可以提高跑步成績嗎

1. 壓縮腿套提高成績的原理

壓縮腿套通過擠壓血管，讓更多的血液和氧氣供應給肌肉，這樣就可以讓氧氣和能量物質更快進入肌肉，同時幫助代謝廢物和二氧化碳更快從肌肉中排出。理論上説，這樣就有助於提高能量產生效率，讓跑者跑得更快。

2. 壓縮腿套是否可以提高運動成績

英國紐卡斯爾大學的研究發現，在高強度耐力跑中，下肢壓縮裝備可以增加血流量，並降低心率，也就是說這一研究支持壓縮裝備可以提高運動表現這一賣點。另外一篇研究是這樣的：研究人員將 34 名經驗豐富的馬拉松運動員分成兩組，一組穿着壓縮襪，另一組穿着正常襪子跑全程馬拉松，結束後發現他們的全程跑步速度、縱跳高度、小腿圍度並沒有顯著性的差別。

基於結果不同的科學研究數據，關於壓縮裝備是否可以提高運動成績這一問題，較為一致的觀點是：壓縮裝備無法真正有效提高成績，你不可能平時不跑步，指望穿着一雙壓縮腿套就能跑完馬拉松，因此它並不能給你帶來前進的動力。

但對於能力一般的大眾跑者而言，壓縮襪等壓縮裝備具有一定緩解疲勞或者說推遲疲勞發生的作用。推遲疲勞發生，相當於就是提高了運動成績。例如，一個能力平平的普通跑者如果參加半程馬拉松，可能跑到 15 千米就開始出現肌肉抽筋等疲勞表現，15 千米以後就因為抽筋而急劇掉速，而穿着壓縮腿套跑步，他可能到 18 千米才因為疲勞抽筋而掉速。這也就意味着他可以以較好的狀態多跑 3 千米距離。

三、壓縮腿套可以減少跑步帶來的肌肉疼痛嗎

1. 壓縮腿套減少疼痛的工作原理

在跑步過程中，腳騰空落地時帶來的衝擊會導致肌肉震顫，這被認為是引發肌肉損傷和延遲性肌肉痠痛現象的重要原因。從

原理上分析，壓縮腿套通過給予肌肉支撑，在一定程度上可以減少肌肉震顫來減輕疼痛。以全程馬拉松為例，每位跑者至少要跑30,000步以上才能跑完全程。在這個過程中，每一次着地的地面衝擊力將導致肌肉隨之震動，這種震動是導致肌肉損傷和肌肉疲勞的重要原因。壓縮腿套的壓縮作用使小腿肌肉在跑步全程中晃動減少，這在一定程度上降低肌肉疲勞的程度。同時這種外在的環繞式壓力也使穿戴者對疼痛的本體感覺降低，可以跑得更加順暢自然。

2. 壓縮腿套對於肌肉疼痛的影響

奧克蘭梅西大學的研究發現，穿着壓縮腿套快節奏地跑完10千米，跑後24小時內延遲性肌肉痠痛會有所減輕。有趣的是，這項研究發現，小腿疼痛減輕最明顯。這說明壓縮腿套會在其覆蓋的特定區域發揮作用。該研究發現，沒有穿壓縮腿套的人中有93%的人跑後第二天出現小腿痠痛，但穿了壓縮腿套的跑友只有14%。

四、壓縮腿套可以加速跑後疲勞消除嗎

1. 壓縮腿套加速恢復的工作原理

運動後穿着壓縮腿套，通過加速血液流動，有利於清除代謝廢物，並及時引入肌肉修復重建所需要的物質。

2. 壓縮腿套對於疲勞消除的影響

有一些研究表明，運動員和長時間坐飛機的人在穿了壓縮腿套之後覺得身上的痠痛感減輕了。埃克塞特大學的科學家測量了大負荷力量練習後第 1-4 天身體恢復狀況和肌肉痠痛程度。他們發現運動之後再穿 24 小時壓縮腿套的受試者主觀肌肉痠痛感明顯減輕。這說明壓縮腿套具有加速恢復、加快消除疲勞的作用。

五、壓縮腿套功能總結

看起來，壓縮腿套在提高運動成績方面作用有限，指望通過壓縮腿套來提升配速用處不大，有用也來自心理作用。但壓縮裝備在推遲疲勞發生、消除肌肉疼痛和疲勞方面作用更值得肯定。對於大眾跑者而言，在跑馬拉松時穿着一雙壓縮腿套總體還是值得推薦的。

六、壓縮腿套使用基本建議

- 是否選擇壓縮腿套主要看個人喜好，馬拉松運動員特別是黑人運動員也較少使用壓縮腿套。
- 較短距離，例如 10 千米以內跑步使用壓縮腿套似乎用處不是很大，因為短距離跑步疲勞程度較輕。但對於長距離訓練或馬拉松比賽，穿壓縮腿套具有一定減輕疲勞感、推遲疲勞發生的作用。
- 跑友在壓縮腿套使用方面還漏掉了一個重要用途，那就是在

馬拉松賽後繼續穿壓縮腿套 24 小時，可以加速恢復，減輕肌肉痠痛感。

- 當然，壓縮腿套還有一大作用特別受到女性青睞，那就是穿上後腿顯細。

第二章

輕盈奔跑的關鍵——跑姿

腳後跟着地還是前腳掌着地

　　一談論跑姿，總繞不開一個話題，那就是「着地方式」。着地方式基本可以分為腳後跟着地、前腳掌着地和全腳掌着地。研究發現，大部份大眾跑者採用腳後跟着地，而馬拉松運動員多數會採用前腳掌着地。

　　為甚麼運動員與普通大眾在着地方式上呈現巨大差異？是因為速度不同，運動員跑得快，普通跑者跑得慢嗎？如果讓運動員跑慢一點，他們還會前腳掌着地嗎？不用在意甚麼部位着地，自然落地就行，這句話對嗎？本節將深入分析着地方式。

　　首先強調一點，本節所說的前腳掌不是指腳尖，而是泛指腳前1/3 的位置，專業術語為跖骨頭所在位置。前腳掌着地也就是跖骨頭着地。

一、對於前腳掌着地和腳跟着地的科學實證

　　跑步着地時，體重加之慣性，人體會對地面產生 2-3 倍於體重的衝擊力，根據牛頓第三定律，有作用力必有反作用力。地面就會給人體大小相同、方向相反的反作用力。因此，我們可以感受到來自於地面的振動和衝擊，不合理的、過大的、持續的地面反作用力

很可能對骨骼關節帶來負面影響，導致應力性骨折、關節磨損等問題。

那麼，怎樣着地才能減少來自於地面的反作用力？事實上，力不會變，改變的是力的作用效果，即將力緩衝掉。例如，當我們從高處跳下，如果我們的下肢關節都是完全伸直的，整個腳掌直接着地，那麼可以想像我們會伴隨砰的一聲落地，受到極大的地面反作用力，而如果我們充份屈曲下肢髖、膝、踝三個關節，用前腳掌着地，就會像貓一樣悄無聲息地落地，這樣就把地面反作用力消散於充份的緩衝中。

下圖的曲線描繪出了腳後跟着地的跑者，從腳後跟着地至腳掌離開地面過程中地面反作用力的變化。在着地初期，出現一個陡增的地面反作用力峰值，該力不僅很大，產生的速度也很快。也就是說，如果採用腳後跟直接着地，就無法利用腳踝的運動來進行有效的緩衝，在着地一瞬間，腳後跟上方的踝關節和膝關節受到峰值應力作用。

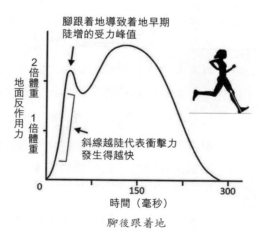

腳後跟着地

下圖顯示當採用前腳掌着地時，地面反作用力峰值消失，原因是轉變着地方式，通過足弓、跟腱和小腿肌肉代替腳跟吸收了衝擊力。同時，我們也需要注意到斜線上升變得緩和，這也表明地面反作用力被有效緩衝。

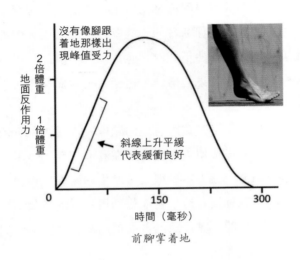

前腳掌着地

　　也就是說，採用前腳掌着地時，由於着地點是在腳掌的前方，着地瞬間腳後跟輕輕抬起，然後再下落，就是這麼一點極短時間的微小腳踝運動，就可以大大增加着地時的緩衝，從而減少地面對於人體的衝擊力。此外，着地時，從前腳掌快速過渡到腳跟，相當於把小腿跟腱拉長，跟腱具有彈性，就像皮筋一樣，皮筋拉長具有回彈力，所以前腳掌着地還可以將跟腱所具有的彈性勢能儲存起來，在腳蹬伸階段釋放，增加向前動力，從而提高跑步效率。這就是前腳掌着地的好處。

　　所以，我們通過受力分析是想說明，腳後跟着地是觸地方式的

一種，本身並沒有問題，腳後跟着地也不等同於錯誤着地動作。但腳後跟着地的確會在觸地時受到瞬時峰值應力作用，即在極短時間遭受額外的衝擊力，這是腳後跟着地不可避免的現象。例如，汽車交通事故發生率比飛機高，但不代表汽車就是不安全的交通方式，我們選擇汽車出行，就得承擔相應的安全風險，僅此而已。腳跟着地就得承受峰值受力。

二、不僅要考慮着地方式，着地位置和配速也很重要

探討着地，我們往往會陷入一個陷阱，那就是只關心着地的部位，而忽視着地的位置。着地位置是指在着地時，下肢髖、膝、踝三個關節的位置關係。用通俗的話來說，就是着地點比較靠前、遠離重心，還是着地點比較靠近重心，因為着地位置很大程度上也決定了受傷風險。

而配速與着地的關係就少有人去分析了，不同速度下着地方式有細微區別嗎？着地方式是一成不變的嗎？優秀運動員更多採用前腳掌着地，那很有可能是因為他們跑得快，讓運動員跑慢點，他們還是前腳掌着地嗎？普通跑者多數採用腳後跟着地，那讓他們跑快起來，他們也仍然採用腳後跟着地嗎？帶着這些令人困惑的問題，同時也是為了回答這些長期縈繞在跑者心中的疑問，我們研究了優秀馬拉松運動員不同配速下的着地方式，**結果相當有趣，也出乎意料。**

三、不同配速着地實地拍攝與動作分析

我們讓王田在田徑場以 6:00、5:00、4:00 和 3:30 4 種不同速度跑步，拍攝其着地。由於觸地時間很短，一般僅有 200-300 毫秒，着地就更為短暫，普通攝像機根本無法捕捉到着地瞬間畫面，我們採用每秒可拍攝 120 幀畫面的 gopro 高清運動攝像機。同時為了不影響王田，避免她為了讓攝像機拍到着地畫面，改變跑姿，刻意刹車和調整步子，我們架設了四台 gopro 高清運動攝像機。這樣既可以讓她放鬆跑，也能確保捕捉到着地的清晰畫面。拍攝完成後，我們採用 Kinovea 生物力學分析軟件進行動作解析。

6:00 配速着地前

1. 配速為 6:00 時的着地方式與着地位置

速度為 6:00 是有一定跑齡、大多數普通跑者平時跑步的配速，很具有代表性。對於王田這樣的運動員來說，6:00 很有可能就是熱身跑或者訓練結束時的放鬆跑的配速。在 6:00 配速下，王田着地有哪些特點？先看看 6:00 時她的整體跑姿。

讓我們一起看看 6:00 配速時的着地畫面。

6:00 配速着地方式分析

總體來説，6:00 配速速度不快。在該速度下，王田既不是腳後跟着地，也不是前腳掌着地，而是採用了介於二者之間的着地方式——全腳掌着地。王田是採用全腳掌的外側先着地，然後迅速過渡到全腳掌內側着地，這個過程在專業上被稱之為着地時的足外翻。

6:00 配速着地瞬間   6:00 配速着地後

　　為甚麼着地時會伴隨足外翻？由於腳本身結構的關係，當我們腳懸空時，正常情況下都是腳掌外側比內側低，即騰空時，腳處於輕度內翻狀態。因此在着地瞬間，腳掌的外側緣必然先接觸地面，然後才是全腳掌着地，這個過程稱為足外翻。一會兒內翻，一會兒外翻，想必跑者也是被這些專業詞彙搞暈乎了，大家不用糾結，**其實只需要明白一點，落地時腳外側緣先着地是自然合理的現象**，如果沒有這個現象，那反倒有問題。

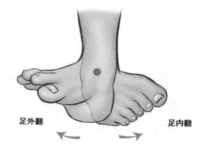

足外翻   足內翻

6:00 配速着地位置分析

　　在着地瞬間，着地位置在重心投影點前方，但距離重心投影點並不遠。有一種似乎被資深跑友廣為接受的說法是：重要的不是腳後跟着地，還是前腳掌着地，而是着地點應當在重心正下方，即臀部正下方。從右圖看，似乎這種說法仍然不夠精準，着

6:00 配速着地位置

地點事實上並非在重心正下方，而是略微靠前，即着地點在重心前方。

其實，着地點並不是那麼重要，最為重要的是着地時膝關節不要完全伸直，而是保持略微彎曲。從右圖可以清楚地看到着地時，膝關節角度大約呈 163 度，這樣通過着地時的膝關節彎曲和隨後膝關節積極下壓，就可以有效緩衝，避免膝關節受到過大的地面反作用力。因為彎曲的物體可以實現力的消解，而完全伸直的物體力的傳導效率比較高。

那麼甚麼時候，腳的位置與重心垂線重合？我們看右圖，當着地後，重心隨着慣性往前，當膝關節角度達到 143 度時，腳的位置才在重心正下方，這也證明了膝關節從着地時的 163 度減少至 143 度，體現了積極下壓膝關節，緩衝地面反作用力，並為接下來蹬伸階段存儲肌肉肌腱彈性勢能。

6:00 配速着地小結

6:00 較慢配速時，沒有必要一定要前腳掌着地，因為速度慢時，觸地時間相對長，前腳掌着地反而導致小腿和足踝部肌肉長時間緊張。當然，這也不表明腳後跟着地在 6:00 配速時就是最佳的，前文說了，無論甚麼配速，只要腳後跟着地就會受到峰值應力。因此全腳掌外側着地可能更為合理，然後快速過渡到全腳掌着地。着地點不必刻意要求一定在重心正下方，可略微靠前一點，重要的是着地時膝關節避免伸直鎖死狀態，而是自然彎曲一點，這樣可以有效進行緩衝。

2. 配速為 5:00 時的着地方式與着地位置

速度為 5:00 是跑齡較長、資深跑者平時跑步或者比賽的配速，也是區別一般跑者與資深跑者的一個門檻。先來看看王田 5:00 時的整體跑姿。

5:00 配速着地前

5:00 配速着地時的畫面

5:00 配速着地瞬間

5:00 配速着地後

5:00 配速着地方式分析

從照片和視頻中可以清楚地看到，王田 5:00 時着地方式幾乎與 6:00 完全一致，採用的是全腳掌外側着地，着地時發生了明顯的、小幅度的足外翻，至於為甚麼會發生足外翻，在 6:00 配速着地分析已經做了詳細解釋。

為了緩衝着地時高達 2 倍以上體重的地面反作用力，不一定非得前腳掌着地，全腳掌外側先着地，然後快速過渡至全腳掌着地也是合理的。全腳掌外側着地相比前腳掌着地，減少了腳踝和小腿肌肉的過度緊繃。換句話說，很多跑者由於腳踝、小腿力量不夠，無法實現長時間前腳掌着地，但腳跟着地又會帶來瞬時峰值應力，介於二者之間的全腳掌外側着地就有可能成為大眾跑者

的最佳選擇之一。

5:00 配速着地位置

5:00 配速着地位置分析

在 5:00 配速時，着地點同樣不在重心正下方，而是略微靠前，膝關節角度為 162 度，着地位置與 6:00 配速相比，幾乎完全相同。也就是説重要的不是着地一定要在重心正下方，而是保持膝關節彎曲以利緩衝。如果刻意讓着地點在重心正下方，容易導致步幅縮小，不敢邁腿。當重心移動至腳正上方時，膝關節彎曲角度更大，達到 136 度（6:00 為 143 度），説明膝關節積極下壓進行緩衝和勢能儲存。

5:00 配速着地小結

與 6:00 配速相比，雖然 5:00 速度加快了很多，但着地方式卻與 6:00 相差無幾，5:00 配速時，仍然表現為既不是前腳掌着地，也非腳後跟着地，而是全腳掌外側着地。着地位置在重心前方一點點，但也不會特別靠前，着地時膝關節保持一定彎曲角度（162 度）。

3. 配速為 4:00 時的着地方式與着地位置

配速為 4:00 對於運動員來説，不算甚麼，但對於大眾跑者而言，速度相當快，這樣的跑者一定是民間大神。配速為 4:00 意味着半馬 1.5 小時（1 小時 24 分）不到就能跑完，全馬 3 小時（2 小時 48 分）不到就能跑完。這也是王田

4:00 配速着地前

平時訓練的常見速度，在該速度下，她的着地方式表現為？還是先看整體跑姿。

4:00 配速着地時的畫面

4:00 配速着地瞬間：此時非常明顯表現為前腳掌外側先着地，腳跟尚未着地

4:00 配速着地後

4:00 配速着地方式分析

從 4:00 配速開始，王田着地發生了明顯變化，非常顯著地表現為前腳掌着地，並且是前腳掌的外側緣先着地，然後迅速過渡到前腳掌內側和腳後跟着地，而兩個過程：前腳掌外側至前腳掌內側，腳掌至腳後跟幾乎是同時發生的。也就是説，6:00 和 5:00 配速時是全腳掌外側着地，而 4:00 配速時是前腳掌外側着地。

出現這種情況是由於速度加快，相應地觸地時間就得縮短，此時若再採用腳後跟着地或者全腳掌着地，必然延長觸地時間，導致

刹車，影響到身體往前的慣性，同時速度加快，着地時帶來的衝擊更大，地面反作用力也增大，採用前腳掌落地增加了腳踝的緩衝，減少了膝關節所受到的衝擊力。當然在 4:00 配速時，從前腳掌着地過渡到腳後跟落地，並非表明腳後跟一定要踩實地面，腳後跟只是快速下落，輕輕接觸地面。也就是利用從前腳掌到腳後跟輕觸地面的極短時間，峰值地面反作用力大大減少，實現了緩衝。

4:00 配速着地位置

4:00 配速着地位置分析

在 4:00 配速時，王田並沒有因為步子明顯邁得更大，着地點就遠離身體重心，出現膝關節伸直鎖死的狀態。着地點距離重心投影點並不遠，同時膝關節還是保持 163 度左右的彎曲。當重心位於腳正上方時，膝關節彎曲角度達到 131 度（6:00 和 5:00 分別為 143 度和 136 度），角度更小，這也說明膝關節通過更大角度的彎曲來緩衝地面作用力。

4:00 配速着地小結

在非常快的 4:00 配速下，王田着地方式發生了明顯變化，表現為由全腳掌外側着地變為前腳掌外側着地，這樣做是自然發生的，非刻意而為，但效果卻非常明顯，增加緩衝的同時不影響向前

的速度。此外，着地方式雖有變化，但着地位置相比 6:00 和 5:00，卻沒有明顯變化，着地點在重心投影點前方一點點，膝關節保持彎曲，着地後膝關節下壓緩衝更加明顯。

4. 配速為 3:30 時的着地方式與着地位置

配速達到 3:30 恐怕是民間大神也無法企及的速度，折算下來，這個配速下，半馬用時 1 小時 15 分，全馬 2.5 小時左右，已經接近一級運動員水平。但跑友們在短距離跑步例如 3-10 千米跑步中去實現這個配速還是有可能的。我們看一下王田該配速下的着地方式，該配速也是女子馬拉松運動員比賽時的配速。

3:30 配速着地時的畫面

3:30 配速着地前　　　3:30 配速着地瞬間　　　3:30 配速着地後

3:30 配速着地方式分析

3:30 配速着地方式與 4:00 基本一致，明顯表現為前腳掌外側緣先着地，然後迅速過渡到前腳掌內側和腳跟着地。也許普通跑者在該速度下也會不知不覺採用前腳掌着地。

3:30 配速着地位置

3:30 配速着地位置分析

　　着地點雖然在重心前方，但距離重心投影點並不遠，同時膝關節仍然保持 163 度彎曲，與 4:00、5:00、6:00 配速相同。當重心過渡到腳正上方時，膝關節彎曲角度減少至 132 度，與 4:00 配速時膝關節彎曲角度一致，說明隨着速度進一步加快，膝關節不會無限地繼續彎曲緩衝，因為過度的屈膝緩衝會導致身體重心起伏過大，延長跑步支撐期時間，速度損失過多。大家還注意到一個細節嗎？擺動腿摺疊幅度非常大，腳跟快踢到臀部了，這也是優秀運動員重要的跑步特徵，小腿提拉摺疊效果好，有利於高速省力地跑。

3:30 配速着地小結

　　當達到 3:30 配速時，王田着地方式與 4:00 基本一致，表現為前腳掌外側着地，着地位置和關節角度沒有明顯變化，同時膝關節緩衝彎曲角度也沒有進一步增大，但擺動腿摺疊更加充份。

四、優秀運動員不同配速着地總結

　　作者與王田交流，她說專業運動員跑步基本都是採用前腳掌着

地，通過測試分析王田 6：00、5：
00、4：00、3：30 這 4 種速度下的
跑姿，我們可以清楚地發現這點。

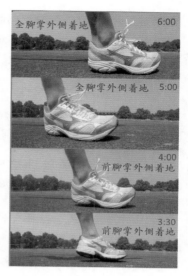

1. 優秀運動員在不同配速下，
着地方式不是一成不變的，而是相對
動態地變化。具體來説，在 5:00 以
外的速度下，王田並非採用前腳掌着
地，而是全腳掌外側先着地，通過輕
度足外翻，快速過渡至全腳掌着地，
而在 4:00 以內，就體現為典型的前
腳掌着地，更精準的説法應該是前腳
掌外側率先着地，然後快速過渡到前腳掌內側和腳後跟着地。上述
結果説明，着地方式事實上與配速有關。

2. 關注着地不能僅僅看着地方式，還要看着地位置。有趣的
是，在 4 種速度下，着地位置幾乎完全相同，表現為着地點在重心
投影點略微靠前一點，既不在重心正下方，但也不會距離重心投影

點太遠，膝關節在着地時保持彎曲，約呈 162 度角。作者認為着地時膝關節角度可能比着地點的位置更有意義，避免着地時膝關節伸直鎖死，保持輕微彎曲，一方面可以分解膝關節受到的地面反作用力，另一方面可以通過積極下壓緩衝，進一步減少膝關節受到的作用力並為蹬伸儲備彈性勢能。

五、優秀運動員着地姿態對大眾跑者的啟示

1. 着地既是正確跑姿的要求，也是優美跑姿的體現。「着地不重要，自然下落着地即可」，這樣指導大眾其實並不可取。着地方式與配速有關，隨着速度加快，着地部位逐漸朝前。

2. 相比前腳掌或全腳掌着地，腳後跟着地的確會在觸地時受到瞬時峰值應力作用，即在極短時間遭受較高的衝擊力，這是腳後跟着地無法迴避的現象，但並不代表腳後跟着地就一定存在問題，也不能把腳後跟着地等同於錯誤着地動作。腳後跟着地容易使膝關節受力較大，而前腳掌着地容易使足踝小腿受力較大，總的地面反作用力幾乎不會因為着地方式而改變，地面反作用力就是體重的 2-3 倍，能改變的是通過合理着地，提高對於地面反作用力的緩衝能力，避免受傷。

3. 着地方式各有不同，但由於腳的結構特徵，無論是腳後跟還是腳掌，往往都是外側先着地，也即着地時存在明顯但小幅度的足外翻，足外翻的存在也極大幫助了我們着地緩衝，這一點幾乎被大家所遺忘。如果存在過度的足外翻（例如力線異常型扁平足）或者高足弓（足內翻），影響着地時自然的足外翻過程的話，這樣的着

地就蘊含了較大的受傷風險。這也是為甚麼扁平足、高足弓人跑步容易出現傷痛的原因。

4. 優秀運動員的着地方式也許可以啟示我們，在慢速跑步時，採用**全腳掌外側着地**既避免了腳後跟着地的弊端（容易受到較大的峰值應力），也避免了一味前腳掌着地腳踝小腿肌肉容易緊張疲勞的問題。這或許是一種更加合理的着地方式。而在快速跑步時（4:00以內），一定是前腳掌着地更有優勢。當然再次提醒，大家可以去嘗試體驗，並不代表一定適合每個人。

5. 跑者也許過度關注了着地方式，但卻忽視了一個重要問題——着地位置，着地由着地方式和着地位置共同組成，着地位置某種意義更為重要。合理的着地位置為：着地點在重心投影點略微靠前一點，既不是在重心正下方，但也不會距離重心投影點太遠，膝關節在着地時保持彎曲非常必要。**跑者應當極力避免腳跟着地同時膝關節伸直鎖死的着地方式，即甩小腿跑法，這種跑法對於下肢關節傷害極大。**

6. 優秀運動員速度快，採用前腳掌着地理所當然。但跑者如果完全照搬模仿，就會出現很多問題，因為着地與配速、力量、跑姿都有關係。但是，當優秀運動員把速度降低，仍然沒有採用腳後跟着地，這一點值得我們進一步研究。

最後，以上觀點來自實際測試與分析思考，對於着地這樣一個備受爭議的話題，並不代表最終結論或一定正確，僅供跑者思考、討論。

第二節 跑姿是一成不變的嗎

有人認為人天生就會跑，因為跑對於我們祖先的祖先來說，是基本生存技能。如果不會跑，要麼追不到獵物，要麼被猛獸吃掉。因此，我們遺傳了祖先會跑的天賦。但是會跑，跟跑姿良好是兩回事了。跑友們千奇百怪的跑姿，至少證明了一點——人天生會跑，但跑姿各不相同。

傑出的中長跑運動員或優秀的跑者，在多年訓練過程中，逐步形成了大體一致的標準跑姿，因為只有良好的跑姿，才能幫助他們省力、高效地跑步。

而普通跑者由於跑姿不正確，往往產生下列問題：

- 動作費力，增加額外能耗，效率低下，不經濟；
- 着地時缺乏緩衝，關節受到較大衝擊力；
- 動作不協調，某些關節負荷過大，導致勞損。

因此，跑步效率低下和傷痛高發成為大眾跑者跑姿不正確帶來的主要問題。要想提高跑步效率和避免傷痛，學習掌握正確良好的跑姿就成為必不可少的一環。這也是為甚麼跑姿一直是跑友最為關心的話題之一。

跑友在通過各種渠道學習跑姿的過程中，會發現許多跑姿流派或跑步大神，往往宣講他們認為的理想跑姿如何如何好，似乎無論速度快慢，只要以這種姿勢去跑就解決問題了，但事實上真的是如此嗎？

慧跑實驗室以全運會馬拉松女子團隊冠軍成員王田為研究對象，分析測試了她在不同速度下的跑姿。通過這個研究可以發現，跑姿是與速度匹配的，如果不考慮速度，一味強調某種特定姿態的跑姿，其實是在誤導跑友。

　　以下對比了王田以 6:00 和 4:00 兩種配速跑步時，支撐、蹬伸、小腿提拉摺疊、擺腿、軀幹前傾、擺臂情況（關於 6:00 和 4:00 兩種配速着地方式和着地位置的分析，請見本章第一節）。

一、6:00 與 4:00 配速支撐階段比較

　　支撐期是指在腳着地後，身體重心從腳後方過渡到腳前方，膝關節積極下壓緩衝，並為蹬伸儲備彈性勢能的重要過渡階段。從下圖可以看到，6:00 配速時膝關節最大下壓角度為 138 度，4:00 配速時為 136 度，差別不大，但相比着地時膝關節角度為 160 度均有減少。這說明支撐期膝關節發生了明顯的彎曲和身體重心下降的情況。這就可以有效緩衝，避免膝關節受到過大的地面作用力。

6:00 配速時支撐階段膝關節最大下壓角度

4:00 配速時支撐階段膝關節最大下壓角度

隨着速度加快，着地時對地面的衝擊力加大，地面反作用力也越大，所需要的緩衝從理論上講也應該越多。但在 4:00 配速時，支撐期膝關節下壓角度並沒有明顯增加，這主要得益於 4:00 配速着地時，王田着地方式從全腳掌外側變為前腳掌，腳踝緩衝增加，因此不需要膝關節再進一步下壓來緩衝，並且過度的膝關節下壓使得重心起伏過大，反而影響速度。這恰恰是高水平運動員跑姿的巧妙之處。當普通跑友速度加快時，在着地方式不相應發生改變的情況下（仍然腳跟着地），無法利用腳踝緩衝，膝關節自然就會因為更大的地面反作用力而容易受傷。這也從另一個側面說明了跑姿是隨速度改變而動態變化的，隨着速度加快，跑姿總體是朝着不影響效率、不增加關節負荷的方向發生自適應的改變。

6:00 與 4:00 配速支撐階段總結

在支撐階段，膝關節通過積極下壓緩衝地面反作用力，因此，膝關節角度從着地時的 160 度減少為 136 度左右。但隨着速度加快，膝關節彎曲角度並沒有增加，這並不表明隨着速度加快就不需要膝關節通過更積極地下壓進行緩衝，而是此時着地方式從全腳掌外側變為前腳掌，通過增加腳踝緩衝來避免膝關節受到過大的地面衝擊力，這樣不僅有利於緩衝，也避免為了緩衝，膝關節過度下壓而使得重心起伏過大，影響速度。

二、6:00 與 4:00 蹬伸比較

膝關節下壓緩衝結束後，就開始進入蹬伸階段，該階段是跑步時身體產生向前動力的最主要的階段，通過整個身體後側鏈上臀

肌、大腿後群肌肉、小腿肌肉的協調發力，扒地蹬伸，產生向前運動的強大動力。在配速是 6:00 時，在腳離地瞬間，蹬伸最大角度為 172 度，而在配速是 4:00 時，蹬伸最大角度減少至 159 度，說明大腿後蹬幅度進一步加大，延長了肌肉做功距離，進而產生更大的前進動力。

6:00 配速大腿最大蹬伸幅度　　4:00 配速大腿最大蹬伸幅度

三、6:00 與 4:00 配速小腿提拉摺疊比較

小腿提拉摺疊在某些跑法中被認為是一個至關重要的技術。這是因為跑步可以被理解為下肢以髖關節為軸心完成類似圓周的運動，如果大小腿摺疊，相當於減少了轉動半徑，從而減少了下肢重量帶來的轉動慣量，增加了轉動速度，腿前擺更快，當然速度也就越快。

6:00 配速小腿最大摺疊角度　　4:00 配速小腿最大摺疊角度

但問題是，小腿提拉摺疊是在任何速度下都需要的嗎？提拉摺疊究竟是一個主動發力過程，還是一個自然而然的過程？從王田6:00 配速看，小腿並沒有明顯摺疊，膝關節最大角度僅為 74 度，說明慢速情況下並不需要強調摺疊，慢速時刻意摺疊反而增加無謂的肌肉負擔。如果你真想體驗一下慢速情況下的小腿摺疊，你下次跑步就試試看，估計沒多久，你就會因為身體重心起伏過大和肌肉疲勞而放棄。

但在 4:00 配速時，王田小腿提拉摺疊明顯，膝關節角度達到 30 度，接近大小腿完全摺疊，腳踝向臀部靠攏，但這並非都是肌肉主動發力的結果，更多得益於速度加快後，扒地蹬伸時的慣性作用，使小腿被反彈上抬，然後大腿後群肌肉順勢借力收縮，完成了小腿提拉摺疊。也就是說快速跑步時，小腿提拉摺疊並非完全是肌肉主動發力，還有一部份是來自於扒地時地面反彈力，當然這樣的效果是在快速跑步中才能得以充份體現。本節希望說明的是，小腿提拉摺疊技術不是完全僵化的，而是隨着速度改變而改變。

四、6:00 與 4:00 配速擺腿比較

隨着提拉摺疊，大腿開始前擺，帶動身體向前。從下圖可見，在慢速時，大腿前擺角度不大，與軀幹呈 128 度，而隨着速度加快，軀幹與大腿角度減少至 116 度，說明在 4:00 配速時，大腿前擺幅度加大，大腿前擺幅度加大自然帶來更大步幅。但需要注意的是，大腿前擺同樣並非刻意地前擺，而是蹬伸以及小腿提拉摺疊的慣性和主動發力相結合引起的。

6:00 配速擺腿幅度　　　　　　　　4:00 配速擺腿幅度

五、6:00 與 4:00 配速軀幹前傾比較

　　從下圖中我們可以看到王田在 6:00 和 4:00 配速時，均保持軀幹適度前傾，但前傾角度幾乎沒有變化，均為 15 度左右。適度身體前傾可以利用重力作用，帶動身體向前，但是不是速度越快，身體前傾越大？這裏並沒有發現這樣的變化。這是因為，如果速度越快，身體前傾角度越大，必然使身體有發生轉動的趨勢，這就迫使背部肌肉要更加用力才能防止身體轉動，這無疑是畫蛇添足，白白增加能耗，所以速度越快，身體前傾越大的觀點是不成立的。

6:00 配速軀幹前傾角度　　　　　　4:00 配速軀幹前傾角度

六、6:00 與 4:00 配速擺臂比較

本節還研究了少有人問津的上肢動作。上肢擺臂本身並不能產生多少向前的動力。試試看，腿不動，只有上肢擺動能帶動身體向前嗎？顯然是天方夜譚。但上肢擺臂具有平衡下肢的作用，因此當左腿向前邁出，右臂就會向前擺出，同時左臂向後擺出，用於平衡擺腿帶來的身體轉動慣量。那麼隨着速度加快，擺臂幅度增加了嗎？從下圖可以看到，從 6:00 到 4:00 配速，上肢前擺幅度並沒有增加，均為 32 度，但上肢後擺幅度從 61 度增加至 66 度，這跟速度加快後，同側腿前擺腿幅度增加帶來同側手臂後擺幅度增加，用以平衡轉動慣量有關。

6:00 配速時手臂前擺　　4:00 配速時手臂前擺　　6:00 配速時手臂後擺　　4:00 配速時手臂後擺

七、由慢到快，跑姿要素中哪些改變了，哪些沒改變

1. 從慢速到快速，沒有改變的跑姿要素

- 着地時，着地位置與膝關節角度沒有改變，無論快速還是慢速，着地點均在重心略微靠前一點的位置，膝關節在着地時保持彎曲，這樣一方面避免着地瞬間關節受到較大衝擊力，也有利於增加緩衝。

- 支撐期膝關節下壓角度沒有改變。着地後，膝關節適度下壓可以增加緩衝，並儲備蹬伸所需要的彈性勢能。當速度由慢變快，雖然地面反作用力增

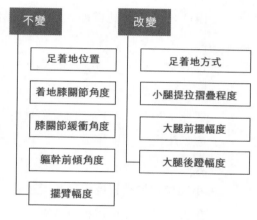

加，需要的緩衝也應增加，但優秀運動員不會採用更加彎曲膝關節，增加身體起伏這種影響速度的方式來緩衝，而是巧妙地採用前腳掌落地技術，充份利用腳踝緩衝。**而普通跑友速度加快後，着地方式沒有改變，膝關節彎曲也不會增加。這就會導致膝關節受到較大地面反作用力，久而久之帶來傷痛問題。**

- 由慢到快，軀幹前傾角度不會發生變化。適度身體前傾可以利用重力作用，帶動身體向前，但這並不意味着速度越快，

身體前傾越大。

- 在速度由慢到快過程中，擺臂幅度並沒有明顯改變，特別是前擺過程沒有改變，而後擺幅度略有增加。

2. 從慢速到快速，發生改變的跑姿要素

- **着地方式改變**。相比前腳掌或全腳掌着地，腳跟着地會在觸地時，遭受較高的衝擊力，這是腳跟着地無法迴避的弊端。因此，優秀運動員即使在慢速跑步時，也不會採用腳跟着地，而是全腳掌外側着地，這樣既避免了腳跟着地的弊端，也避免了一味前腳掌着地足踝、小腿肌肉容易緊張疲勞的問題。這或許是一種更加合理的着地方式。而在快速跑步（配速在 4:00 以內）時，前腳掌着地更有優勢，一方面可以利用腳踝緩衝地面反作用力，另一方面也有利於減少觸地時間，提高跑步效率。

- **小腿提拉摺疊程度改變**。慢速時，小腿提拉摺疊不明顯，而在快速時，提拉摺疊非常充份。有些跑友受某些跑法宣傳影響，非常注重學習小腿提拉摺疊技術，這本身是正確的，但如果僵化理解摺疊提拉，認為只要跑步就要提拉摺疊小腿，你要麼是把自己往絕路上逼，要麼是把自己活活累死。慢速跑步時，根本無須強調小腿摺疊，在快速跑步時，摺疊提拉是一個自然發生的過程。只不過普通跑友往往因為力量和協調性不夠，摺疊角度不如運動員而已。這是需要通過訓練加強的，但絕不等同於跑步時，時時刻刻要提拉摺疊小腿。

- **大腿後蹬幅度改變**。當速度由慢到快時，大腿扒地後蹬幅度

進一步加大，這意味着更長的做功距離，更有力的肌肉收縮，這是跑得快的根本原因。

- **大腿前擺幅度改變**。慢速時，擺腿幅度小；快速時，擺腿幅度大。前擺幅度增加是小腿蹬伸及提拉摺疊的慣性和主動發力相結合的自然過程。

八、總結

無論怎樣，擁有良好跑姿的目的就是取得最佳的生物力學效果——即能耗最少、效率最高。圍繞着這兩點，姑且不說最佳跑姿，合理跑姿是應該有的。合理跑姿四要素包括：

1. 頭部正直，挺胸收腹並略微前傾；
2. 以肩為軸心，自然前後擺臂，擺臂不要越過身體正中線；
3. 着地點靠近臀部下方，即重心投影點，同時着地輕盈；
4. 適當控制步幅，步頻 180 步 / 分最佳。

總之，一切刻意而為的東西都是不自然的，自然的跑姿是技術、力量、柔韌、協調性的完美結合，跑姿不好看，除了糾正跑姿，加強體能訓練也很重要。

經過測試分析，我們發現了由慢到快的過程中，跑姿中那些發生改變的和沒有改變的細節。跑姿的確需要訓練，但這並不等於說，一種固定僵化的跑姿可以通吃天下，跑友應當明白，跑姿是隨速度改變而改變的。你需要理解跑姿所包含的基本原理，而非片面地生搬硬套某種跑姿，動態的理想跑姿是跑友真正應該追求的。

頭正直 ——————

隨着速度加快，擺臂
幅度輕度加大

軀幹穩定，輕度前傾 ——————

隨着速度加快，大腿後蹬
和前擺幅度加大

由慢到快，小腿提拉摺
疊幅度加大

着地後膝關節適度
下壓緩衝 ——————

着地點靠近重心着地
時保持膝關節微屈 ——————

慢速：腳跟或前腳掌着地
快速：前腳掌着地更佳

跑姿隨配速動態變化

第三節 8種錯誤跑姿

正確合理的跑姿並非天生就會，而是通過後天學習、
掌握、改進而逐步形成的。

相比於中長跑運動員通過多年訓練所形成的良好跑姿，不少大
眾跑友都或多或少存在這樣那樣的跑姿問題。以下是8種常見的錯
誤跑姿。

1. 左右擺臂

正確擺臂方式應該是前後擺臂，左右擺臂
無法起到平衡身體、增加助力的作用。

節約能量	減少傷痛
損耗最小	效率最高

正確跑姿的作用

2. 膝蓋內扣

不少跑友，尤其是女性跑友，跑起步來容易出現膝蓋內扣的現象，這是最應避免的錯誤跑姿，因為這種跑姿會大大增加膝蓋和小腿的壓力，長此以往，不是膝蓋出問題，就是足踝出問題。跑步時膝蓋要正對腳尖。

3. 膝蓋過伸

所謂膝蓋過伸，是指跑步時甩小腿跑。在單腳着地時，着地點明顯在身體重心前方很遠的位置，且腳跟着地，這樣容易把來自地面的作用力不經緩衝直接傳遞到膝蓋，導致膝蓋受力過大，長此以往，膝蓋難免出問題。正確的着地方式應當是着地瞬間，着地點在重心正下方，至少不能距離重心太遠。

4. 身體後仰

重心位於後面，等於起到刹車作用，也就是說每跑一步產生的是向前的動作，但由於身體後仰抵消了一部份向前的動力，等於自個兒跟自個兒較勁，力氣都白白消耗在這上面，難怪跑步那麼費力。跑步時軀幹包括整個身體的正確姿態是身體輕微前傾，利用重力產生一部份向前的動力。

5. 含胸弓背

跑步是全身運動，絕不僅僅是下肢運動，上肢、軀幹都參與到跑步當中。良好的軀幹姿態對於動作穩定至關重要，如果無法保持軀幹挺直，而是含胸弓背，不僅影響呼吸，也大大降低了跑步效率。

所以，挺胸收腹絕不是一句空話，而是跑步時軀幹的動作要領。

6. 踢屁股跑

在短跑中，快速摺疊小腿是基本技術，博爾特的跑姿就是恨不得踢中自己屁股，但是對於中長跑而言，在半小時甚至更長時間中，不斷摺疊小腿只會讓你因為肌肉疲勞而疲憊不堪，實無必要。中長跑即使需要一定的摺疊小腿也是摺疊小腿和上擺大腿的結合，俗稱提拉技術，而非只是踢屁股跑。

7. 跨大步跑

步幅與步頻是矛盾體。步幅過大，步頻就相對比較慢；步頻快了，往往步幅就會減小。正確跑姿更傾向於快步頻（180 步 / 分），因為慢步頻往往意味着跨大步，跨大步意味着更大的身體重心起伏，跑步是水平運動，而非垂直運動，把過多的能量消耗在克服重力上下做功，而不是水平做功，費力不討好（詳見下一節的介紹）。所以，在中低速度情況下，快步頻，中小步幅是值得提倡的，而在快速情況下，快步頻大步幅則是另外一回事。

8. 骨盆上下擺動

跑步時應當保持骨盆穩定，這樣下肢前後擺腿才有穩定的支撐。如果核心不穩，骨盆上下擺動，也就是屁股一扭一扭地跑，顯然是錯誤跑姿，不僅降低了跑步效率，也容易導致下肢受力不均衡，一側身體承重過多，久而久之傷痛自然就出來了。

最傷膝的錯誤跑姿，你應該避免

　　跑步受傷很常見，研究發現，每年都會有 65-75% 的
跑者經歷傷痛。這使得看似安全簡單的跑步運動成為一項
受傷率奇高的運動項目，這顯然讓人難以接受。其中又以
膝關節損傷最為常見。

　　導致膝關節損傷的原因有很多，例如錯誤跑姿問題、體重問
題、跑量過大、下肢力線異常等，這其中又以跑姿問題最為關鍵，
如果是體重問題、跑量問題還可以通過少跑一點加以控制，跑姿問
題如果不解決，那麼膝痛不可能得到根本性解決，即使經過治療康
復，症狀有所緩解，一旦恢復跑步，錯誤的跑姿又會讓你膝痛。那
麼，甚麼跑姿最傷膝？

一、跑步傷痛的頭號原因是大步幅慢步頻

　　科學家們經過大量研究發現，在導致
跑步傷痛的眾多危險因素中，居於首位的
原因是步幅過大。

　　過大的步幅會大大增加跑步時作用
於人體的衝擊力。也許有少數腿部力量強
的跑友，可以通過肌肉力量來抵消這些衝

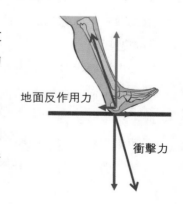

地面反作用力

衝擊力

擊力，但對於絕大多數跑者而言，這是做不到的。更進一步而言，即使腿部力量足夠強大，用這些力量來抵消地面衝擊力，但是過大步幅造成的着地點靠前，事實上產生了剎車效應，而不是產生了向前跑動的衝擊力，這樣的方式是不是效率太低了？這就如同在開車時，手剎還沒有鬆開，就拼命踩油門。

而且着地點距離重心投影點較遠，此時小腿與地面（以摩擦力方向向後為準）呈現銳角，步頻越慢，步幅越大，小腿與地面銳角越小，則水平剪切力越大。着地時人體會對地面產生一個斜向下的衝擊力，同樣，地面會對人體產生一個方向相反、大小相同的反作用力，根據力的分解原理，地面反作用力可以分解為水平方向力和垂直方向的力，水平方向力即為摩擦力（剪切力），垂直方向力大約為體重的 2-3 倍。當步頻越慢，步幅越大時，着地點越遠離重心，小腿與地面銳角越小，那麼根據力學幾何原理，分解後的水平摩擦力就越大，身體容易因此受到傷害。而想要減少水平剪切力，就得讓着地點靠近身體重心，增大小腿與地面之間的角度，即小腿盡可能垂直。所以步頻慢隨之帶來的重要問題就是剪切力的增加，跑步是持續的耐力運動，剪切力作用時間過長過大，久而久之必然帶來運動損傷問題。

步幅過大實際上大大降低了跑步的效率，而步幅過大的危害還不止於此，跑步時步幅越大，身體的重心上下起伏也就越大，這時已經不是在跑步了，而是在跳步，這不僅導致更多

步頻慢

步幅大

着地點遠離身體重心投影點

着地角度變小，着地時間延長

剪切力增加導致減速效應

剪切力增加導致跑步傷痛

肌肉力量用於身體騰空，也就是克服重力做功，而且在落地時，地面衝擊力也越大。因此，步幅過大的第二個危害就是導致身體重心起伏過大，從而增加了受傷的風險。

步幅過大的第三個危害表現在，由於步幅大，往往只能以腳後跟着地，同時膝關節保持伸直狀態，這樣使得着地瞬間，腳後跟猛然撞擊地面，巨大的地面衝擊力不經緩衝直接經腳跟向上傳遞，此時由於膝關節處於伸直狀態，膝關節周圍肌肉無法發揮作用來吸收衝擊力，這個衝擊力依次通過半月板、膝關節、髖關節甚至直達腰背部，這也解釋了為甚麼不少跑友會出現半月板慢性磨損、髖關節疼痛和腰背部疼痛。

二、如何判斷你的跑姿是否存在大步幅、慢步頻的問題

判斷你是否步幅過大的方法是進行步態分析。用手機拍攝一段自己跑步的視頻，用慢放功能就基本能看出來是否存在步幅過大。

此外，可以通過步頻來間接衡量是否存在步幅過大的問題。如果你的步頻比較低，小於 170 次 / 分，通常意味着步幅較大。一般推薦的步頻應當達到 170-180 步 / 分，理想值為 180 步 / 分以上。步頻與配速有關嗎？一般速度越快，步頻越快，但這不代表速度慢時，步頻就應該很慢，速度慢時，也應當達到 180 步 / 分，即採用小步幅、快步頻的方式。這樣由於步頻加快，跨步時間縮短，着地點自然更加靠近重心，不僅避免大步幅着地時地面衝擊力直接作用於膝蓋的問題，彎曲的下肢也更加有利於緩衝。

三、減小步幅的方法：加快步頻

在 2011 年的一篇論文〈人為改變步頻對於跑步過程中關節受力的影響〉中，來自威斯康辛大學的研究人員測試了是否可以通過增加跑者的步頻來減少他們所受到的衝擊力。他們嚴密監測了跑者改變步頻後衝擊力的變化，結果發現，只要增加跑者的步頻，就可以大大減少跑步對於膝關節和髖關節的衝擊力，這對於預防和治療跑步導致的傷痛顯然是最為有效的方法。

大量研究認為每分鐘步頻在 180 步以上時，跑步的效率將會大大提高。即使速度慢，也需要步頻達到 180 步／分，速度更快，步頻超過 180 步／分也是合理的。

那跑步時，怎麼才能知道自己的步頻是否達到 180 步／分呢？

1. 手機搜索下載一個節拍器；

2. 設置軟件，調至 180，節奏 2／2；

3. 每次跑步時打開節拍器，跟着節拍器的節奏跑步。

步頻加快

步幅適當縮小

着地點靠近身體重心投影點

着地角度變大，着地時間縮短

剪切力減少，減少制動剎車

提高跑步效率，降低損傷風險

四、總結

雖然這個世界上還沒有一勞永逸的方法確保你健康地跑步，但是在跑步過程中，解決你步幅過大、步頻過慢的跑步姿勢極為重要。相對快的步頻、小的步幅是一種更保護膝蓋的跑姿。絕大多數

跑者都應該遵循快步頻、小步幅的跑姿。

第五節 哈佛大學的研究：越輕盈越無傷

> 有證據表明長跑不僅僅是廣受人們喜愛的鍛煉方式，而且在人類進化過程中發揮了關鍵作用，這就出現一個「悖論」——如果人類天生就會長跑，為甚麼跑者會經常受傷？

著名的《哈佛公報》公佈的一項研究成果表明，那些着地輕盈的跑者很少發生傷痛，而那些着地沉重、腳步聲非常響的跑者則非常容易受傷。這項研究來自於哈佛大學醫學院以及哈佛大學醫學院附屬 Spaulding 醫院全美跑步傷痛研究中心。

關於跑步傷痛的研究已經很多，雖然不同研究得出的統計結果不盡相同，但一般而言，傷痛發生率介於 30-75%，即有 30-75% 的跑者在過去一年中發生過各種損傷。跑步傷痛發生的原因眾多，例如跑鞋是否合適、是否做拉伸、跑量、體重、生物力學方面的原因以及肌力不平衡等。

一、這項研究是如何做的

這項研究由哈佛大學教授艾琳·戴維斯領導，由於絕大部份跑者都採用腳後跟着地，因此，戴維斯只研究了腳後跟着地的跑者。

戴維斯對這些跑者進行了長達兩年的跟蹤研究，目的就是搞清楚：兩年後這些腳後跟着地的跑者哪些受過傷？哪些從來沒受過傷？那些沒受過傷的跑者是如何做到的？

戴維斯和他的同事招募了 249 位女性業餘跑者（女性相比男性，本身就更加容易跑步受傷），她們的週跑量至少是 32 千米並且均是腳後跟着地。這項研究一開始，讓這些志願者在測力台上進行步態測試，並記錄每一步的衝擊力。

這項研究足足持續了兩年，在此期間，志願者被要求每月完成一次網上問卷調查，記錄她們的受傷情況，兩年之後，戴維斯教授把這群跑者分成了兩類：144 位受傷者和 105 位未受傷者，兩組跑者在人數方面似乎沒有太大差別。除此之外，戴維斯教授對這些跑者做了更細緻的分類，將她們進一步分為受傷情況較為嚴重，需要接受臨床治療的跑者和在兩年中從來沒有受傷的跑者，他們仔細比較了這兩類跑者的步態生物力學特徵。

其中最重要的步態特徵數據是垂直衝擊速率。首先簡單解釋一下甚麼是垂直衝擊速率。在跑步過程中，腳每次着地必然會對地面形成巨大的衝擊力，此時地面會形成相等的、反方向的力，這個相等的、反方向的力就是眾所周知的地面反作用力。圖中顯示了着地時

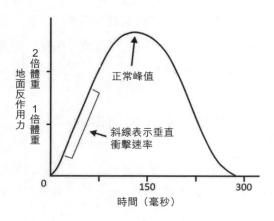

地面反作用力變化，着地時總的作用力約是體重的 2 倍，斜線代表了着地過程中衝擊力的變化快慢，斜線越陡代表衝擊力增加越急劇，越緩則代表衝擊力增加越柔和。

戴維斯教授發現這兩類跑者最明顯的不同是垂直衝擊速率差別很大，有傷的跑者垂直衝擊速率非常高，而從來沒有受傷的跑者垂直衝擊速率比較低。

二、着地輕重比着地部位可能更為重要

這項研究表明，無論是有傷跑者，還是無傷跑者，着地時總的衝擊力幾乎都是一致的，但垂直衝擊速率這個指標不同於衝擊力，它反映了衝擊力的變化快慢，也就是說着地是極其沉重，衝擊力出現短時峰值；還是着地非常輕盈，衝擊力慢慢柔和地出現。戴維斯教授認為：無傷跑者之所有垂直衝擊速率低，着地輕盈，是因為他們更充份地利用了腳踝、膝關節、髖關節的肌肉來進行緩衝，而那些有傷跑者，也就是那些「跺腳」跑者（着地聲音比較大）着地非常僵硬，缺乏緩衝。

垂直衝擊速率對於普通跑者而言，是難以覺察的，但如果換成觸地時間，跑者往往就可以理解。沉重的着地方式往往伴隨觸地時間過長，輕盈的着地則觸地時間較短。一般來說，跑步時腳接觸地面的時間為 1/4-1/3 秒，兩種着地方式差別只有區區 50 毫秒的時間。儘管時間差別如此短，如果重複成千上萬次，那麼微小的不同也會積少成多，並最終導致跑步受傷，戴維斯教授如是說。

在戴維斯教授的研究中，那些從沒受傷的女性志願者着地非常

柔和，她們跑步就像水上漂一樣。但是這跟體重沒有必然聯繫，體重大的跑者照樣可以着地很輕，體重輕的跑者也有可能着地很重。

三、總結

哈佛大學的這項研究充份表明，柔和的着地可以減少跑步受傷的可能。柔和的着地傾向於更快的步頻，研究發現最佳的步頻是在每分鐘 180-190 步之間，此時的着地聲音比較柔和。至於採用前腳掌着地還是腳後跟着地，這本身反倒不那麼重要了。

第三章

無傷奔跑的基礎——跑者力量訓練

跑者需要訓練上肢力量嗎

跑步作為一項雙腿交替前進的運動項目，下肢似乎更重要，那是不是就代表跑者的上肢可以忽略？答案當然是「不」！好的上肢力量將會提升跑步的效率。

上肢可以在跑步時發揮平衡、助力、協調三大作用。

當我們邁出左腳時，軀幹會隨着左腳向右旋轉，這時如果沒有右手向前擺出，軀幹就會有可能真的旋轉起來，跑起步來身體就是一扭一扭的。有些跑者跑起來還真是這種姿態，這很有可能是因為上肢力量不足，靠腰部代償來平衡身體的轉動慣量。這樣跑久了就會導致腰痛。因此，正是因為有了手的配合來平衡下肢擺腿的動力矩，才使得人體跑步時呈現出協調優雅的跑姿。跑得越快，軀幹旋轉力矩越大，上肢擺動也需要更有力才能夠平衡軀幹和下肢。

大量的研究也發現，通過合理地擺動雙臂，跑者的成績可以提高近 12%。不會使用雙臂甚至不知道利用雙臂對於跑者來說是重大損失。所以，馬拉松運動員上肢肌肉也很發達。

另外，跑步時一般需要屈肘 90 度，雖然看似不費力，但跑步的距離越長，雙臂擺動和保持屈肘的時間也會越長，雙臂也就越來越疲勞。如果沒有一定的上肢力量，在馬拉松中後程就會感到雙臂

和肩部痠脹不適，加劇了身體疲勞。

　　因此，跑者在日常體能訓練中，適當安排上肢力量訓練是必不可少的，良好的上肢力量可以輔助提高跑者的跑步能力。俯臥撐和臂屈伸是上肢徒手訓練最常見的兩個動作，女性一聽俯臥撐，往往認為自己無法完成，其實並非如此。女性可以從降低難度的跪姿俯臥撐或者對牆俯臥撐開始訓練。

1. 跪姿俯臥撐

　　針對女性、初級跑者以及力量較弱的人群；要求雙手距離略寬於肩。

跪姿俯臥撐

　　當然，在跪姿俯臥撐的基礎上，也可以通過手的位置的改變來完成一些變式，略微增加難度。例如窄距夾肘跪臥撐，這個動作要求雙手距離與肩同寬，夾肘進行訓練，該動作與跑步所需擺臂更為接近，是一個結合跑步專項的上肢訓練；對角線跪臥撐，一手位置靠上，一手位置靠下；鑽石跪臥撐，這個動作是跪姿俯臥撐難度最大的練習，可以有效強化上肢力量。

2. 普通俯臥撐

普通俯臥撐更適合力量較強的女性以及中級跑者。

普通俯臥撐

3. 升級俯臥撐

普通俯臥撐也可以通過動作變化變得適合力量較強的男性、資深跑者、鐵三愛好者、越野跑愛好者等。例如，窄距俯臥撐、鑽石俯臥撐等。如果你對自己的力量足夠自信的話，也可以嘗試單腿俯臥撐。這增加了核心控制的部份，難度更高。

TIPS

a. 完成俯臥撐時，保持腰背挺直，肩胛骨收緊。塌腰不僅達不到訓練效果，而且會增加腰椎壓力，導致腰痛。
b. 次數多少並沒有絕對標準，以完成高質量動作為準，過於追求次數往往會導致最後幾個動作出現偏差，達不到訓練上肢力量的目的，每個動作可完成 2-3 組。
c. 不同跑友應當根據自身能力選擇適合自己的訓練動作，同時也可採用上述多樣化的訓練動作來豐富訓練。
d. 每週可安排 1-2 次上肢力量訓練，一般把上肢力量訓練融入核心及下肢訓練中。

此外，背部肌群在跑步中也扮演着重要的角色。跑友不禁要問跑步不是用腿跑麼，跟背有甚麼關係？跑步是一項全身運動，而不僅僅是下肢運動，不能孤立劃分。

- 維持良好穩定的跑姿及日常生活姿態。背部力量不強，往往導致駝背，不僅影響跑步姿態，使軀幹無法保持正直，同時也妨礙呼吸。
- 良好的背部力量可為跑步提供有節律、有控制且穩定的上肢擺動，提高跑步效率。背部力量不強，往往導致上肢在前後擺臂時，帶動軀幹也前後晃動。只有強有力的背肌才能確保上肢前後擺臂時，軀幹不發生晃動，從而為下肢蹬地、上肢擺臂創造穩定的發力條件。所以背部的力量訓練應該得到重視。只有挺胸抬頭，才能有助於軀幹穩定。

跑步時需要挺胸收腹，而挺胸是靠肩胛骨周圍肌肉牢牢鎖住肩胛骨來實現，專業術語稱為肩胛骨後縮。肩胛骨穩定了，胸自然就挺起來了，含胸駝背狀態也就消失了。以下都是針對肩胛骨周圍肌肉的訓練動作，重點不是動手臂，而是感受肩胛骨相互靠攏的感覺，動作幅度不大，但做完後比較累。如果做完後感覺肩胛骨周圍肌肉痠脹就對了。

1. 肩胛骨收緊訓練——掌心向下肩後縮
2. 肩胛骨收緊訓練——掌心向上肩後縮

肩胛骨收緊訓練——掌心向下肩後縮

肩胛骨收緊訓練——掌心向上肩後縮

3. 肩胛骨收緊訓練——掌心相對肩後縮

4. 肩胛骨收緊訓練——Y 形訓練

肩胛骨收緊訓練——掌心相對肩後縮

肩胛骨收緊訓練——Y 形訓練

5. 肩胛骨收緊訓練——**T 形訓練**

6. 肩胛骨收緊訓練——**W 形訓練**

肩胛骨收緊訓練——T 形訓練

肩胛骨收緊訓練——W 形訓練

　　有力量的跑友也可以嘗試經典的引體向上來鍛煉背部力量。這個動作難度較大，需要有很好的力量，女性跑友較難完成，即使是男性跑友，若沒有一定力量基礎恐怕也難以完成。

第二節 明明是用腿跑步，為甚麼還要練核心

　　有一些資深跑者了解到核心訓練對於跑步有一定幫助，他們也時常練練核心，但要問他們為甚麼跑步需要練核心，基本都說不清楚。本節主要講述核心訓練與跑步的關係。

一、核心無法提供跑步動力，跑者為何需要加強核心

幾乎所有運動項目都需要足夠的核心力量。強有力的核心肌群對運動中的身體姿勢和專項動作起着穩定和支持作用。任何運動項目的技術動作都不是依靠單一肌肉就能完成，它必須要動員許多肌肉群協調做功。核心肌群在此過程中擔負着穩定重心、傳導力量等作用，同時也是整體發力的主要環節，對上下肢體的協同工作及整合用力起着承上啟下的樞紐作用。

無論是腿部強有力的蹬地擺腿，還是上肢穩定的擺臂，都需要以核心肌群作為上下肢發力的支撐點。因此，核心力量好的人跑步時，儘管上肢擺臂和下肢擺腿的動作頻率很高，軀幹卻始終保持穩定。而核心力量不足的人跑步時，軀幹亂扭，骨盆上下擺動，這樣上下肢產生的力量就被鬆軟無力的核心無謂地消耗掉。這大大降低了跑步效率。

二、跑步中常見錯誤跑姿往往與核心力量差有關

1. 後仰跑

身體後仰跑説明上腹肌力量不夠。上腹肌的作用是使軀幹前屈，如果軀幹前後側力量不均衡，前側過弱，則軀幹容易後仰，對於這種情況，需要加強腹肌訓練。

2. 跑步時胯扭動

一些跑者在跑步過程中出現骨盆上下擺動的問題。這往往就是

因為軀幹兩側肌肉練得太少，使得骨盆不穩定。

3. 撅屁股跑

有些跑者會出現撅屁股跑步的情況，專業術語叫作骨盆前傾，這跟下腹肌力量不夠有關。要糾正骨盆前傾，就得增加更多下腹肌訓練，因為下腹肌主要的功能就是完成骨盆後傾動作，這樣就可以對抗骨盆前傾。

三、跑者練核心——從基礎到專項

了解了核心力量對於跑步的重要性，跑者最關心的就是如何訓練核心。就如同任何訓練都需要從基礎進階到專項一樣，核心力量同樣也是如此。

1. 基礎核心訓練

首先，仰臥起坐這類傳統核心訓練主要鍛煉淺層肌肉，目的是增強核心力量。當軀幹大幅運動時，就需要核心力量。但跑步時軀幹保持不動，是不是就意味着跑步不需要做仰臥起坐等傳統核心訓練？不是的，傳統核心訓練可以為軀幹提供最基本的保護，例如腹肌和背肌這一組拮抗肌肉的力量均衡就可以實現最基本的軀幹正直。

而平板支撐這類靜力性訓練主要鍛煉深層肌肉，目的是增強核心穩定性。所謂穩定是指軀幹對抗外力保持固定不動的能力。

做仰臥起坐訓練時，我們很快就會感覺到淺表腹肌的痠脹燒灼

感，而做平板支撐時，肌肉持續收縮所帶來的燒灼感則明顯發生在身體比較深層的部位。這就是訓練不同深淺肌肉所帶來的差別。

2. 專項核心訓練

甚麼才是跑步專項核心力量？如何理解「專項」一詞？所謂專項，就是跑步時，身體表現出的運動特點。因此，結合跑步動作的核心訓練才是專項核心訓練。那麼跑步時，軀幹究竟如何運動？

在跑步時，下肢通過臀部肌肉、大腿前後群肌肉和小腿肌肉的交替協調收縮，完成蹬地擺腿動作；上肢擺臂主要發揮維持平衡的作用，而軀幹在跑步時保持收緊穩定狀態，目的是為下肢擺腿、上肢擺臂提供有力支撐。因此，跑步時軀幹保持不動，而上下肢以軀幹為支點，不斷來回擺動，這就是跑步時核心部位的表現。

因此，最佳的跑步專項核心訓練既不是平板支撐這類訓練，也不是仰臥起坐這類傳統訓練，而是在保持軀幹穩定的情況下，模擬跑步的擺臂擺腿動作，也就是說把僵化的靜態平板支撐轉變為動態平板支撐，並且動作高度接近跑步，這時跑步核心訓練才足夠專項化。

四、基礎核心訓練

基礎核心訓練包括核心力量訓練和核心穩定性訓練兩個部份。

1. 核心力量訓練

該訓練做得最多的就是仰臥起坐，主要鍛煉上腹肌，即 6 塊腹

肌中靠上的部份，這樣的訓練顯然是不均衡、不全面的。核心肌群不僅包括軀幹前方的腹直肌，還包括側前方的腹內外斜肌、兩側的腰方肌以及後方的豎脊肌等，即核心肌群分佈在軀幹前後左右。針對這些肌肉的訓練才是全面的核心力量訓練。

上腹肌練習——捲腹

　　仰臥起坐時，軀幹抬起的位置過高，會導致腰椎壓力過大。如果還用手拽頭，則會進一步增加頸椎壓力。並且仰臥起坐後半程事實上已經不是腹肌用力，所以仰臥起坐並非上腹肌訓練最佳動作。捲腹更為合適，捲腹時軀幹抬起僅 30-40 度，雖然看上去幅度不如仰臥起坐，但由於針對性地對上腹肌進行訓練，效果更加顯著。注意在完成捲腹動作時，頭盡可能保持中立位，以免增加頸椎壓力。另外，不可用手拽頭。

捲腹

下腹肌練習——仰臥舉腿

　　下腹肌練習主要通過骨盆後傾動作實現，對於減少撅屁股跑步很有幫助。經典的訓練動作是仰臥舉腿，注意讓臀部抬起即可，膝蓋往上頂而非朝頭部運動，以免腰椎壓力過大。

仰臥舉腿

下腹肌練習──仰臥踩單車

　　仰臥位，腹肌保持用力，盡可能讓腰部緊貼墊面，雙腳模擬踩單車的動作。

仰臥踩單車

軀幹側前方肌肉練習

　　軀幹側前方肌肉主要是指腹內外斜肌，良好的腹內外斜肌可以更加凸顯人魚線、馬甲線。側腹肌主要通過旋轉和側屈動作實現。

側捲腹

捲腹摸腳踝

屈腿雨刮器

軀幹兩側肌肉練習

軀幹兩側肌肉主要是指腰方肌。腰方肌對於控制跑步時骨盆上下擺動至關重要，因為腰方肌與骨盆相連，當腰方肌過於薄弱或者兩側腰方肌不均衡時，就容易導致跑步時骨盆上下擺動現象。這是最容易出現的錯誤跑姿之一，要糾正這種錯誤跑姿，多練軀幹兩側肌肉。

側臥起

屈腿側臥起

側臥並腿

軀幹後方肌肉練習

軀幹前方、側前方、兩側都訓練了，怎麼能忽視後方背肌——豎脊肌的訓練？為防止跑步時含胸弓背，保持軀幹挺直，還需要更多背部肌肉訓練。有些跑者在跑後出現腰痛症狀，往往也跟下背部力量不足有關，下背部肌肉主要通過多種俯臥挺身動作進行訓練。

俯臥挺身

2. 核心穩定性訓練

平板支撐主要訓練身體腹側的深層肌群，為全面加強腰腹前後左右深層肌群力量，除了俯橋動作，還需要進行側橋、仰橋訓練。這樣的訓練才是均衡合理的核心穩定性訓練。這些動作多是靜態支撐的動作，在動作標準的基礎上保持一定時間即可。

俯橋（平板支撐）

跪姿平板支撐適用於力量較弱的女性以及跑步新手；力量較強的女性、男性以及進階跑者建議選擇普通平板支撐。

跪姿平板支撐　　　　　　　　　　　平板支撐

側橋

跪姿側橋　　　　　　　　　　　側橋

仰橋（臀橋）

臀橋

五、專項核心訓練

前面闡述的一個重要觀點是平板支撐屬於靜態練習，與跑步這樣的動態活動在動作模式上相去甚遠，而仰臥起坐等練習表現為軀幹大幅運動，但跑步時軀幹並無大幅活動，所以平板支撐和仰臥起

坐都只能屬於基礎核心訓練的範疇，專項核心訓練需要在動作模式上高度模擬跑步。

1. 平板支撐體位交替屈腿

2. 平板支撐體位交替快速屈腿

平板支撐體位交替屈腿

3. 俯橋提膝後擺腿

俯橋提膝後擺腿

4. 側橋位單側模擬跑步動作

側橋位單側模擬跑步動作

5. 單腿臀橋

單腿臀橋

6. 臀橋接提膝

臀橋接提膝

TIPS

在完成上述動力性動作時，務必保持核心穩定（挺胸收腹，骨盆穩定）。也就是說在核心穩定的情況下，完成下肢動作。這些不僅比平板支撐難度更大，也避免了平板支撐的枯燥無趣。另外注意完成動作時，不要憋氣，要保持正常呼吸。

六、總結

跑步的確是用腿跑，但不僅僅是用腿跑。跑者不僅需要練下肢力量，也需要加強核心訓練。強有力的核心可以為跑步時上下肢的運動創造穩定的支撐，提高跑步效率，避免無謂的力量損耗。在核心訓練方面，不僅需要基礎核心訓練，更需要專項核心訓練。

跑者如何練下肢力量——從一般到專項

　　　　　現在的跑者越來越重視下肢力量訓練。好的下肢力量可以提高跑步速度，還可以預防下肢傷痛和促進傷痛康復。

　　一談到跑步力量訓練，跑者想得最多的就是下蹲。下蹲的確是鍛煉腿部最常見的方法，可以提高下肢力量，但是力量增強和跑得更快之間不能完全畫等號。

　　對於初級跑者而言，下蹲練習可以提高力量，而對於資深跑者或有一定跑步基礎的跑者而言，下蹲練習對於提高跑步能力的作用就日漸遞減或者幾乎沒啥作用了。因為下蹲只是一種基礎力量訓練方法，而非針對跑步的專門力量訓練方法。即使力量提高了，腿感覺似乎更有勁兒了，能不能用在跑步上還另當別論。

　　甚麼樣的力量訓練才是跑者需要的專門力量訓練？一言以蔽之——高度結合跑步動作的力量訓練。為甚麼說下蹲不是針對跑步的力量訓練動作？

一、下蹲的動作形式不是跑步所需要的

　　跑步時的基本動作是一條腿蹬地發力，而另一條腿向前跨出，因此，兩條腿做的是不同的動作。而做下蹲動作時，雖然也是蹬地發力，但兩條腿做的卻是一模一樣的動作，所以下蹲不符合跑步下肢發力特點。下蹲做得再好，也無法應用在跑步中。

另外，下蹲時是伸髖伸膝的動作，而跑步着地發力時，後腿伸膝幅度並不大，更多是伸髖緊接屈膝（大腿後擺，小腿摺疊）的動作，前腿則是屈髖屈膝（抬腿）的動作，所以下蹲和跑步動作結構完全不同。

二、下蹲所鍛煉的肌肉與跑步不同

下蹲時主要鍛煉臀部肌肉和大腿前側的股四頭肌，這兩組肌肉在蹬地過程中發揮重要作用。這兩塊肌肉的力量固然重要，但跑步時還需要另外兩組肌肉同步參與，特別是屈髖肌肉（髂腰肌）和大腿後群肌肉（膕繩肌）。這兩組肌肉對於小腿摺疊和抬腿發揮重要作用。因此，下蹲動作實際上只鍛煉了跑步所需要的一部份肌肉的力量，下蹲無法鍛煉到跑步所需要的後腿蹬地緊接摺疊小腿和前腿擺腿的力量。只有更強有力的小腿摺疊和抬腿，才能在不影響步頻的情況下，增大步幅並且更加省力。高水平跑者抬腿能力和小腿摺疊能力很強就說明了這一點。

三、不正確的下蹲對身體傷害很大

下蹲只是增強腿部力量的一般鍛煉方法，通過下蹲增強的腿部力量難以真正應用在跑步上。而且，下蹲做得不標準，還會對身體構成較大傷害。最常見的錯誤動作包括膝蓋過度彎曲超過腳尖、膝蓋內扣、彎腰駝背和上半身過度前傾等。這些錯誤動作不僅無法幫助提高力量，反而會導致膝蓋、腰背部壓力增加，越練越痛。

錯誤下蹲動作

膝蓋過度彎　　　膝蓋內扣　　　彎腰駝背　　　上半身過度前傾
曲超過腳尖

　　綜上所述，下蹲可以增強基礎力量，適合普通人和初級跑者；有一定基礎的跑者或資深跑者，想要提高下肢專項力量，下蹲就顯得遠遠不夠。接下來，我們就下肢力量訓練從基礎力量、準專項力量、專項力量三方面進行講解。

四、針對初級跑者的基礎力量訓練

　　下蹲可以有效提高下肢力量，對於普通人和初級跑者仍然是非常有用的訓練方法。

1. 四分之一蹲
蹲至大小腿約呈 120 度角，挺胸收腹，感覺腿部和臀部用力。

2. 半蹲
蹲至大小腿約呈 90 度角，注意膝蓋不要過度彎曲超過腳尖，

挺胸收腹，感覺腿部和臀部用力。

四分之一蹲　　　　　　　半蹲

3. 深蹲

相比半蹲，難度加大，蹲至大腿與地面平行，要求與半蹲基本相同。

4. 寬蹲

雙腳距離較大，腳尖朝外，該動作可刺激到股內側肌，起到平衡股外側肌的作用，對於糾正髕骨運動軌跡異常，減少膝痛有一定幫助。

深蹲　　　　　　　　　　寬蹲

5. 原地弓箭步

注意重心向下，膝蓋不要過度彎曲超過腳尖，該動作與下蹲一樣，是下肢經典訓練動作。

6. 臀橋

該動作可以有效增強臀肌和大腿後群肌肉力量，這兩個部位是跑步發力非常重要的原動肌。

原地弓箭步　　　　　　　　　臀橋

7. 蹲跳

該動作是提高下肢爆發力的經典訓練動作。

蹲跳（正視圖）　　　　　　　蹲跳（側視圖）

五、針對中級跑者的準專項力量訓練

對於有一定基礎的中級跑者，可以從基礎力量訓練進階為準專項力量訓練，即動作模式已經接近跑步，同時難度中等，比較專門化的力量訓練。它們可以幫助中級跑者提高下肢專項力量，比下蹲更接近跑步動作。

1. 弓箭步

左右腿交替向前邁出，除了鍛煉下肢力量，同時對於平衡穩定也有一定要求，相比原地弓箭步難度增加，也更加接近跑步。

2. 單腿上訓練櫈

該動作可以有效提高下肢蹬伸力量及上擺腿力量。

弓箭步　　　　　　　　　單腿上訓練櫈

3. 保加尼亞剪蹲

將一條腿放在訓練櫈上，另一條腿做下蹲，對於穩定、力量均有一定要求。

保加利亞剪蹲

4. 單腿硬拉

該動作主要訓練臀部肌肉和大腿後群肌肉協調發力能力。在跑步過程中，後腿蹬地發力是推動身體前進最主要的動力。後腿蹬地實際上是臀肌發力伸髖和大腿後群肌肉發力摺疊小腿的協同用力過程。這個動作就是訓練臀肌和大腿後群肌肉協調用力的能力。

單腿硬拉

5. 單腿臀橋

相比基礎力量訓練中的仰臥挺髖，單腿增加了難度，強化了核心控制，同時也符合跑步單腿蹬伸的技術特點。

單腿臀橋

6. 弓箭步跳

相比蹲跳，弓箭步跳時腿的運動方向與跑步更接近，是比蹲跳更專項的爆發力訓練動作。

弓箭步跳（正視圖）

弓箭步跳（側視圖）

六、針對高級跑者的專項力量訓練

對於資深跑者，或者有較高要求的跑者，則需要高度結合跑步動作的專項力量訓練，才能使其跨越瓶頸期，實現力量與速度的同步提高。因為對於這部份跑者而言，下蹲練習所獲得的力量已經難以應用於跑步，即使力量增加了，但可能速度並沒有太多提高。專項跑步力量訓練可以幫助他們建立起跑步需要的神經肌肉協調性，提高關鍵部位和關鍵肌肉的力量。

跑步時，下肢動作表現為雙腿交替蹬伸和向前跨出，一側腿蹬伸，另一側腿前擺是跑步的關鍵技術。因此，在力量訓練方面，就要體現出這樣的動作特點。單側練習及蹬腿擺腿結合練習更加符合跑步技術特點。

1. 單腿上訓練凳接高抬腿
同樣需要一側腿用力蹬伸上訓練凳，另一側腿積極上擺，與跑步動作高度一致。

2. 平板支撐體位交替屈腿
該動作主要訓練抬腿能力，同時也強化了核心控制。

單腿上訓練凳接高抬腿

平板支撐體位交替屈腿

3. 側橋位單側模擬跑步動作

該動作在側橋位擺臂擺腿，動作模仿跑步，同時要求骨盆控制良好。這是一項看似簡單，實則較難控制的全身性訓練動作。

側橋位單側模擬跑步動作

4. 單腿硬拉接提膝

相比單腿硬拉，加上提膝動作就更加符合跑步技術特點。

單腿硬拉接提膝

5. 弓箭步接高抬腿跳起

訓練支撐腿蹬伸和擺動腿上擺的爆發力，也是結合跑步的專項力量訓練動作。

弓箭步接高抬腿跳起（側視圖）   *弓箭步接高抬腿跳起（正視圖）*

七、總結

本節主要介紹了如何實現從跑步基礎力量訓練到跑步專項力量訓練的提高。總體來說，對於跑者而言，下肢力量訓練的重要性無論如何強調都不為過。對於初級跑者，建議從基礎力量開始訓練，對於中高級跑者，專項力量訓練顯得更為重要，也更有用。只有結合跑步動作的力量訓練才能幫助他們真正改善跑姿，提高配速。

第四節 跑步穩定的關鍵肌肉——臀中肌

本節主要介紹一塊平時可能不太聽說的肌肉——臀中肌。這塊肌肉與跑步過程中的穩定性有着莫大的關係。

一、甚麼是臀中肌

臀中肌位於臀部外側。它是深層肌肉，大部份被更為發達的臀大肌所覆蓋，所以我們無法在體表觸及。我們打針、注射的部位位於臀部外上方，這就是臀中肌所在的位置。在某些情況下，反覆肌肉注射可能導致臀中肌萎縮，就會導致特有的鴨式步態。

二、臀中肌雖小，但功能極為重要

臀部最重要的肌肉是臀大肌，臀大肌是跑步蹬地發力最重要的一塊肌肉，發達而有力的臀大肌如同馬達一樣，驅動人體向前。

臀大肌固然重要，但與此同時，臀中肌在跑步過程中也發揮着極為重要的作用，即穩定骨盆和膝關節。換句話說，發力靠臀大肌，穩定靠臀中肌。因為臀中肌向上連着骨盆，向下連着大腿骨，其生長的位置決定了它成為跑步穩定的「關鍵先生」。

三、臀中肌是跑步穩定的關鍵

1. 臀中肌是保持骨盆穩定的關鍵

在跑步過程中，骨盆的晃動很大程度是臀中肌力量不足造成的。

跑步是雙腿輪番交替向前的運動，例如當右腿蹬地，左腿就前擺，這時就意味着整個身體左側就處於懸空狀態。由於沒有支撐加之重力關係，身體尤其是骨盆就會向左側傾。這時右側的臀中肌就會發力拉動骨盆保持穩定，努力避免骨盆一高一低，這樣跑步時骨盆就不會上下晃動。

但是，當臀中肌無力或者未被充份激活時，骨盆就會伴隨跑步上下來回晃動。由於下肢都是起自骨盆，骨盆被認為是下肢的發力之源。沒有穩定的骨盆，下肢發力效果會大打折扣。儘管已經拼命用力，但由於骨盆不穩，好不容易產生的力量又被人體自身鬆懈掉，事倍功半。

2. 臀中肌是保持膝關節穩定的關鍵

在跑步過程中，我們都希望自己「身輕如燕」，這樣才可以減少負擔，提高速度，但這指的是整個人體。對於膝關節而言，我們則希望它在跑步時可以「穩如泰山」。因為膝關節不穩是導致膝痛的重要原因之一。

那膝關節不穩與臀中肌又有甚麼關係？臀中肌的重要功能是腿外展外旋。與之相反，臀中肌力量不夠就會導致腿內收內旋，即俗稱的「X型腿」「膝內扣」。有些跑者，特別是女性跑者，跑步時，

膝內扣，腳外翻，這就是膝關節不穩的重要表現，而這樣的跑姿將會對膝關節產生極大壓力，同時還會引起髕骨運動軌跡異常，誘發髕股關節面過度磨損。有研究表明，膝痛患者與健康人群相比，臀中肌力量明顯減弱，大約相差 20-35%。

3. 臀中肌力量不足會誘發膝外側痛

髂脛束摩擦綜合症是跑者膝外側痛的根本原因。成因就是緊張的髂脛束不斷與股骨外上髁摩擦。其實髂脛束也有使腿外展的功能，它與臀中肌一起發揮維持膝關節穩定的作用。但是大多數人臀中肌較為薄弱，減少膝內扣和維持膝關節穩定這一重任只能落在髂脛束身上，導致髂脛束過於勞累和緊張。而且髂脛束的緊張也會對髕骨產生向外的拉力，導致髕骨運動軌跡異常，加劇膝痛。

綜上所述，臀中肌力量薄弱是導致跑步時骨盆不穩、膝蓋內扣、膝關節壓力增加和膝痛的重要原因。

四、如何鍛煉臀中肌

既然臀中肌這麼重要，該怎麼鍛煉？

1. 髖部提拉

單腿站立於一個稍高且穩定的平面（以左腿為例）。首先將骨盆保持在中立位，緩慢下降右側腿，使骨盆的右側低於左側。然後左側臀肌發力，使骨盆再次回到中立位（即僅靠臀肌力量使骨盆回位，右腿上升至與左腿齊平）。

2. 單腿外擺

單腿站立，另一側腿外擺至最高點。注意使用臀中肌的力量外擺，並保持骨盆穩定，腳尖始終朝前。

髖部提拉　　　　　　　　單腿外擺

3. 單腿淺蹲後外擺

這一動作可以對臀大肌及臀中肌同時進行刺激，並加上單腿站立的不穩定性和對骨盆控制的要求。單腿站立，微屈。另一條腿向後外方打開，後伸的同時上抬至感覺臀部充份收縮。

單腿淺蹲後外擺（正視圖）　　　單腿淺蹲後外擺（側視圖）

4. 側臥腿外擺

側臥，屈膝，上方腿伸直，後伸。向上抬起至臀部外側充份收緊。下落後保持上腿後伸的位置，且不落地。注意上方腿保持腳尖向前，同時保持骨盆的中立位，不要翻轉。

5. 側臥貝殼式

側臥，屈髖屈膝約 90 度，臀部收縮將上腿如貝殼狀打開。下落時雙腿膝蓋不要相碰，再繼續進行下一個動作。注意保持骨盆的中立位，不要翻轉。

側臥腿外擺　　　　　　　　側臥貝殼式

6. 跪姿側橋接上擺腿

側臥，用肘膝關節將身體撐起，使身體呈一條直線。然後將上腿抬起至一側臀部完全收緊。注意保持腳尖向前，骨盆不要翻轉。

7. 俯臥四點支撐腿外擺

雙膝跪於墊上，雙手支撐呈四點跪位，保持腰背挺直，核心發

力收緊。單腿外展至臀部完全收緊。注意不要塌腰，骨盆保持中立位，不要翻轉。

跪姿側橋接上擺腿　　　　　　俯臥四點支撐腿外擺

五、總結

臀中肌是一塊不太發達的深層小肌肉，但對於跑步時保持骨盆穩定和膝關節穩定至關重要。加強臀中肌力量，不僅可以提升跑步表現，改善跑姿，同時對於預防下背痛和膝痛也具有重要意義，當已經出現膝痛時，加強臀中肌力量也是康復訓練過程中必不可少的重要練習內容。跑者一定要注意加強臀中肌力量。

第五節 跑者的小腿訓練為何如此重要

現在的跑者已經越來越重視核心、腿部、臀部的力量訓練，但有一個部位，很多跑者往往不知道如何訓練，這

就是小腿。事實上，頂級的馬拉松運動員小腿力量非常強大，這既為他們提供了源源不斷的蹬地動力，也為落地時有效緩衝和穩定支撐提供了可靠保證。

對於大眾跑者而言，沒有好的小腿力量，難以突破配速瓶頸，也容易受到小腿腳踝傷痛困擾。本節主要講解小腿訓練為甚麼如此重要，以及如何系統全面地開展小腿訓練。

一、沒有足夠的小腿力量，前腳掌着地風險較大

跑得越快，着地部位越靠前，但馬拉松運動員採用前腳掌着地絕不僅僅是因為跑得快，根本原因是前腳掌着地是一種更有效率、更為先進的跑法。如果採用腳後跟直接着地，就無法利用腳踝的運動來進行有效的緩衝。緩衝靠的是肌肉控制，而這塊肌肉就是小腿肌肉。前腳掌着地對於小腿肌肉有着比較高的要求，不經過一定的訓練或者小腿缺乏力量很難達到。盲目地模仿前腳掌着地技術反而容易引發足底筋膜炎、小腿脛骨應力綜合症和跟腱炎等損傷。改變着地技術，膝關節損傷是少了，但其他部位受傷增加了。換句話說，更有效率的着地方式需要匹配更強的肌肉能力。

二、腳踝穩定依賴良好的小腿肌肉

小腿通過踝關節連接着腳。腳踝部位除了腳底存在一些小肌肉外，絕大部份控制腳踝運動的肌肉都起自小腿。腳踝這個部位本身

沒有多少肌肉，腳踝的屈伸、內外翻動作基本都是通過小腿肌肉來實現的，因此，腳踝的穩定性和靈活性都依賴於小腿肌肉。在小腿肌肉無力或者疲勞的狀況下，落地時，腳踝要實現穩穩地落地，以及對於凹凸不平的地面做出靈活的反應就變得非常困難，這也是為甚麼有些跑者容易腳踝扭傷或者存在腳踝不穩的關鍵所在——小腿肌肉太弱。

三、有力的蹬伸依賴於強大的小腿肌肉

不管你的核心力量有多好，臀部和腿部力量有多強，最終這些力量都要通過蹬地，才能轉變為前進的動力。從動力鏈角度來看，來自於軀幹、臀部和腿部的力量經過傳導達到小腿，完成扒地蹬伸動作，產生推動人體往前的強大動力。因此，小腿肌肉既是這條動力鏈上極為重要的一環，小腿本身也是跑步的推進器。另外，粗壯的跟腱具有很好的彈性，利用跟腱拉長所具有的回彈力，本身就會產生一定的動力。

增強扒地能力，提高配速

增強緩衝，減少關節負荷

更有效地利用跟腱彈性

提高腳踝穩定性，預防扭傷腳踝

四、小腿訓練會讓小腿變粗嗎

跑步不僅不會使腿變粗，恰恰可以瘦腿。通過運動可以增加能量消耗和促進脂肪分解。脂肪少了，腿當然就會變細。這也是大多

數中長跑運動員都是細長腿的原因。因為他們脂肪含量較低，所以腿看上去特別細。其實他們的小腿肌肉相當發達，只不過他們的小腿肌肉發達不會呈現很大的肌肉塊。

五、小腿訓練遠非練提踵那麼簡單

提及小腿訓練，腦海裏大多會出現一個動作，那就是「提踵」。然而，光練「提踵」是遠遠不夠的。小腿訓練應當由力量練習、穩定性練習、緩衝練習和爆發力練習四部份組成。力量是基礎，穩定則強調控制，緩衝和爆發力訓練則是結合跑步專項的訓練。

力量練習　穩定性練習

緩衝練習　爆發力練習

六、小腿力量練習

1. 勾腳練習

勾腳尖是絕大多數跑者忽視的練習。勾腳練習主要訓練小腿前側肌肉力量，勾腳尖與提踵動作互相拮抗。這有助於保持小腿前後肌肉力量均衡。力量均衡才是預防腳踝扭傷的王道。

勾腳練習

2. 提踵

　　提踵一般採用單腳練習，初期可以扶住固定物，不扶固定物大大增加了動作難度。這個動作不僅需要力量，也需要腳踝的穩定性。該動作是訓練小腿肌肉的經典動作。

提踵

七、小腿穩定性練習

　　穩定性練習又稱為平衡練習，提高腳踝穩定性的關鍵是訓練好小腿肌肉。通過平衡練習，可以增強腳踝適應能力。這種適應能力恰恰是腳踝適應凹凸不平地面，不至於腳踝扭傷所需要的。

　　1. 睜眼單腳站立 目標 60 秒
　　2. 睜眼抱胸單腳站立 目標 45 秒
　　3. 閉眼抱胸單腳站立 目標 30 秒

睜眼單腳站立　　　　睜眼抱胸單腳站立　　　　閉眼抱胸單腳站立

八、小腿緩衝練習

訓練櫈單腿下落緩衝

從櫈子上跳下，前腳掌落地，觸地聲音越輕越好。當然，沒有櫈子原地完成亦可，有一定高度會增加訓練的難度。

訓練櫈單腿下落緩衝

九、小腿爆發力練習

在跑步過程中，腳觸地時間一般只有 1/3 秒，因此，觸地時小腿肌肉被快速拉長後又迅速縮短完成扒地動作。這種快速的動作模式如何在力量練習中體現，那就要做爆發力練習。爆發力練習才是最接近跑步專項的小腿練習，同時這種練習也可以充份挖掘小腿和跟腱彈性，從而真正提高小腿能力。此外，跳繩也是一種很好的訓練小腿爆發力的方法。

1. 單腳原地跳

要求落地後迅速反彈跳起，盡可能縮短觸地時間。

2. 雙腳前後跳

該動作既訓練了小腿爆發力，也訓練了腳踝穩定性和協調性。同上一個動作一樣，要求腳跟盡量不要觸

單腳原地跳

地，利用小腿的彈性來進行跳躍，縮短觸地的時間。

3. 單腳前後跳

這是雙腳前後跳的進階動作，單腳難度更大，對穩定性的要求也更高。動作要求與雙腳相同。

十、總結

當認真練習以後，你會發現你的小腿肌肉有突飛猛進的提高。你會發現你的小腿更加緊致、更加修長，當然在訓練過程中，不可避免地會有肌肉痠痛感。

第六節　跑者必做的 5 個爆發力訓練

開始重視力量訓練，標誌着你已經從初級跑者進階到中高級跑者。但如果你希望更上一層樓，成為頂尖跑者，那麼只做力量訓練就顯得遠遠不夠了，你還需要做更多的爆發力訓練。

初級跑者：
只是跑

中級跑者：
重視力量
訓練

高級跑者：
快速伸縮複
合訓練必不
可少

一、甚麼是爆發力

所謂爆發力（power），是指以最短時間產生最大速度或以最快速度完成動作的能力。爆發力反映了神經肌肉協調性以及肌肉間相互協同發力的能力，是力量素質與速度素質相結合的一項人體體能素質。絕大多數運動項目都需要良好的爆發力，特別是在跳高、跳遠、鉛球、標槍這類「一錘子買賣」的運動項目中，非凡的爆發力更是成績高低的決定性因素。

二、長跑以耐力為主，為甚麼需要訓練爆發力

如果你想當然地以為，長跑只需要耐力，不需要爆發力，或者認為中長跑這類項目肌肉收縮速度不快，不需要訓練肌肉快速收縮能力，那麼你就錯了！

要理解為甚麼爆發力訓練有助於跑步，首先你得理解一個概念。肌肉不僅具有收縮性，也具有彈性。所謂彈性就是被拉長後，能夠回彈的能力，就如同皮筋一樣，肌肉在被拉長後，同樣具有回彈力。爆發力訓練恰恰就可以有效訓練肌肉循環拉長、縮短的能力，這樣就可以有效利用軟組織（肌肉、肌腱）在拉長過程中所儲備的彈性勢能，從而減少肌肉直接收縮的能量消耗，提高跑步的經濟性。此外，終點衝刺階段也是要以良好的爆發力作為前提的。

舉例來說，我們常說千里馬可以日行千里，而即使頂級的職業馬拉松高手，恐怕也難以日行幾百里，是因為馬的耐力比人好嗎？其實並非如此，馬具有短而強壯的肌肉以及長而柔軟的肌腱，這種

肌腱像彈簧一樣，使得馬在奔跑時，每一步都可以儲存和釋放肌腱中儲存的大量彈性機械能，所以馬幾乎不費太多力氣，只依靠肌肉、肌腱彈性就可以日行千里。

三、大量研究證實爆發力訓練可以提高耐力

研究人員評定了 9 週爆發力訓練對中長跑運動員神經骨骼肌系統和運動成績的影響。結果顯示，經過 9 週訓練後，運動員 5 千米跑成績、跑步經濟性、5 級跳的距離以及 20 米跑成績顯著提高，同時跑步着地時間減少（跑步着地時間越短，速度損耗越小，肌肉、肌腱彈性勢能運用越好）。研究人員認為運動成績的提高歸功於神經骨骼肌系統的適應，換句話說，肌肉爆發力提高了跑步經濟性。其他研究同樣表明同時進行爆發力訓練可提高高水平耐力運動員運動的經濟性，其原因和肌肉的爆發力增強以及彈性勢能提高有關。

跑步經濟性（running economy）即是指在跑動過程中，穩定狀態下的每分鐘耗氧量。同等配速下，耗氧量越低，說明跑步經濟性越好，也即用最少的耗氧產生最快的速度。顯然，經過爆發力訓練，肌肉學會了高效利用彈性勢能，減少了自身能耗，從而降低了耗氧，保證了在耗氧不增加的情況下，配速提高。

四、5 個跑者必做的跑步專項爆發力訓練

1. 弓箭步跳（動作請參閱第 151 頁）
2. 弓箭步接高抬腿跳起（動作請參閱第 154 頁）
3. 開合跳

開合跳

4. 反弓跳

反弓跳

5. 台階交替跳

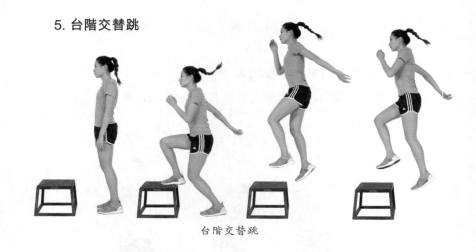

台階交替跳

五、爆發力訓練建議

1. 爆發力唯快不破，只有快，才能達到訓練爆發力的目的，因此需要跑者以盡可能快的速度完成動作，尤其是要注意肌肉拉長——縮短的銜接時間要短。以蹲跳為例，從空中落地，下蹲緩衝至最低處後，要迅速再次跳起，如果有停頓，就達不到訓練效果。

2. 爆發力訓練需要在肌肉狀態最好的時候進行，也就是在力量訓練之前，優先進行爆發力訓練，也可以在跑前來兩三組爆發力訓練激活肌肉。

3. 爆發力訓練不強調次數，而是強調質量，所以一般一組做8-12次，完成 2 組，每週 1-2 次。肌肉疲勞後，收縮速度下降，就達不到爆發力訓練的目的。

4. 爆發力訓練需要神經——肌肉高度協調用力，所以要在充份熱身後進行，防止肌肉拉長收縮速度過快拉傷肌肉。

六、總結

力量訓練對於跑者當然是非常重要的。過多的慢速力量訓練容易使動作速度變慢，還可能引發肌肉僵硬。力量訓練必須與爆發力訓練有效銜接，才能發揮對於跑步的促進作用，經常做一些爆發力訓練對於跑者跑得更快、更輕鬆非常有幫助。

第七節 如何才能跑得穩健還不受傷：跑者容易忽視的深層小肌肉訓練

力量訓練可以有效提高跑步經濟性、提升配速、預防傷痛和促進傷痛康復，是跑者必做的功課。當然，跑者有力量訓練意識是第一步，第二步則是要更加精準地進行跑步訓練。本節講的是精細化進行跑者力量訓練——深層小肌肉的訓練。

一、大肌肉訓練和小肌肉訓練有何區別

所謂大肌肉訓練一般就是指臀部肌肉、大腿前側肌肉、大腿後側肌肉、小腿肌肉等這些肉眼可見的大肌肉訓練。跑者做的下蹲、提踵、弓箭步、硬拉等負重或自身體重的練習，就是針對這些肌肉的訓練。練好這些肌肉可以直接幫助提高肌肉收縮力量，讓你跑起來更有勁兒、更快，因此，這些大肌肉訓練當然是十分重要的。

那麼為甚麼還需要訓練深層小肌肉呢？深層小肌肉通常位於小腿足踝、臀部和腹部深層、肩部深層等部位。這些肌肉體積較小，位於身體深層，通常被淺層大肌肉所覆蓋，肉眼看不到。由於這些肌肉比較小，所以這些肌肉的功能通常不是產生很大的力量，那麼它們的功能是甚麼呢？它們的功能是保持動作的穩定，實現動作的精細控制，說白了，就是讓動作更加精準。大肌肉訓練跟能力高低有關，而小肌肉訓練跟預防傷痛有關。有些時候，大肌肉力量過強，而小肌肉太弱，容易產生錯誤的動作模式，這樣的動作反而是有害的。因此，大肌肉必須與小肌肉配合，才能實現完美、準確的運動。

二、哪些是典型的小肌肉

足踝肌肉： 足底肌肉、小腿部位控制足內外翻的肌肉都屬於小肌肉。足底肌肉可以增強抓地能力，提高足弓穩定性，而小腿控制足內外翻的肌肉則可以有效避免腳踝扭傷，提高足踝運動的穩定性。有些跑者反覆扭傷腳踝，往往跟足踝肌肉薄弱和反應較慢有關。

臀中肌： 臀中肌位於臀部外側，由於它是深層肌肉，大部份被更為發達的臀大肌所覆蓋。**臀大肌沒力最多就是跑得慢，臀中肌沒力則會導致跑姿出問題。**

腹橫肌： 腹橫肌位於腹部深層，腹橫肌是摸不到的，但腹橫肌是否有力或被激活，直接關係到核心的穩定性。我們練習平板支撐，其實就是練習腹橫肌。平板支撐練習有多累，你就知道腹橫肌有多難練了。

肩部深層肌肉：漂亮的肩部是由三角肌構成的，但在肩部深層，還有 4 塊小肌肉，被稱為肩袖肌肉。這 4 塊肌肉像袖口一樣包住肩關節，為肩關節提供穩定性。很多中年人或年輕人的肩痛不是由肩周炎引起的，而是由肩袖肌肉損傷引起的。

三、小肌肉不好練，專門的小肌肉訓練工具是跑者的必備

小肌肉產生的力量有限，並且要求動作精確，一般的身體自重練習或負重練習，往往練不到這些小肌肉，而迷你訓練帶可以很好地勝任這一角色。通過將其套在雙手、雙膝、雙踝之間，就可以很好地鍛煉到上述深層小肌肉。

迷你訓練帶

1. 貝殼式：模擬貝殼打開動作，增強臀中肌力量，提高跑步穩定性，避免膝痛。

貝殼式

2. 臀橋：臀大肌和臀中肌同時發力，是最佳的臀肌訓練之一；將迷你訓練帶置於膝蓋上方，標準姿勢同普通臀橋一樣即可。

3. 下蹲：同樣是臀大肌和臀中肌聯合發力，是最佳的臀肌訓練之一；將迷你訓練帶置於膝蓋下方，標準姿勢同普通深蹲一樣即可。

4. 橫向跨步：臀中肌訓練的經典動作。

5. 前後跨步：訓練膝蓋正對腳尖的能力，減少膝內扣，避免膝痛。

橫向跨步　　　　　　　　　前後跨步

6. 單腿後外展：同樣是針對臀中肌的練習，增強臀中肌力量。

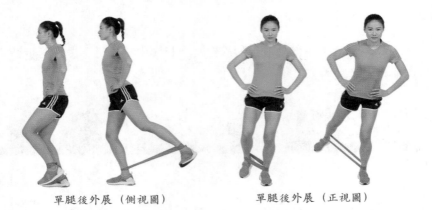

單腿後外展（側視圖）　　　　　單腿後外展（正視圖）

7. 側臥直腿抬高：針對臀中肌的練習，增強臀中肌的力量，要

點是上腿的後撤。

側臥直腿抬高

8. 單腿提膝：主要訓練抬腿能力，跑者很少練這塊肌肉，這塊肌肉叫作髂腰肌。

單腿提膝（側視圖）   單腿提膝（正視圖）

四、總結

通過迷你訓練帶，增強全身深層小肌肉力量，對於形成正確的跑姿、減少傷痛，具有很好的效果。通過上面推薦的訓練動作，你可以有效地提高跑步時全身的穩定性。多練力量已經不稀奇了，會練深層小肌肉，你才能更上一層樓。

第八節 跑步會掉肌肉嗎？跑者需要怎樣的肌肉

　　跑步會不會掉肌肉這個話題困擾着很多人。有人會說，馬拉松運動員那麼瘦，說明他們肌肉並不發達。如果將短跑運動員與長跑運動員進行對比，兩類人的體型差異很明顯。短跑運動員肌肉發達，而長跑運動員身材瘦削。很多推崇力量訓練的人，也會說少跑步，因為跑多了會掉肌肉。那麼跑步真的會掉肌肉嗎？

一、特定的運動造就了特定的肌肉類型

　　人們對於肌肉的理解往往就是肌肉發達才是有肌肉的表現，那真正肌肉發達的人只有一類——健美運動員或健美愛好者。同時，由於室內健身房健身主要以肌肉力量訓練為主，很多健身房教練就是大塊頭的肌肉型教練，他們不斷地告訴會員練有氧、跑步會掉肌肉，因此產生了「跑步會掉肌肉」的說法。

　　其實，絕大多數普通大眾並不會追求過於發達的肌肉，而是追求健康。在追求健康的過程中，需要肌肉力量訓練，但不等於一定要把肌肉練成健美運動員那樣才叫健康。運動員也是如此，只有足夠強壯才能勝任訓練和比賽，但對於多數項目（健美除外）的運動員，過於發達的肌肉反而會限制運動員最需要的能力——爆發力，因為過於發達的肌肉往往意味着笨拙。

　　事實上，肌肉變成甚麼樣子是由訓練方法所決定的，訓練方法

不同就會產生不同的肌肉形態。如果你總是進行耐力性運動，或者總是進行肌肉耐力訓練，那麼肌肉中一種成份——慢肌纖維就會變得比較發達，但是慢肌纖維發達並不表現為肌纖維很粗壯，所以你看上去肌肉並不發達，但慢肌纖維毛細血管密度高，線粒體數量多（線粒體是肌肉的能量工廠），特別適合長時間中等強度運動，也就是說正是由於慢肌纖維血管密度高，氧氣可以源源不斷地運輸到肌肉，並且及時將代謝廢物排出肌肉，所以慢肌纖維才能維持長時間運動而不疲勞。

而如果你總是進行 6-12 次重複次數或次數更少的肌肉力量訓練，那麼你的肌肉中的另外一種成份——快肌纖維就會變得比較發達，而快肌纖維的發達就會表現為肌纖維很粗壯，所以你看起來肌肉發達。這是由快肌纖維的特點決定的，它們形狀粗壯，但與慢肌纖維相比，它們毛細血管密度低，線粒體數量也比較少，所以快肌纖維只適合短時間、大強度運動，代謝廢物堆積會使人很快疲勞。

馬拉松運動員看上去的確是很瘦，但他們並不是真正的瘦。他們的瘦有兩個原因，第一是他們脂肪含量很低，脂肪對於長時間跑步來說，是一種很大負擔，只有較低的體脂百分比、較輕的體重才能在跑步中獲得優勢；第二，馬拉松運動員經過常年訓練，形成了瘦長纖細的肌纖維特點，即慢肌纖維比例高，快肌纖維比例低。但他們與普通人相比，肌肉看上去仍然比較發達。所以說，馬拉松運動員肌肉弱這樣的說法是錯誤的，其實他們肌肉並不弱，只不過他們形成了適合馬拉松運動的肌肉特點。

如果讓健美運動員去跑步，跑起來往往很吃力。原因就在於健美運動員的肌肉類型表現為快肌纖維比較發達，快肌纖維雖然收縮

速度快，但容易疲勞，另一方面，過大過重的肌肉也會增加跑步時身體的負擔。

二、跑步會導致掉肌肉嗎

有人認為跑步會消耗蛋白質，而構成肌肉的主要物質就是蛋白質，所以跑步會掉肌肉。眾所周知，運動時主要供能物質是糖和脂肪，蛋白質供能比例極少，只有在長時間大強度運動中，才會消耗小量蛋白質。另外，即使真的消耗了一定蛋白質，即消耗了一定肌肉，也可以通過運動後的飲食來補充蛋白質和修復肌肉，經過這個過程，肌肉將變得更加結實和發達，這也解釋了為甚麼第一次跑馬拉松後肌肉反應很大，而再次跑馬拉松時，肌肉反應就會明顯減輕。因為通過跑馬拉松，肌肉得到了刺激和強化。

因此，跑步消耗肌肉的說法是經不起推敲的。如果真要說消耗肌肉，力量訓練才是最消耗肌肉的運動。

那麼原本一個肌肉發達的人改變自己的運動方式，把力量訓練改為耐力運動，他的肌肉會逐步消失嗎？會的，但沒有那麼誇張。如果原本熱愛力量訓練的人從此改變運動方式，開始練習跑步，那麼他粗壯的快肌纖維會因為缺乏足夠力量訓練刺激，逐步退化。例如，胳膊和腿的圍度變小，但不會因此變得骨瘦如柴，他還是會比一般人看上去更加肌肉發達，同時他的慢肌纖維也會變得發達。由於慢肌纖維本來就不粗壯、顯發達，所以這個人就會讓人感覺「掉肌肉」了，但事實上他並不是真正肌肉萎縮，而是他改變了訓練方式，肌肉類型也發生了變化。

也許跑者會問，慢肌纖維和快肌纖維可以相互轉換嗎？例如經常進行耐力性運動，快肌纖維可以變成慢肌纖維嗎？反之經常進行力量性運動，慢肌纖維可以變成快肌纖維嗎？關於這一點，尚有爭議。

真正意義的掉肌肉只有一種情況，那就是長時間臥床或嚴重缺乏運動，才會發生肌肉萎縮。所以「跑步掉肌肉」這種說法本來就是似是而非的誤導性說法，與其說「跑步掉肌肉」，不如說「跑步改變了肌肉類型」。

三、運動愛好者不要糾結於跑步掉不掉肌肉，多元化的運動適合大多數人

長期在健身房健身的人士受教練影響，排斥耐力性運動，而跑者似乎也很排斥到健身房做力量訓練。按照西方對於運動的解構，運動可以分為力量性運動、耐力性運動、柔韌性運動（即拉伸）等。從健康體適能角度來看，既要做一些耐力性運動，主要發展心肺耐力；也要做一些力量性運動，可以幫助提高功能能力；當然運動之後還需要做做拉伸。把力量、耐力、柔韌都做好，基本可以實現所謂的多元化運動。而多元化的運動無論是對於提升運動樂趣，改變運動枯燥性，還是避免單一重複運動可能造成的身體局部傷害，都大有裨益。力量訓練結合有氧運動也被認為是減肥的最佳方式之一。因此，我們提倡力量運動結合有氧運動。有一類跑者，他們既堅持室外跑步，又在健身房堅持做力量訓練，這樣做才是提高體適能、追求健康的最佳運動方法。

四、跑者需要怎樣的力量訓練

跑者要加強力量訓練，因為缺乏力量是導致跑者發生傷痛的主要原因之一。跑步是一項長時間耐力運動，如果肌肉力量，特別是肌肉耐力比較差的話，那麼在跑步後半程就容易出現因為肌肉疲勞而發生關節壓力增加，甚至抽筋等表現。這也是許多跑者在跑步後程出現關節疼痛的重要原因。力量訓練對於提高跑者的運動表現，改善跑步經濟性，預防運動損傷，促進傷痛康復都十分重要。即便是專業馬拉松運動員，在備賽期也需要做一些力量訓練，只不過專業運動員有較低的體脂百分比、嫻熟的跑步技術、良好的專項力量，這些可以保證他們不受傷，而大眾跑者都不具備這些先決條件，所以大眾跑者需要更多的力量訓練來保證自己不受傷。

對於大眾跑者而言，進行力量訓練應該注意以下三點。

第一，動作一定要規範，錯誤的訓練動作不僅達不到運動效果，還會導致關節受傷。

第二，跑者進行力量訓練通常不必追求大重量，做一些 12-16 次重複次數的肌肉耐力練習，更加符合跑步耐力性運動的需求。

第三，在安排訓練時，最好將力量訓練和跑步分開。如果今天是跑步，那麼今天就不要再做力量訓練；如果今天安排了一次力量訓練課，那麼今天就不要再跑步。因為有研究表明，耐力和力量是一對相互拮抗的素質，耐力的提高往往意味着力量素質的下降，而力量的改善往往意味着耐力的下降。為了明確訓練目標，最好不要將力量訓練和耐力訓練放在同一天進行。當然，並不是練力量會導致耐力下降，這裏的力量是指運動員所進行的大重量、重複次數少

的高難度專業力量練習。對於大眾跑者而言，力量訓練只會使其跑得更快、更好、更穩。只要力量訓練和耐力訓練不放在同一天進行，二者的拮抗效應其實是很小的。

五、總結

不要再聽信「跑步掉肌肉」的說法，跑步不會掉肌肉，跑步只是讓肌肉變得更加適合去跑步。對於跑者而言，適當的力量訓練十分重要，其目的不是讓你變成一個肌肉十分發達的人，而是讓你跑得更快、更穩而且不易受傷。

第四章

科學訓練實現無傷奔跑

跑太快是跑者的通病

　　當曬跑量、拼速度成為跑圈的日常，互相攀比就變得難以避免。當跑者紛紛追求更快的日常跑步，孜孜以求提升配速時，其實已經陷入了誤區。科學訓練的基本原理以及無數經驗告訴我們，你不是跑得太慢，而是跑得太快，把日常跑步時的速度降下來，更有助於跑步水平的提高。

一、其實你並不是跑得不夠快

　　有一項關於專業選手訓練強度分佈的研究發現，專業選手大部份訓練採取的是低強度訓練。例如，對參加美國奧林匹克馬拉松選拔賽的男性和女性專業選手的調查發現，男性有幾乎四分之三的人訓練時比馬拉松比賽時速度慢，而女性數量也超過了三分之二。

　　這是因為專業運動員的訓練本來就非常密集，如果在此基礎上提高訓練強度，很多人會吃不消。降低速度、降低強度，他們就可以積累更多跑量。研究認為，平均每週跑量是最能體現跑者水平的指標。日常訓練中跑得越多，在比賽時速度會越快，同時，保持慢速跑步可以有效防止運動員過早疲憊。

　　另一項關於訓練強度分佈情況的調查結果相當令人吃驚。亞利

桑那州州立大學的研究人員對 30 名成熟跑者進行了調查，首先請他們自述自己的訓練強度：多數跑者聲稱自己每週進行 3 次輕鬆跑、1 次中等強度訓練、1-2 次高強度跑。隨後，研究人員要求這些跑者佩戴心率錶一週，數據顯示出的跑步強度與跑者自述的強度差別很大。事實上，這些跑者低強度訓練不到一半時間，幾乎一半是中等強度訓練，高強度訓練則是微乎其微（不到 9%）。這一研究說明，很多跑者平時跑得太快了。

二、慢不下來，快不上去成為很多跑者的頑疾

這一研究結果表明，很多跑者訓練模式是紡錘形模式，即平時很少做間歇跑、衝刺跑這類速度很快的訓練，而速度較慢的輕鬆跑也不屑於做，他們的訓練多數是不慢不快的中等強度跑步。這種訓練方式帶來的問題就是儘管訓練不輕鬆，但能力提高緩慢，成績停滯不前。而且因為訓練太過單調而容易受傷，陷入「慢不下來，快不上去」的陷阱。

其實真正好的跑步訓練模式應該是不同配速訓練呈現金字塔分佈，速度慢的訓練所佔跑量比例最大，速度最快的間歇跑、衝刺跑所佔跑量比例小。

與專業運動員相比，大眾跑者的訓練時間比較有限，所以他們希望通過加快速度來彌補訓練量的不足，或者不自覺就容易跑快。這種方法的問題是：高強度（接近乳酸閾）的訓練

速度誤區

容易增加交感神經系統的負擔，反而給身體施加了很大的壓力。

其實最佳的訓練模式是這樣的：80% 低強度訓練，10% 中等強度訓練和 10% 的高強度訓練。這種訓練模式也是被大多數馬拉松教練所認可的，我們稱之為 80/10/10 法則。很多跑者實際卻是按照 30/65/5 的模式在進行訓練。

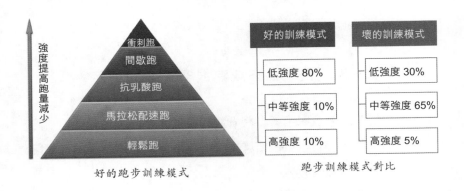

好的跑步訓練模式 　　　　　　　跑步訓練模式對比

三、輕鬆舒適地跑好處很多

有一些跑者誤以為跑步一定要跑到足夠快，大汗淋漓、氣喘吁吁才有鍛鍊效果，這種所謂「沒有付出就沒有收穫」的觀點其實是錯誤的。在慢速情況下，輕鬆舒適地跑步能夠獲得很多好處。

1. 有效增強心肺功能

輕鬆跑雖然名為輕鬆，但仍然可以有效增強心肌收縮力量，因為心率達到最大心率的 60% 時，心臟即達到最佳做功模式，也不會因為心率過快而使心臟得不到休息。因此，長期堅持輕鬆跑，可

以很好地塑造心肌。

2. 有效燃燒脂肪，提高脂肪利用率

慢跑是最好的減肥方式之一，可以有效燃燒脂肪，但究竟應該多慢呢？其實就是應該慢到跑步時輕鬆舒適，可以自如交談。這時脂肪供能比例高，因此可以有效促進脂肪燃燒。對於那些耐力很好，不需要減脂的人群來說，這樣的低強度慢跑也很重要，因為這種訓練不是為了燃燒脂肪，而是為了提高脂肪供能比例，起到節約糖原的作用。有些跑友在馬拉松比賽中容易「撞牆」，其重要原因就是脂肪動員不足，糖原消耗殆盡自然就會筋疲力盡。

3. 愉悅精神，促進全面健康

輕鬆的慢跑可以很好地調節緊張情緒，緩解焦慮和抑鬱，是我們日常繁忙工作之後更為積極主動的放鬆方式。當然跑步還有其他好處，例如有利於骨骼關節健康、預防慢性疾病等。

4. 打下堅實基礎，為日後提升能力提供支撐

通過不斷地輕鬆跑訓練，不僅可以鍛煉最為基礎的有氧耐力，也可以大大提升疲勞消除能力。這些能力對於提升配速非常重要。

四、如何把控輕鬆跑的配速

輕鬆跑是配速最慢的一種訓練，這種訓練不是追求快，而是追求足夠慢。對於不少跑者而言，慢有時反而不那麼容易，但這

種慢是有必要的。對此，著名跑步教練丹尼爾斯博士針對不同能力的跑者制訂了 LSD 跑配速參考標準，以方便每位跑者找到適合自己的速度。

不同水平跑者 LSD 訓練參考配速

5 千米成績	10 千米成績	半馬成績	全馬成績	LSD 配速
≥30 分鐘	≥63 分鐘	≥2 小時 21 分鐘	≥4 小時 49 分鐘	7:27-8:14 / 千米
27 分鐘	56 分鐘	2 小時 04 分鐘	4 小時 16 分鐘	6:36-7:21/ 千米
24 分鐘	50 分鐘	1 小時 50 分鐘	3 小時 50 分鐘	5:56-6:38 / 千米
21 分鐘	43 分鐘	1 小時 36 分鐘	3 小時 21 分鐘	5:12-5:51/ 千米
19 分鐘	39 分鐘	1 小時 27 分鐘	3 小時 01 分鐘	4:43 -5:19/ 千米

同時需要注意的是，進行輕鬆跑訓練時，配速是一方面，心率同樣也是一個非常重要的指標。如果在目標配速下心率過高，身體會很快進入疲勞狀態，這達不到輕鬆跑訓練的目的。因此，在正常情況下，輕鬆跑的訓練強度應當控制在最大心率的 65-79%。如果在目標配速下，你的心率超過了這個心率區間，那麼你應該降低配速，以心率是否達標作為訓練強度的參考標準。

輕鬆跑在時間控制方面應當遵循以下原則。

- **初級跑者：**訓練時間控制在 30 分鐘左右。
- **普通跑者：**一次最長訓練，時間控制在 1 小時左右。
- **以半馬為目標的跑者：**一次最長訓練，時間控制在 2 小時左右。
- **以全馬和超馬為目標的跑者：**一次最長訓練，時間控制在 2.5 小時，但注意並非每次訓練都要達到 2.5 小時。

第二節 為甚麼 LSD 之後再來幾次衝刺跑就完美了

長距離慢跑是跑者平時最慣用的跑法，即 LSD 訓練。它主要指以中等強度保持較長時間的慢跑。通過 LSD 訓練可以給身體帶來一系列好處，從而為跑者打造堅實的有氧基礎。

如果你只是採用這樣單一的方式跑步，對於提升健康來說是足夠的。但如果你希望更好地提升耐力，只做 LSD 訓練就顯得不足，甚至還有些弊端。

一、LSD 訓練帶來的益處

1. 增強心臟功能

跑步又稱為心肺訓練，這說明跑步的主要目的就是增強心肺功能。通過 LSD 訓練可以顯著增強心肌收縮力。因此，輕鬆的奔跑可以很好地塑造心肌，提高心肺耐力。

2. 提升肌肉利用氧氣的能力

LSD 訓練不僅可以有效鍛煉心臟，也可以提高肌肉利用氧氣的能力，這樣就可以達到提高氧氣利用效率、節省氧氣的作用，同時也有助於隨時把更多糖轉換為能量。

3. 讓身體適應脂肪作為燃料，從而讓脂肪成為長跑強大的能量來源

進行中等強度運動時，脂肪供能比例較高，長期在該強度下進行訓練就可以提高脂肪供能效率，讓你的馬拉松後半程能量供應不再因為糖原耗竭而「捉襟見肘」，因為脂肪可以源源不斷地提供足夠能量。

LSD 訓練的三大作用的最終結果就是為身體打下良好的有氧基礎。LSD 訓練還有其他作用，例如減肥、減壓、提升心理健康水平、提高骨密度、減少慢性病發生等。

二、LSD 訓練的副作用

1. 節奏變慢，影響速度

LSD 訓練以「訓練時間長」和「配速慢」為主，因此長時間訓練後，身體會適應「慢」的節奏，也就是說神經肌肉已經形成動力定型，此時，再想把速度加快，身體就會出現明顯的惰性。

2. 只訓練了有氧系統，無法刺激無氧系統

由於訓練強度低，心肺一直處在較低的工作水平，身體以有氧系統工作為主，久而久之就會適應這樣的工作狀態，因此當你準備提升配速奔跑時，由於平時缺乏對於無氧系統的刺激，無氧系統往往出現過度反應，即乳酸迅速堆積。你會因為肌肉痠脹、呼吸困難、極度疲勞而不得不放慢速度。一名優秀跑者不僅需要良好的有氧耐力素質，也需要具有較快速度的保持能力，即無氧耐力素質。

3. 減弱肌肉快速收縮能力，降低肌肉爆發力

運動生理學實驗早已證明，長時間、中低強度的耐力訓練會增加肌肉中的慢肌纖維，同時神經調動快肌纖維能力降低，這樣肌肉快速收縮能力下降，爆發力受到影響，這就是你想快但快不起來的原因。

三、如何避免 LSD 訓練的弊端

一方面，我們需要通過 LSD 訓練打下良好的有氧耐力基礎，因為有氧耐力基礎是長跑所需要的最基本的素質，但我們又需要盡可能避免只做 LSD 訓練對於速度能力造成的負面影響。

怎麼辦？那就是在 LSD 跑尾聲增加幾組衝刺跑練習。

衝刺跑，簡而言之就是以自己的最大速度進行全力衝刺，例如 100 米、200 米、400 米全力跑都可以稱之為衝刺跑訓練。在此類跑法中，人體的最大速度將會被激發從而得到提升。而在長跑運動中增加衝刺跑意味着利用比平時配速快很多的速度奔跑，並反覆進行多組。

四、衝刺跑帶來的好處

1. 刺激神經肌肉，避免動作模式過於單一

正如前文所說，如果我們的身體只是以一種固定的節奏和強度運動，那麼久而久之，神經肌肉就適應了這種模式，此時想要身體以別的強度或模式運動，就會出現神經無法有效支配肌肉的尷尬。

具體表現為跑步時想快快不了，想慢也慢不了。而在平時的訓練中，增加一些快速衝刺訓練，讓神經經常接受不同刺激，這樣就可以保證大腦足夠的靈活性和可塑性，即神經可以隨時發出不同頻率和強度的指令，指揮肌肉按照要求工作。

2. 刺激無氧系統，鍛煉心肺功能

長跑成績的好壞本質比的是不同個體維持高速奔跑的能力。因此，一名優秀的跑者既需要有很好的有氧耐力素質，也需要優秀的速度保持能力，即無氧運動能力。而無氧運動能夠對心肺功能產生較大刺激。只有有氧和無氧結合，才能均衡發展人體心肺功能和耐力水平。

3. 提升跑者的最高速度，消除肌肉伸縮速度變慢的副作用

長期的慢跑運動會讓身體中與氧化功能有密切關係的酶的活性較高，而與速度有關的糖酵解以及磷酸化供能酶的活性會降低。此時身體裏產生快速奔跑的快肌纖維調動程度將變得低效，這將對最快速度產生很大的影響。在平時的訓練中，為了消除這種因長期適應所帶來的弊端，及時訓練肌肉快速伸縮的模式就顯得十分必要。

五、如何在慢跑尾聲進行衝刺跑

衝刺跑就是採用衝刺的速度去跑。衝刺跑的強度比間歇跑的強度還要高。衝刺跑是跑步訓練中強度最高的訓練方法。

不同配速能力跑者衝刺跑建議的強度

5 千米成績	10 千米成績	半馬成績	全馬成績	衝刺跑配速
≥30 分鐘	≥63 分鐘	≥2 小時 21 分鐘	≥4 小時 49 分鐘	67 秒 /200 米
27 分鐘	56 分鐘	2 小時 04 分鐘	4 小時 16 分鐘	58 秒 /200 米
24 分鐘	50 分鐘	1 小時 50 分鐘	3 小時 50 分鐘	52 秒 /200 米
21 分鐘	43 分鐘	1 小時 36 分鐘	3 小時 21 分鐘	45 秒 /200 米
19 分鐘	39 分鐘	1 小時 27 分鐘	3 小時 01 分鐘	42 秒 /200 米

進行衝刺跑訓練時應遵循以下原則。

- 一般情況下，衝刺跑不需要單獨進行，在 LSD 訓練尾聲進行即可，一週 3-6 次均可，這樣也節約了時間。

- 一般來說，衝刺跑的訓練分為兩類，按時間訓練和按距離訓練。當衝刺跑能力不足的時候，那麼每次訓練按照時間，控制在十幾秒到一分鐘。當能夠完成 200 米及以上衝刺的時候可以按照上表中的配速要求進行衝刺。一般一次衝刺最長時間不超過 2 分鐘。

- 可重複多組，衝刺與間歇時間之比為 1：2 或 1：3，也就是說如果你衝刺跑跑 20 秒，需要間歇 40 秒左右再做下一組，而如果你衝刺 1 分鐘，則需要休息 2-3 分鐘再做下一組。

- 間歇時，可以停下來休息，也可以用慢跑或者快走代替。

第三節 突破瓶頸的關鍵——抗乳酸跑

　　我們總是羨慕那些資深跑者配速比我們快很多。其實，你也可以像他們一樣跑得很快，只不過，以超出自己平時能力的配速跑步，堅持不了多久，就會感覺腿像灌了鉛一樣沉重、呼吸也是上氣不接下氣，感覺無法堅持下去。在這種速度下，資深跑者卻氣定神閒，跑得沒你那麼辛苦，這其實反映了高水平跑者和普通跑者在耐力上的差別。

　　為甚麼會出現這種情況？說到底還是你的心肺耐力和肌肉系統還不夠強大，在較快配速下，身體內產生了乳酸堆積，乳酸堆積是較快配速跑步時，機體疲勞的根本原因。而高水平跑者在同等速度下，乳酸堆積並不明顯。這就好比一個水箱，如果進水的速度超過出水的速度，那麼很快這個水箱就會被填滿。我們需要做的就是讓進水量減少，水箱容積更大，同時讓出水量變得更大，這樣水箱就不容易蓄滿。換句話說，通過訓練讓乳酸生成減少，機體更加耐受乳酸，同時排出乳酸的能力增強，這樣才會讓你在較快配速時，跑起來更加輕鬆。

　　在平時跑步多去刺激乳酸系統（專業術語稱為糖酵解供能系統），讓身體去適應高強度跑步，這樣就能大大提高身體在跑步中耐受乳酸和分解乳酸的能力，這種訓練稱為抗乳酸跑。

一、抗乳酸跑的好處

1. 提升身體耐受乳酸和排出乳酸的能力

很多跑者跑步時主要採用的是低強度長時間跑（LSD 跑），此時主要是以有氧供能為主，供能物質主要為糖和脂肪，分解產物為水和二氧化碳，沒有甚麼不良的代謝副產物，所以可以維持較長時間運動，但強度很低。如果你想進一步提高配速，因跑步強度的提升，運動狀態由有氧狀態進入到了無氧狀態，此時無氧供能比例增大，就產生了代謝副產物——乳酸。乳酸大量產生，而分解速度較慢，乳酸逐步堆積，導致身體很快出現疲勞。身體從有氧供能轉變為無氧供能的那個拐點稱為乳酸閾。乳酸閾所對應的運動強度就是乳酸閾強度。在該強度以下，身體進行的是低強度有氧運動，而在該強度以上，則進行的是高強度無氧運動。

通過訓練，跑者能夠提升乳酸閾所對應的運動強度。例如原來 6:00 配速就是乳酸閾強度，而經過訓練，6:00 配速已經變成有氧運動，5:30 配速才是乳酸閾強度，這就表明耐力得到實實在在的提高。換句話說，一位跑者本來以 6:00 配速進行跑步，身體會感覺很痠脹很難受，而通過一段時間的訓練後，以 6:00 配速跑步會覺得很輕鬆，原本 6:00 配速時的不適感到了 5:30 配速時才會產生。

2. 提升有氧耐力的空間

假設有兩位運動員，分別是運動員 1 和運動員 2，運動員 1 的有氧區間達到 70% 最大攝氧量的時候會達到乳酸閾的拐點，運動員 2 的有氧區間達到 60% 最大攝氧量時就已經達到了乳酸閾的拐

點，此時如果這兩位運動員一起去參加同一場比賽，有氧區間大的運動員就能夠以更快的速度，更輕鬆的狀態跑完比賽，因為其有氧耐力空間較大，而有氧區間小的運動員稍微加大強度，就會出現乳酸堆積。

3. 讓身體在臨界速度下維持更長時間

一旦配速逐漸提升，乳酸的產生量大於清除量，乳酸不斷堆積，身體就會很快進入疲勞狀態。如果將配速正好保持在乳酸產生量與清除量相等的那個區間內，乳酸有產生但不會堆積，那麼跑者將會以臨界運動狀態下的最快速度進行奔跑，而且能夠避免身體因乳酸堆積而疲勞。經過一段時間訓練，臨界速度就會隨之提升，有氧區間也會隨之擴大，配速也會相應提升。

二、如何進行抗乳酸跑

抗乳酸跑對於絕大部份跑者來說都不太容易，其一是因為抗乳酸跑的確很累，因為此時體內乳酸會有一定程度堆積，你會感覺跑得比較痛苦，所以也是對於意志品質的極大考驗；其二是因為抗乳酸跑的強度介於有氧和無氧之間，強度相對來說比較難以把控。跑得過快就會造成乳酸大量堆積，很快筋疲力盡，跑得過慢就處於有氧區間，達不到抗乳酸訓練的效果。所以這就需要很好地拿捏速度。

不同水平跑者抗乳酸跑推薦配速

5 千米成績	10 千米成績	半馬成績	全馬成績	抗乳酸跑配速
≥30 分鐘	≥63 分鐘	≥2 小時 21 分鐘	≥4 小時 49 分鐘	6 分 24 秒 /1 千米
27 分鐘	56 分鐘	2 小時 04 分鐘	4 小時 16 分鐘	5 分 40 秒 /1 千米
24 分鐘	50 分鐘	1 小時 50 分鐘	3 小時 50 分鐘	5 分 06 秒 /1 千米
21 分鐘	43 分鐘	1 小時 36 分鐘	3 小時 21 分鐘	4 分 29 秒 /1 千米
19 分鐘	39 分鐘	1 小時 27 分鐘	3 小時 01 分鐘	4 分 04 秒 /1 千米

進行抗乳酸跑時需要遵循以下原則。

- 每週 2-3 次，一次抗乳酸跑的跑量不超過週跑量的 10%。
- 以最大心率的 89-92% 進行訓練，如果按照預定的配速訓練感覺十分疲勞，心率過高，可適當降低強度，以心率為準來設定強度。
- 一般需要累計奔跑 20 分鐘。
- 訓練和休息時間比為 5：1。例如今天抗乳酸跑的訓練時間為 20 分鐘，可以採用訓練 10 分鐘，休息 2 分鐘，再跑 10 分鐘的方法；也可以採用，跑 4 個 5 分鐘，每組組間休息 1 分鐘的方式進行。

第四節 提升配速的關鍵——間歇跑

剛開始跑步，耐力會比較差，經過一段時間訓練後，耐力會有所提高，但如果你仍然維持原來的訓練量和訓練

水平，你的耐力水平就會停滯不前。

怎樣才能跑步時不那麼氣喘？也不再那麼難受？秘訣就是「以毒攻毒」。你跑步不是喘嗎？那就一不做二不休，跑得再快一些，喘得更厲害一些。下次跑步就會輕鬆很多，沒有之前喘得那麼厲害。這就是讓你不再一跑步就拼命喘氣的訓練方法——間歇跑。

何謂間歇跑？快速跑一陣，休息一下，再接着跑，接着休息，不斷循環的跑法就是間歇跑。至於休息，是完全停下來休息，還是用快走或慢跑作為休息，這個並不重要，都是可以的。間歇跑的核心特徵是高強度跑和休息穿插交替進行，因為你不可能一直猛跑。

一、間歇跑的好處

1. 提升最大攝氧量，增強跑者的心肺功能

最大攝氧量是一個專業術語，是指當你達到運動極限時，你能夠攝取的最大氧氣量，這個值越高，代表你的耐力越好。為甚麼走路走多遠都不太會氣喘，跑步跑一會兒就會氣喘？因為跑步強度大，你需要攝入更多氧氣。因此，如果你希望提高你的最大攝氧量，就得逼迫自己盡可能在最大攝氧量所對應的強度下訓練，這樣才能刺激你的心肺系統，最大攝氧量才能提高。假設你的最大攝氧量是 40 毫升／千克／分，如果你以 6:00 配速跑步，攝氧量為 30 毫升／千克／分，相當於你以 75% 的最大攝氧量強度運動，這時你會比較喘，而如果你的最大攝氧量提高到 50 毫升／千克／分，你仍以 6:00 配速跑步，你就是以 60% 的最大攝氧量強度運動，這

時你會感覺輕鬆很多，也就不再那麼喘了。

2. 提升跑步經濟性

即以省力節能的方式跑步。跑步經濟性也是跑步成績的重要因素。同樣一場比賽，跑步經濟性比較高的跑者能夠節省更多的能量，跑起來相對更加輕鬆。有研究發現，採用間歇訓練的跑者跑步效率改善幅度比持續訓練的改善幅度高出 2 到 3 個百分點。同時，良好的跑步經濟性可以彌補跑者在其他身體素質方面所存在的不足，例如肌肉力量不足等。

3. 提升機體抗乳酸能力

上一節中抗乳酸跑的原則的最後一條同樣也適用於間歇跑。

而且有學者研究發現，只進行間歇跑訓練的受試者，其抗乳酸能力也有所提高。間歇訓練前，速度為 10 千米 / 時的血乳酸值為 2.5 毫摩爾 / 升，而經過訓練，血乳酸達到 2.5 毫摩爾 / 升的強度為 11.6 千米 / 時，即在同等血乳酸水平時，配速得到了有效提升，那麼在同等配速下，也就意味着血乳酸水平更低。

當然，這兩者之間還是有一定的區別。

二、如何進行間歇跑

間歇訓練的強度接近 100% 最大攝氧量，幾乎是在接近極限有氧強度下進行快速跑，同時還需要將速度維持一段時間。當然，不同能力的跑者間歇跑所採用的配速也有區別。

不同耐力水平跑者間歇跑的合理配速

5千米成績	10千米成績	半馬成績	全馬成績	間歇跑配速
≥30分鐘	≥63分鐘	≥2小時21分鐘	≥4小時49分鐘	2分22秒/400米
27分鐘	56分鐘	2小時04分鐘	4小時16分鐘	2分05秒/400米
24分鐘	50分鐘	1小時50分鐘	3小時50分鐘	1分52秒/400米
21分鐘	43分鐘	1小時36分鐘	3小時21分鐘	1分38秒/400米
19分鐘	39分鐘	1小時27分鐘	3小時01分鐘	1分30秒/400米

　　間歇跑設置間歇的本質是：快速奔跑會讓身體在幾分鐘內疲勞，通過間歇讓疲勞得到一定程度緩和，但是又不讓疲勞百分之百消除。如果間歇時間過短，疲勞還沒有得到足夠緩解就開始下一組，必然導致下一組跑步時掉速明顯，疲憊不堪；而間歇時間過長，身體疲勞幾乎完全消除，那就不是間歇跑了。間歇的目的是保證每一組按照預定的配速順利完成。

　　進行間歇跑時需要遵循以下原則。

- 間歇跑不適合初級跑者，建議有4-6週的訓練基礎後再開始間歇跑。

- 每次的訓練時間一般在2-5分鐘之間。跑步能力較強的跑者（配速能夠輕鬆進入6分鐘以內），每一組的訓練時間在3-5分鐘。初級階段的跑者（配速6分鐘比較累的）可以按照400米一組進行訓練。

- 訓練時間和間歇時間比為1：1。

- 心率應達到最大心率的95-100%。如果心率達標，而配速尚低於目標配速，以心率為準。間歇時，要求心率恢復到最大心率的65-79%，再開始下一組。

- 每次跑的訓練時間控制在 20-30 分鐘之間。例如，今天訓練時間為 24 分鐘，每一組 3 分鐘，那麼應該訓練 8 組，加上間歇，實際訓練時間會達到 40-60 分鐘。水平較低者可以減為 4-6 組。

第五節 MAF180 訓練

慢跑是減脂的最佳方式之一，可是究竟應該跑多慢呢？事實上，每個跑者由於能力不同，無法用一個固定的速度來慢跑。但這並不意味着慢跑無法準確界定。國際上有一種廣為認可的慢跑標準——MAF180 跑法。

一、MAF180 訓練的來歷

Max aerobic function heart rate 簡稱 MAF 心率，即最大有氧心率。MAF 訓練法由菲利浦 · 馬費通博士提出，他是國際著名的耐力訓練專家，也是 6 次夏威夷鐵人三項賽冠軍馬克 · 艾倫的教練。馬費通同時也是一名高產的作家，他撰寫了 20 多部著作，其中最著名的作品是 *The Big Book of Endurance Training and Racing*。

二、MAF180 訓練的主要特點

1. 訓練強度比較低，比較溫和，適合減肥者、初級跑者、普通

跑步愛好者、成熟跑者進行 LSD 訓練，以及因為某些原因很長時間不跑步、想要重新跑步的人士。

2. 這種訓練方法因為強度低，對身體造成的負擔比較小，感覺較為舒適，利於培養跑步興趣，並逐步養成堅持跑步的習慣，可以改變一般人認為跑步太累、體驗差的認知。

3. MAF180 是一種把身體切換到依賴脂肪燃燒獲取能量的訓練方法，可有效促進脂肪燃燒。也就是説 MAF180 是特別適合減肥的跑法。

三、如何進行 MAF180 訓練

1. 用 180 減去年齡作為跑步時的目標心率，跑步時最好不要長時間超過該心率，可有小範圍的浮動。

2. 浮動的依據是個人健康狀況和承受能力。

- 如果你患有疾病或剛剛康復（心臟病、高血壓、剛做完手術或剛剛出院），或長期服用藥物——目標心率為 180 減去年齡後再減去 10。
- 以前沒有鍛煉過，鍛煉不規律或者因傷停訓，以及體質較差者——目標心率為 180 減去年齡後再減去 5。
- 堅持每週鍛煉並且沒有上述症狀的身體健康者——採用 180 減去年齡作為目標心率。
- 過去兩年參加過馬拉松比賽，沒有上述症狀並且比賽成績持續提升者——採用 180 減去年齡後加 5 作為目標心率。

例如一個 35 歲的人，身體健康，打算開始跑步，屬於初級跑

者範疇，根據 MAF180 計算即 180-35-5＝140，那麼 140 就是該初級跑者跑步時建議的目標心率。MAF180 訓練法除了非常簡便地規定了人們運動時應該達到的心率外，也要求運動時不要長時間高於這個心率，因為一旦超過該心率，機體無氧供能的比例會顯著增加，會導致乳酸堆積和疲勞感迅速來臨。另外，運動時心率也不要低於該值減去 10，也就是說對於這名 35 歲的跑者而言，跑步時的心率應當保持在 130-140 次／分之間，並盡量接近 140 次／分。

四、MAF180 訓練時的注意事項

1. 保證足夠的訓練週期，MAF180 訓練是一個長期的過程，至少要保證 8-12 週的訓練時間，效果才會慢慢顯現出來。所以不能因急於出成績而放棄。

2. 每次訓練保證科學的訓練強度，建議佩戴心率錶，可以準確把握自己的心率，從而保證訓練的質量。

3. 對於沒有心率錶的跑者，可以採用搭脈搏方式測量心率，只是由於無法邊跑步邊搭脈搏，所以一般採用在跑步中或者結束後即刻測量脈搏的方式來反映跑步中的心率。要注意，由於運動結束後，心率一般會越跳越慢，所以不能採用測量 1 分鐘的方式來反映運動中心率，而是採用測 10 秒脈搏乘以 6 或者測 15 秒脈搏乘以 4 來進行計算。

對於馬拉松愛好者或資深跑者來說，800 米跑是提升
耐力、提高跑步成績最有效的訓練手段。

一、800 米跑的特點

在田徑運動中，800 米跑是難度最大的極限強度運動，所以又
稱為「速度馬拉松」。因為 800 米跑是考驗速度耐力的項目，也就
是說其訓練的是身體長時間保持高度奔跑的能力。在能量供應方
面，研究顯示 800 米跑是以糖無氧氧化（產生大量乳酸）為主的運
動，佔總供能的 65% 左右；此外，800 米跑要求全力跑，而非慢跑，
所以體內大量堆積乳酸，運動後血乳酸濃度可達 15 毫摩爾 / 升甚
至更高。乳酸大量堆積，打破了體內酸鹼平衡，破壞了身體內環境
的穩定，從而引發非常明顯的身體反應。

二、進行 800 米速度訓練的原因

1. 提升最大攝氧量

眾所周知，最大攝氧量是評價有氧耐力的黃金指標，有氧耐力
的大小也就決定了長跑能力的強弱。最大攝氧量的大小一方面受到
遺傳影響，但也可以通過訓練提高。大眾跑者幾乎都沒有達到自己
潛在的最大攝氧量，通過訓練來提升的空間依舊很大。

當進行 800 米跑時，強度逼近最大心率，同時也就逼近了最

大攝氧量，對機體攝氧系統形成了極大壓力和刺激。一組訓練結束後，經過相應時間的休息，使身體得到恢復，然後再次進行刺激。多組、多次的刺激之後，身體逐漸適應，從而提升了最大攝氧量。

2. 提升耐受乳酸和消除乳酸的能力

乳酸堆積是造成身體疲勞和運動能力下降的重要原因。因此提升耐受乳酸和消除乳酸的能力有助於提升運動表現。800 米跑能快速突破乳酸閾，使得乳酸堆積到達身體難以忍受的峰值。當乳酸濃度升高，身體為了避免酸性中毒，消除乳酸的各項系統開始大力工作，堅持訓練一段時間後，身體逐漸適應這種情況，從而提升了耐受乳酸和消除乳酸的能力。

三、如何進行 800 米跑

800 米跑應在最大心率的 95-100% 下進行。因為只有心率接近最大時，才能刺激到最大攝氧量。

每一組 800 米跑應保持在 3-4 分鐘之間（根據個人能力會有不同），間歇時間為 3-4 分鐘，其訓練和間歇時間比為 1：1。只有這樣才能讓每一組維持在最大心率的強度，從而刺激最大攝氧量。

800 米跑通常狀況下進行 4-8 組即可，對於精英跑者來説可以單次進行 10 組訓練。

換句話説，800 米跑本質就是一種間歇跑，間歇跑要求你在跑時要盡全力，達到你本人可能的最大速度。間歇的目的是消除部份疲勞，清除部份乳酸，部份恢復運動能力，但又不能讓你完全恢復，

這樣始終帶着一定的疲勞進行訓練，不斷重複，就可以充份提升你的配速。

四、關於亞索 800

亞索 800 最早由《跑者世界》資深編輯、優秀跑者巴特·亞索命名。亞索 800 標準訓練是這樣的：以在操場跑完 10 組 800 米跑為例，每組 800 米完成的時間相同，並且組間休息時間與完成 800 米時間相同。如果你能完成上述標準訓練，以多長時間完成每組 800 米跑，那麼最後你參加馬拉松比賽的完賽時間就是與 800 米近乎相同的數字。當然，這裏的數字的單位不一樣。例如：以 3 分 30 秒完成每組 800 米跑，那麼最終馬拉松比賽完賽成績將是 3 小時 30 分鐘；如果 800 米每組成績是 3 分鐘，那麼全馬成績將是 3 小時。當然，這只是一種近似的計算方法，並不絕對。

亞索 800 的具體訓練方法如下。

- 首先，在自己現有能力基礎上確定自己的目標成績。例如目前全馬成績 4 小時，全馬目標是 3 小時 30 分鐘。接着將全馬目標成績轉換為 800 米訓練時間的目標配速，即 3:30/800 米。

- 賽前 3 個月左右訓練最好。剛開始每次完成 4 組訓練，每組以目標時間完成後，用等同於完成每一次訓練的時間休息，再進行下一組訓練（800 米休息和恢復時間比為 1：1）。逐漸每週加一組，直到在賽前 12-14 天可以完成 10 組。如果即使經過與上一組 800 米同等時長的間歇仍然無法從疲勞

中緩過來，下一組 800 米又掉速很明顯，那就說明你的能力還不足以進行該配速的訓練，你需要將完成 800 米的時間延長。

- 在訓練的同時，每週的 LSD、輕鬆跑抗乳酸跑等其他訓練需繼續進行。

- 如果你是一個高級跑者，亞索 800 的訓練強度對身體的刺激不夠，那麼就可以採用在總訓練里程數不變的情況下增加每組訓練距離（如 800 米加到 1,200-1,600 米），或者縮短休息時間等來加強對身體的刺激。

- 在進行訓練前，需要有足夠的肌力、心肺等基礎作為依托，才能真正發揮亞索 800 的訓練效果，完成比賽也會變得相對輕鬆。

五、總結

對於想要提升成績的跑者而言，多組 800 米跑一定是你需要嘗試的訓練。雖然艱苦，但你真正跑過後，你會發現如果再以之前的配速慢跑，會感覺輕鬆很多，這就是能力提高的表現。當然，800 米跑比較適合有一定基礎的跑者。初級跑者，首先還是應當打好有氧耐力基礎，在積累了一定跑量，心肺達到一定水平之後，再嘗試進行 800 米跑。當然，也並非一定要只做僵化的 800 米間歇跑，400 米、600 米、1,200 米等都可以組合。

第七節 試試大名鼎鼎的法特萊克跑

　　長跑在許多人眼裏是長時間恆定速度的耐力訓練，單調、枯燥、乏味，但長跑同樣可以「有意思，不枯燥」，例如本節要介紹的法特萊克跑。

一、法特萊克跑（fartlek）的由來

　　法特萊克跑是斯堪的那維亞人發明的一種利用地形、地貌或人為設置的加速與減速來發展耐力的方法。在 20 世紀 30 年代，當時瑞典中長跑教練戈斯塔．霍邁爾就已經意識到想要提高耐力，單憑 LSD 訓練是遠遠不夠的，運動員有時進行速度更快的訓練，反而有助於提高耐力，後來他制訂了一個被稱為法特萊克（瑞典語）的訓練體系，意思是速度遊戲（speed play）。創造它的初衷是為了擺脫枯燥的 LSD 訓練，提供一種快慢結合的訓練方式。很快，在那個以為馬拉松訓練主要就是進行 LSD 訓練的年代，北歐國家運動員借助更多的速度訓練，尤其是快慢結合的法特萊克跑，一度包攬了中長跑比賽的獎牌。

　　關於法特萊克的定義有很多理解，如日本學者築地美孝是這樣描述的：可以利用野外的一切地方作為訓練場地，利用自然的地形使運動員承受很大的負荷，疲勞時或上坡時，進行放鬆慢跑，待疲勞消除或下坡時再度快跑。其特點是運動員可以隨自己的意志自由地練習長跑，不必拘泥於一種固定速度。

而國內的大多專家則認為法特萊克實際上是一種變速跑訓練法，它充份利用戶外，如山地、湖邊、森林、草地等不規則地形作為訓練場地。當然，對於生活在城市的我們來說，想要找到純天然的環境很困難，在各種道路上進行變速跑訓練，也就是在進行法特萊克跑訓練。

　　田徑教科書是這樣解釋的：法特萊克跑是一種快慢相間但沒有嚴格規定的任意變速跑，通常在戶外進行，由跑者根據自身的體力情況決定快跑段和慢跑段的距離及次數。可以這樣講，法特萊克是一種根據地形變化和個人意願引發速度變換的跑步方式。法特萊克從不令人生厭，因為它不會讓你刻板地按照標準的節奏跑或嚴格規定中間間隔休息，但有時你必須控制訓練的尺度，否則太容易進行，就達不到通過變速跑提升心肺功能的目的。

二、法特萊克訓練的基本內容

　　法特萊克訓練的內容大致如下：先做 5-10 分鐘的輕鬆慢跑作為熱身，然後進行 20-30 分鐘左右速度稍快的跑步，途中還可根據訓練場地的實際地形，進行 50-100 米不等距離的上坡加速跑或下坡衝刺跑 8-10 次，接下來做 5 分鐘左右慢跑調整，再進行幾組 30 秒至 1 分鐘的快速衝刺跑，最後以慢跑和其他整理活動來結束訓練。整個訓練過程依訓練目標而定，時間以 60-90 分鐘為宜。

三、法特萊克跑究竟怎麼練

1. 地形法特萊克跑

地形本身就告訴了你速度、步幅以及努力的程度等，上坡跑時速度則適當放慢，當然如果坡短也可加速衝上坡。下坡跑時則加速衝下坡或放鬆跑至坡底。如果公路沿途有電線桿，那麼在兩根電線桿之間做短距離快跑，接下來兩根電線桿之間做慢跑練習。在田徑場跑步時，直道加速跑，彎道放鬆跑。

2. 縱隊式法特萊克跑

這種方法特別適合跑團訓練。兩名跑友之間前後相隔 6 米，大家成一路縱隊出發。最後一名隊員必須快速跑至隊伍前面，當跑至隊伍領頭羊位置時，舉手示意，然後隊尾的隊員再衝至前面，如此循環重複。當然，前提是大家跑步能力相差不大。

3. 里迭爾德式法特萊克跑

新西蘭著名教練里迭爾德根據法特萊克原理所設計的訓練計劃更為規範。

- 以 80% 最大速度跑 30 秒，然後慢跑 1-2 分鐘，重複做 15 組。
- 以 80% 最大速度跑 2 分鐘，接着慢跑 2 分鐘，重複做 6 組。
- 以 90% 最大速度跑 1 分鐘，2 分鐘慢跑恢復，重複 12 組。

4. 將速度與力量練習結合起來的法特萊克跑

將速度與力量練習結合是另一種形式的法特萊克，比如在兩地點之間折返跑，且在折返點每跑一次要輪流進行諸如俯臥撐、引體向上、立臥撐、仰臥起坐等練習。

四、依據不同目的選擇適合自己的法特萊克跑

想要通過法特萊克跑達到何種效果是由跑者自行決定的。例如，如果想要提升自己的配速，應多進行 100-400 米反覆跑的訓練內容，輔以輕鬆跑作為間歇；如為了健康和減壓而跑步，又不想總是進行 LSD 那樣枯燥的訓練，應當以輕盈放鬆的跑姿跑步，不斷地變化跑的速度，時快時慢，讓自己的心肺得以調動但又不至於過於氣喘。

以一週作為一個小週期的訓練循環可安排在開始階段或中間階段，也可以考慮把法特萊克法訓練設置為一次高強度訓練課，使之成為週計劃中訓練強度的高峰，這要根據訓練者的想法與身體狀態來安排。

訓練者最好在諸如公園、綠道以及地面較軟的操場上進行法特萊克訓練。當然，地形越多變越好，比如越野跑地形就非常適合法特萊克訓練，這樣有助於訓練者獲得好的訓練體驗。

五、法特萊克跑訓練的優缺點

法特萊克是一種非常實用的、簡單易行的訓練方法。因為它可

以同時提高速度和耐力，使機體承受較大的運動量又不至過於單調乏味。

法特萊克訓練固然有其優點，但也有不足的一面，主要問題有：由於總是在變換速度，不能很好地培養跑者的速度感；跑者完全憑自我感覺來加快或減慢速度，訓練隨意性大，訓練質量有時難以保證。

六、總結

法特萊克跑的本質是變速跑，但各位跑友不能把法特萊克訓練簡單看成時快時慢，累了就慢點，緩過來再快點的訓練方法，而應意識到法特萊克本身是一種積極的訓練方法，它可以用來提高速度、耐力，提升腿部力量等。想要跑步不枯燥，法特萊克是不錯的選擇。

第八節 日本跑者進步神速的秘訣

在 2018 年的東京馬拉松賽上，日本本土選手取得了輝煌的戰績，男子前十名中有 6 人是日本選手，其中 25 歲的設樂悠太更是戰勝眾多非洲高手，名列第二，並且以 2:06:11 刷新了亞洲紀錄；而女子選手中，前十名也有 4 人為日本選手。你可以說日本選手佔據主場優勢，但在馬拉松這個被黑人選手一統天下的項目中，日本選手集體大

踏步地前進，還是證明了日本選手的進步不是偶然，也不是個別天才選手臨場爆發，其背後一定有成功的邏輯。

一、日本選手進步神速的秘訣——細胞分裂法

細胞分裂法的發明者鈴木清和曾經是一名中長跑運動員，也是日本著名接力耐力賽——「箱根驛傳」名校駒澤大學接力隊的一員猛將。鈴木清和在校期間曾經備受跑步傷痛困擾，這使他不斷琢磨跑步給身體帶來疼痛的原因，認真地研究科學、理想的跑步方法。最終發明了適合亞洲人種的「細胞分裂法」和「骨骼訓練法」。細胞分裂法是一種訓練心肺耐力的方法，骨骼訓練法則是一種針對跑姿的訓練方法，二者相得益彰。可以説，正是借助這一法寶，日本選手得以在東京馬拉松賽場上大放異彩。

二、閉上嘴只用鼻子呼吸的「細胞分裂法」

跑步乃至其他所有運動消耗的能量物質都來源於糖和脂肪，二者通常在跑步中混合供能，至於供能比例的高低則是由運動強度所決定的。如果跑得快，糖供能比例高而脂肪供能比例低；如果跑得慢，則脂肪供能比例高、糖供能比例低，這就是為甚麼減肥要採用低強度慢跑的核心原因。

如果我們走路，或者跑得慢一些，可以只用鼻子而不必口鼻並用呼吸。鈴木清和認為如果只用鼻子呼吸，這時就是低強度的有氧運動，消耗脂肪的比例較高；而如果你必須張開嘴呼吸則表明此時

是高強度的無氧運動，消耗糖類的比例較高。人體內脂肪的儲備量很多，如果只是脂肪供能，理論上我們幾乎可以運動無限長時間，但人體內儲存的糖卻只有幾百克，所以，人類沒有辦法長時間持續無氧運動。增加長時間運動時脂肪供能比例，讓我們能夠持續更長時間的運動的重點就在於將速度維持在幾乎不需要張開嘴呼吸，只用鼻子呼吸的速度，這也就是「細胞分裂法」的關鍵──原生速度。

三、學習細胞分裂法，首先從了解自己的原生速度開始

找出用鼻子呼吸的最高速度（即原生速度）的方法就是跑 400 米。你用鼻子呼吸並開始跑步，慢慢加快速度，直到快要開始喘氣而幾乎必須張開嘴時，這就是個人目前的原生速度。原生速度測試時鼻子呼吸的節奏應該是這樣：跑四步吸氣，即「吸、吸、吸、吸」，跑四步吐氣，即「吐、吐、吐、吐」。

注意，進行原生速度測試並非讓你憋着氣跑，而是讓你找到只用鼻子，而不張開嘴呼吸的最大速度，這個速度通常是最大攝氧量的 50% 左右。最大攝氧量是評價耐力的經典指標，但大部份跑者沒有條件在實驗室精準地測試自己的最大攝氧量，但是有一個簡單估計自己 50% 最大攝氧量的方法。最大攝氧量百分比與最大儲備心率百分比一一對應，也就是說 50% 最大攝氧量相當於 50% 最大儲備心率。儲備心率的計算方式比較簡單。

第一步：首先評估自己的最大心率，通常用 220 減去年齡，當然如果你實測過自己最大心率最佳。

第二步：評估自己的儲備心率，用最大心率減去安靜心率得到

儲備心率。

第三步：用儲備心率乘以 50%，再加上安靜心率就得到 50% 最大儲備心率。

例如，一個人安靜心率是 60 次／分，年齡是 40 歲，根據上述方法得出：

最大心率 =220-40=180 次／分

儲備心率 =180-60=120 次／分

50% 最大儲備心率 =120×50%+60=120 次／分

通過上述計算，以 50% 最大攝氧量跑步是強度較低的慢跑，可能在很多跑者眼裏簡直是一個無法忍受的慢速。但是現在的慢是為了將來的快，只有把慢的基礎打好，將來才能更穩健更輕鬆。只要你以原生速度練習，你就能慢慢提高最大攝氧量，即你始終維持用鼻子呼吸的速度跑步，你就會越跑越輕鬆，還會起到節約糖原、消耗脂肪的目的，這才是馬拉松比賽能夠持續跑下來的王道。

相當一部份跑者在馬拉松後半程由於體力衰竭，採用走或者走跑結合的方式，又或者因為疼痛、抽筋被迫減慢速度甚至停下來，走走停停。這樣的人即使勉強完成馬拉松比賽，實際上仍不具有「從頭到尾跑完馬拉松的能力」，屬於「不曾跑完全馬者」，而只要你堅持採用原生速度跑，就會為你的耐力打下堅實基礎，讓你具備馬拉松全程勻速跑下來的能力。鈴木清和自信地認為原生速度可以避免全馬跑到後半段掉速的問題，原生速度是能跑完全程的基本速度。

四、原生速度訓練實例

　　進行原生速度訓練時，很重要的一點是要確實能維持原生速度跑到不能再跑為止。第一週先測試用原生速度能連續跑多遠。一開始只用鼻子呼吸所能跑的最長距離是 3 千米。第二週先跑短一點的距離就休息，例如 500 米休息一次，直到跑完 10 千米為止。休息時不要走動，務必站在原地休息。持續練習，由第 3 週開始逐漸拉長每次休息之間的時間和距離，一樣只能用鼻子呼吸，最終的目標是連續跑完 10 千米不休息。

　　有跑者可能會問，以 50% 最大攝氧量進行原生速度跑，強度很低，完成起來很輕鬆，完全沒有問題，但你要注意這時你是只用鼻子呼吸，只用鼻子呼吸通氣量明顯比口鼻並用呼吸通氣量小，即攝氧量減小，而且鼻腔狹窄，通氣阻力較大，可以更好地調動你的呼吸肌，而呼吸肌一般認為是難以訓練的肌肉。所以，只用鼻子呼吸進行原生速度跑雖然是低強度有氧運動，但由於刻意閉嘴，完成起來也並不輕鬆。

五、細胞分裂法的科學本質：把強度牢牢控制在低強度輕鬆跑區間

　　當跑者紛紛追求更快的日常跑步，孜孜以求提升配速時，這就已經陷入了誤區。科學訓練的基本原理以及細胞分裂法的發明者鈴木清和的經驗告訴我們，你不是跑得太慢，而是跑得太快，把日常跑步時的速度降下來，更有助於你跑步水平的提高。

我們在本章第一節就說過，專業跑者大部份訓練採取的是低強度訓練。跑量的積累對於跑者來說十分重要，而降低速度、降低強度可以幫助跑者更好地積累跑量。不僅僅跑者在遵循這樣的法則，對挪威賽艇 30 年的訓練研究發現，挪威賽艇在 30 年間由一個落後項目成為一個優勢項目的主要原因是訓練負荷發生了巨大變化。30年間，挪威優秀賽艇運動員的最大攝氧量提高了 12%，但在訓練負荷上，低乳酸閾強度訓練由過去的 30 小時／月增長為 50 小時／月，比賽強度和超最大強度的訓練從過去的 23 小時／月下降到 7 小時／月，同時訓練量增加了 20%，從過去的 924 小時／年增加到 1,128 小時／年，這說明挪威賽艇的進步不是因為堅持高強度訓練，而恰恰是把訓練強度降下來，「更輕鬆的訓練」反而獲得了更好的訓練效果。

事實上，很多跑者是不慢不快地中等強度跑步，這種訓練方式使得能力提高緩慢，成績停滯不前，陷入「慢不下來，快不上去」的陷阱。鈴木清和發明的「細胞分裂法」，通過關閉口腔，只用鼻子呼吸，相對地減少了通氣量，增加了通氣阻力，被迫讓跑者慢下來，從而實現了低強度慢跑，這樣就把基礎耐力打得非常扎實，為跑步專項耐力的發展提供了堅實的基礎。而很多跑者，基礎耐力的根基其實並不扎實，卻盲目進行速度較快的專項耐力訓練，這會讓身體長時間處於過度疲勞狀態。

鈴木清和清醒地認識到，亞洲人與黑人相比，並不具備優良的速度能力和耐乳酸能力。要與黑人抗衡，關鍵是要通過量足夠大、速度足夠慢的跑量積累，發展極其扎實的基礎耐力，提高脂肪供能比例，減少糖的供能比例，控制乳酸生成。「細胞分裂法」這一方

法在日本高水平選手中的應用得到極大成功，證明了這種方法的有效性，也促進了日本選手成績的飛躍，其背後的邏輯其實很有意思。「更輕鬆、時間更長的訓練」比「更痛苦、時間較短的訓練」，在帶來更好體驗的同時，反而促進了成績的提升。

六、總結

本節對鈴木清和發明的「細胞分裂法」進行了從原理到應用的較為全面的分析和闡述，跑友也不妨試試「細胞分裂法」，用原生速度進行更輕鬆的訓練。

 跑步造就最強心臟——跑者心率在訓練中的應用

跑步作為最受大眾歡迎的運動，可以給人體帶來諸多健康益處，最為顯著的益處就是提高心臟功能。強大的心臟不僅可以保證你長時間工作，也可以幫助你更快消除疲勞。更為重要的是，心臟功能還可以作為預測疾病的指標。如果你心臟功能好，那麼你未來發生心臟病、糖尿病、癌症的概率就比較低，而如果你缺乏運動，心臟功能不佳，即使你現在自我感覺沒甚麼異常，未來發生上述疾病的概率也會顯著升高。所以，美國心臟協會已經把心肺耐力作為第五大生命體徵，與體溫、心跳、血壓、呼吸並

列。這足見心臟健康的重要性。

一、堅持跑步的人安靜心率會變低

對於跑者而言，心臟功能好除了表現為跑步可以跑得更快、更遠這些間接指標以外，就心臟本身而言，還有兩方面最為顯著的改變：**安靜心率降低和最大心率提高。**

安靜心率在 60-100 次／分都屬於正常範圍。安靜時心率如果低於 60 次／分通常稱為竇性心動過緩（前提必須是竇性心律）；安靜時心率高於 100 次／分則稱為竇性心動過速。這裏的安靜是指靜坐時的心率。運動員，包括經常跑步的人群，安靜時心率可能在 50-60 次／分，這是心臟功能增強的表現。但是心率絕不是越慢越好，過慢的心率容易引發房室傳導阻滯。通常情況下：熟睡心率＜晨起心率＜靜息心率。

晨起心率也是一個非常重要的評價身體疲勞的指標。晨起心率是指早晨醒來，在起床之前測量自己的心率，它比靜息心率低，但比熟睡心率高。如果晨起心率相比以往每分鐘增加 12 次以上，常常表明前一天跑步帶來的疲勞沒有完全消除或者提示身體過度疲勞。

長期運動能夠降低安靜心率、增強心臟功能的原理如下。

1. 心臟神經調節機制改善

心臟活動受到交感神經和迷走神經兩套互相拮抗的神經共同作用，交感神經主要使心臟興奮，使心跳加快；迷走神經則抑制心臟，

使心跳減慢。運動時，交感神經佔優勢，心跳明顯加快；安靜時，迷走神經佔優勢，心率較低。兩套神經互相拮抗，共同作用，使心臟具備較強適應能力，以應付各種情況。

通過經常性的運動，抑制心臟活動的迷走神經張力提高，交感神經活動減弱。因此，出現了安靜時心率下降的情況，心臟活動呈現節省化的表現，這是心臟功能改善、神經調節更為靈敏的體現。訓練有素的運動員或經常跑步者，由於竇性心動徐緩，心臟的舒張期延長，使得心臟有更多時間回血充盈，為下一次收縮射血做好準備，並且可以讓心臟得到充份休息。

2. 心肌收縮力增強

因為系統訓練後，心肌纖維超微結構發生適應性改變，心肌收縮力增強，心肌毛細血管密度增加，心臟血液循環加強。這樣就使每次心臟搏動時射出的血液更多，即心臟不需要跳那麼快，就可以滿足全身供血需要，從而導致心率降低。

我們用數學公式簡單算一算，跑友就理解了。

心輸出量 = 每搏輸出量 × 心率

如果一個人心輸出量每分鐘為 5000 毫升

如果每搏輸出量為 100 毫升，那麼

心率 =5000/100=50 次 / 分

如果每搏輸出量僅為 60 毫升，那麼

心率 =5000/60=83 次 / 分

也就是說，心臟每次收縮更加有力，能夠射出的血液更多，心臟自然就不需要那麼累，跳那麼多次了。

通過安靜心率評估耐力（男性）

年齡	18-25	26-35	36-45	46-55	56-65	65+
運動員水平	54-60	54-59	54-59	54-60	54-59	54-59
優秀	61-65	60-64	60-64	61-65	60-64	60-64
良好	66-69	65-68	65-69	66-69	65-68	65-68
平均水平之上	70-73	69-72	70-73	70-73	69-73	69-72
平均水平	74-78	73-76	74-78	74-77	74-77	73-76
平均水平之下	79-84	77-83	79-84	78-83	78-83	77-84
差	85+	83+	85+	84+	84+	84+

通過安靜心率評估耐力（女性）

年齡	18-25	26-35	36-45	46-55	56-65	65+
運動員水平	49-55	49-54	50-56	50-57	51-56	50-55
優秀	56-61	55-61	57-62	58-63	57-61	56-61
良好	62-65	62-65	63-66	64-67	62-67	62-65
平均水平之上	66-69	66-70	67-70	68-71	68-71	66-69
平均水平	70-73	71-74	71-75	72-76	72-75	70-73
平均水平之下	74-81	75-81	76-82	77-83	76-81	74-79
差	82+	82+	83+	84+	82+	80+

二、堅持跑步的人最大心率較高

這是承受極限負荷能力增強的表現。最大心率是指當人運動到極限強度狀態時所能達到的最高心率。我們通常可以用 220 減去年齡推算本人最大心率，但這都是基於人群的平均水平推算出的結果，對於群體評價是正確的，但對於個體評價，這樣的計算誤差較大。事實上，最大心率存在很大的個體差異。

通常情況下，最大心率會隨着年齡增長而下降，這是心臟功能逐步衰退的表現。而經常鍛煉者，例如跑者，最大心率下降更為緩慢，甚至不降反升。也就是説一個 40 歲的跑者最大心率可能不是 180，而是 190 甚至 200。換句話説，經常鍛煉者可以長期保持最大心率，不會隨年齡增長而下降，這恰恰是心臟功能良好的表現。

為甚麼堅持跑步的人的最大心率較高？一方面，心率與運動強度存在顯著的相關關係，當運動強度增加時，心率必然增加。但是當運動強度較大時，由於乳酸堆積，我們就會感覺很痛苦，無法堅持下去。也就是説你可能還沒到最大心率或接近最大心率時，你就已經疲憊不堪，只能停下來休息。而運動能力好的人，可以承受體內高乳酸的環境，這代表承受極限負荷時能力增強。另一方面，當心率顯著加快時，由於心臟過於頻繁地收縮舒張，導致心臟在舒張充盈期來不及血液回心，同時心臟在收縮射血期也來不及將血液射向血管，這時心臟看似拼命工作，但其實效率極低。而心臟功能好的人，在心跳非常快時，利用良好的心臟收縮舒張能力，還能繼續保持一定工作效率。

三、安靜心率變慢，最大心率變快的好處——
心率儲備空間有效增加

所謂心率儲備空間，是指最大心率與安靜心率的差值，代表了你從安靜狀態到極限運動狀態心率能夠上升的空間。具體來説，同樣甲、乙兩個人，年齡都是 40 歲，甲是資深跑者，而乙是伏案久坐缺乏運動的人。甲由於經常鍛煉，安靜心率為 55，最大心率為

195，那麼甲的心率儲備就是 195-55=140，而乙安靜心率為 75，最大心率為 175，那麼乙的心率儲備就僅僅只有 175-75=100。這就意味着甲從安靜狀態到極限強度，心率可以上升 140 次，而乙只能上升 100 次，兩人如果同時運動，當乙的心率上升了 100 次之後就筋疲力盡，而甲在此時還能再上升 40 次，同時可以預見的是，乙在運動時心跳上升更快，而甲上升更慢。或者說，在同等強度下，乙的心跳比甲要更快。

長期堅持跑步，特別是科學地跑步，會使心臟功能顯著增強，安靜心率呈現下降趨勢，而最大心率則呈現上升趨勢，這樣就有效提升了心率儲備空間，這本質就代表了更強的心臟儲備功能。

四、了解自己的最大心率很重要

一些資深跑者善於用心率錶來把控自己運動時的合理強度。如果你在高心率時沒有明顯的胸悶氣喘，那麼心率高一點也沒有太大問題。例如，一名 40 歲的跑者，最大心率如果是 180，那麼他以 90% 最大心率跑步，這時心率應該是 162，這時你會以為是無氧抗乳酸跑，但如果這名跑者真實的最大心率在 195，那麼 162 的心率僅僅相當於最大心率的 83%，這個強度其實仍然是有氧跑，心率並不高，所以準確評估本人最大心率對於制訂訓練計劃和設定真正適合本人的心率區間至關重要。

用公式推算自己的最大心率要麼可能高估最大心率，要麼可能低估最大心率。如果以理論上的最大心率作為依據制訂跑步時的靶心率，那麼就有可能存在兩種情況，要麼強度太高，把自己置於過

度疲勞的境地，要麼強度偏低，達不到訓練效果。**這裏也提醒廣大跑者，由於心率錶默認最大心率是 220 減去年齡，所以如果你知道自己的最大心率，在設定心率手錶時一定要手動設置最大心率，這樣才能更加準確地設定你的心率區間。**

五、如何準確評估自己的最大心率

方法 1：3 千米全力測試

場地：正規 400 米跑道

測試距離：3 千米（7.5 圈）

測量儀器：心率錶

測試內容：

1. 先戴上心率錶慢跑一圈，檢查心率錶能否正常工作，同時兼做熱身；

2. 在 400 米跑道上連續跑 7.5 圈，前 5 圈在保持第一圈輕鬆跑的基礎上強度逐漸提高，從第 5 圈開始，每一圈都需要提升速度並觀察和記錄自己的心跳數值，確認自己的心率持續上升（若心跳沒有持續上升需繼續提速），並且在最後半圈用最大的速度奔跑，衝出自己的最快速度；

3. 記錄心率錶在最後半圈直到結束後 10 秒之內的最高心率，此時的數據已經非常接近你目前的實際最大心率。

方法 2：多組 800 米測試

場地：正規 400 米跑道

測試距離：3-5 組 800 米

測量儀器：心率錶

測試內容：

1. 首先進行熱身；

2. 在 400 米跑道上全力跑 2 圈，即跑 800 米，記錄達到終點時刻的心率；

3. 休息 3-5 分鐘，不要超過 5 分鐘，進行第 2 個 800 米全力跑測試，如果第 2 次心率高於第 1 次心率，則再進行第 3 次測試，直到達到最大心率。如果第 2 次心率不及第 1 次心率或者與第 1 次心率齊平，那麼這就是你的最大心率。通常情況下，經過 2-4 個 800 米測試，就能找到你的最大心率。

六、用最大心率和安靜心率直接預測心肺耐力

根據上述原理，丹麥科學家經過驗證，得到了評估心肺功能最簡單的公式：

$$最大攝氧量 = 15 \times \frac{最大心率}{安靜心率}$$

最大攝氧量是評價心肺耐力的最精準指標。當然，最大攝氧量的直接測試通常只能在實驗室環境下，借助昂貴的設備，讓人佩戴面罩收集呼吸的氣體進行測試。因此，科學家發明了很多間接方法進行推算，例如 12 分鐘跑、1.6 千米走、2.4 千米跑等。

丹麥科學家根據耐力好的人安靜心率低、最大心率高這一原理，發明了上述公式，經過驗證，精度極高，這也是一種新的測

算最大攝氧量的公式。當然，前提是你必須了解自己真實的最大心率和安靜心率，而不是用 220 減去年齡。例如，一名 40 歲的跑者，最大心率為 190，安靜心率為 60，那麼其最大攝氧量 =15×（190/60）=47.5 毫升 / 千克 / 分，其評價見下表。跑者不妨也通過該公式評估一下自己的心肺耐力。

最大攝氧量評價心肺耐力的標準

年齡	低水平	一般水平	中等水平	較好水平	高水平	運動員水平	奧林匹克水平
女性（毫升 / 千克 / 分）							
20-29	< 28	29-34	35-43	44-48	49-53	54-59	> 60
30-39	< 27	28-33	34-41	42-47	48-52	53-58	> 59
40-49	< 25	26-31	32-40	41-45	46-50	51-56	> 57
50-65	< 21	22-28	29-36	37-41	42-45	46-49	> 50
男性（毫升 / 千克 / 分）							
20-29	< 38	39-43	44-51	52-56	57-62	63-69	> 70
30-39	< 34	35-39	40-47	48-51	52-57	58-64	> 65
40-49	< 30	31-35	36-43	44-47	48-53	54-60	> 61
50-59	< 25	26-31	32-39	40-43	44-48	49-55	> 56
60-69	< 21	22-26	27-35	36-39	40-44	45-49	> 50

七、跑步時準確把握心率，實現最佳運動效果

跑步時心率並不是一味高就好，或者一味低就好，而是要根

據不同的目標設定自己合理的心率區間，該高則高，該低則低。如果你希望減脂，那麼你在跑步時的心率就不能太高，否則你會很快疲勞，達不到長時間跑步消耗脂肪的目的。如果你在準備馬拉松比賽，該進行適當的抗乳酸跑、間歇跑，這時你就必須充份調動你的心率，達到盡可能高的心率才能保證你的訓練富有成效。

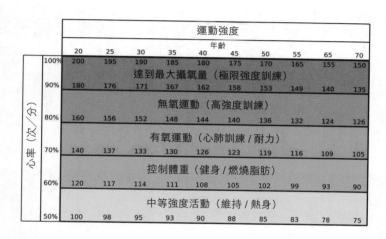

		20	25	30	35	40	45	50	55	65	70
	100%	200	195	190	185	180	175	170	165	155	150
		達到最大攝氧量（極限強度訓練）									
	90%	180	176	171	167	162	158	153	149	140	135
		無氧運動（高強度訓練）									
	80%	160	156	152	148	144	140	136	132	124	126
		有氧運動（心肺訓練／耐力）									
	70%	140	137	133	130	126	123	119	116	109	105
		控制體重（健身／燃燒脂肪）									
	60%	120	117	114	111	108	105	102	99	93	90
		中等強度活動（維持／熱身）									
	50%	100	98	95	93	90	88	85	83	78	75

（表頭：運動強度　年齡；左軸：心率（次／分））

　　這裏有一個極為關鍵的概念——靶心率，也可以直譯為目標心率。這是跑步時用來反映運動強度的核心指標。靶心率就是要根據不同的跑步目的，讓自己的心率處於最佳區域，這個最佳區域就如同打靶一樣，只有心率介於這個靶心率區域，才能取得你所需要的最佳跑步效果。心率過高或者心率過低都有問題，費了力氣，花了時間，卻效果不佳，事倍功半。上表表明了達到不同跑步目標所需要的靶心率區間。

　　下表所示的 5 種配速跑中，輕鬆跑強度最低，馬拉松配速跑速度比輕鬆跑略快，但仍然屬於有氧跑範疇，抗乳酸跑和間歇跑速度

更快，而衝刺跑是速度最快的跑步方式。這 5 種速度的訓練量則是金字塔組合，速度越慢的所佔跑量越大，速度最快的衝刺跑所佔跑量最小，不同速度跑有機組合，就能全面發展你的跑步能力。

五種配速跑最佳靶心率區間

	訓練強度	訓練時間	訓練與休息時間之比
輕鬆跑	65-78% 最大心率	30-150 分鐘	—
馬拉松配速跑	78-88% 最大心率	40-110 分鐘	—
抗乳酸跑	89-92% 最大心率	20 分鐘 / 組，也可 4 組 5 分鐘	5：1
間歇跑	97-100% 最大心率	3-5 分鐘 / 組	1：1
衝刺跑	達到甚至超過最大心率	最長 2 分鐘 / 組	1：2/1：3

不同跑步內容所對應的心率區間

年齡	最大心率	輕鬆跑 心率下限	輕鬆跑 心率上限	馬拉松配速跑 心率下限	馬拉松配速跑 心率上限	抗乳酸跑 心率下限	抗乳酸跑 心率上限	間歇跑 心率下限	間歇跑 心率上限
20	200	130	156	158	168	170	176	178	200
21	199	129	155	157	167	169	175	177	199
22	198	129	154	156	166	168	174	176	198
23	197	128	154	156	165	167	173	175	197
24	196	127	153	155	165	167	172	174	196
25	195	127	152	154	164	166	172	174	195
26	194	126	151	153	163	165	171	173	194
27	193	125	151	152	162	164	170	172	193
28	192	125	150	152	161	163	169	171	192
29	191	124	149	151	160	162	168	170	191
30	190	124	148	150	160	162	167	169	190
31	189	123	147	149	159	161	166	168	189
32	188	122	147	149	158	160	165	167	188
33	187	122	146	148	157	159	165	166	187
34	186	121	145	147	156	158	164	166	186
35	185	120	144	146	155	157	163	165	185

年齡	最大心率	輕鬆跑		馬拉松配速跑		抗乳酸跑		間歇跑	
		心率下限	心率上限	心率下限	心率上限	心率下限	心率上限	心率下限	心率上限
36	184	120	144	145	155	156	162	164	181
37	183	119	143	145	154	156	161	163	183
38	182	118	142	144	153	155	160	162	182
39	181	118	141	143	152	154	159	161	181
40	180	117	140	142	151	153	158	160	180
41	179	116	140	141	150	152	158	159	179
42	178	116	139	141	150	151	157	158	178
43	177	115	138	140	149	150	156	158	177
44	176	114	137	139	148	150	155	157	176
45	175	114	137	138	147	149	154	156	175
46	174	113	136	137	146	148	153	155	174
47	173	112	135	137	145	147	152	154	173
48	172	112	134	136	144	146	151	153	172
49	171	111	133	135	144	145	150	152	171
50	170	111	133	134	143	145	150	151	170
51	169	110	132	134	142	144	149	150	169
52	168	109	131	133	141	143	148	150	168
53	167	109	130	132	140	142	147	149	167
54	166	108	129	131	139	141	146	148	166
55	165	107	129	130	139	140	145	147	165
56	164	107	128	130	138	139	144	146	164
57	163	106	127	129	137	139	143	145	163
58	162	105	126	128	136	138	143	144	162
59	161	105	126	127	135	137	142	143	161
60	160	104	125	126	134	136	141	142	160

八、心率手錶的使用以及心率的測量方法

心率測量技術主要有兩種，一種是以心率帶為代表通過心電信號測量心率，另一種是光電技術測量心率。市面上主流的心率錶，例如 Suntto、佳明，兩種技術的手錶都有，產品線很全。目前，兩

種技術測量心率都是準確的，主要看個人。有的跑者覺得心率帶測量的心率更加穩定準確，而有的跑者不喜歡胸前被一根心率帶束縛。光電式心率錶要求必須緊貼皮膚，錶帶需要收得緊一些，避免晃動。此外，雖然心率帶一般要求佩戴在胸前，但身體任何部位都可以測量心電信號。如果你覺得心率帶綁在胸前不適或是限制呼吸，可以適當把心率帶朝腹部放一點。這樣仍然可以測量心率。

對於沒有心率監控裝備的普通跑者，簡單的搭脈搏方式也很容易測量心率，具體測量方法參照本章第五節。

正確的搭脈搏方式有兩種，一種是搭橈動脈，另一種是搭頸動脈。用無名指、中指和食指觸摸前臂外側，就可以測量橈動脈，這樣可以增加接觸面積，讓我們更容易找到自己的脈搏。只用大拇指搭橈動脈的方式不對。對於脈搏比較弱的跑者而言，可以採用搭頸動脈的方式。頸動脈更靠近心臟，所以搏動更強烈。男性在喉結向兩邊凹陷處很容易摸到頸動脈，女性喉結不明顯，在喉嚨正中間向兩邊 2-3 厘米處就可以摸到頸動脈。特別提醒，頸動脈上有壓力感受器，因此不能過於用力地按壓頸動脈，否則容易因過度刺激頸動脈壓力感受器而引發減壓反射，引起暈厥。

九、關於跑步心率的總結

- 經常跑步者安靜心率偏低，最大心率偏高，這是心率儲備空間增大，心臟功能增強的表現。
- 晨起心率加快是疲勞緩解不及時的表現，這時要注意休息，避免連續給予心臟過度負荷。

- 經常跑步者在同等配速下，心率更低，但在最高速度跑步時，心率更高。
- 如果在身體狀態不佳的情況下跑步，通常心率可能比平時更高，但也有可能更低，心率永遠不會撒謊。
- 能夠按照心率去跑步的跑者，都是真正理解科學跑步的理性跑者。在跑步時要根據不同的跑步目標，設定合理的心率區間，並非越高越好或者越低越好。
- 跑馬拉松時如果能全程保持穩定心率，這是耐力良好的體現。通常情況下，在後半程，大多數跑者會出現明顯的心率漂移現象。

第十節 跑者如何評估耐力

　　前面已經介紹過，評價耐力的經典指標是最大攝氧量。該值越大，表示耐力越好。常用的最大攝氧量的測試方法有兩種。

　　第一種方法是通過佩戴心肺測試儀，讓人體從安靜狀態逐步運動至極限狀態，用儀器直接測試攝氧量。這種方法被稱為直接測試法，該方法客觀精確，一般在先進的運動科學實驗室才能進行。

　　第二種是間接測試法，無須佩戴科研級設備。只要在規定時間或距離內，竭盡全力運動奔跑，測試跑步的距離或者按完成規定距離的時間，進而推算出最大攝氧量，或者利用最大心率和安靜心率

進行測算（詳見本章第九節）。

一、最大攝氧量直接測試法

以慧跑教練鄭家軒為例，簡單講解最大攝氧量的直接測試法。通過在跑步機上跑步，讓受試者運動至個人極限，測定接近精疲力竭時攝入了多少氧氣，這就代表着最大攝氧量。這種方法需要運動至極限狀態，所以一般用於健康成人和運動員的測試。該測試需要運用能夠直接分析氣體的科研級設備，所以一般在高校科研院所的運動科學實驗室內進行。

測試採用了經典的 Bruce 跑台測試方案。該方法每 3 分鐘增加一級速度和坡度，也就是說採用了逐級遞增運動負荷測試，讓受試者從安靜狀態逐步提高強度，直至力竭。

Bruce 跑台測試方案

級別	時間（分鐘）	速度（千米／時）	坡度 %
1	0-3	2.7	10
2	3-6	4.0	12
3	6-9	5.4	14
4	9-12	6.7	16
5	12-15	8.0	18
6	15-18	8.8	20
7	18-21	9.6	22

測試過程

1. 佩戴心率帶及小巧的心肺功能儀。

2. 開始進行測試，第一階段是上坡慢走。

佩戴設備，低強度測試階段

3. 第二階段，依然在上坡走狀態，但速度加快，坡度增加。

4. 第三、四階段，坡度速度進一步增加，鄭教練開始進入發力狀態，變成上坡慢跑。

中等強度測試階段

5. 第五階段，接近極限，開始大喘氣。

6. 第六階段，堅持了 1 分 27 秒時，鄭教練達到了力竭狀態。測試結束，鄭教練總共運動 16 分 27 秒。

高強度測試階段

7. 實驗結果

觀察實驗結果，鄭教練的最大攝氧量是 65.15 毫升／千克／分，對照下面的評判標準達到了運動員水平。

Test Information

Test Duration 00:17:55   Exercise duration 00:16:22
Ergometer: Protocol: Bruce
Test type: Reason for Test:
Physician: Technician:
Reasons for Stopping Test:
Subject's Response:

Spirometry	Pre Ex	Pred	%Pred	Post Ex	%Pre Ex			
FVC (l)	---	4.83	---	---	---			
FEV1 (l)	---	4.09	---	---	---			
MVV (l/min)	---	143	---	---	---			
IC (l)	---	---	---	---	---			

Exercise Testing	Rest	Warm-up	LT	RC	Peak	Pred	%Pred	Recov+2min
t (hh:mm:ss)	---	---	00:16:09	00:16:17	00:16:27			00:01:27
Load1 (Watt)	---	---	89	89	89	220	40	27
Load2 (Watt)	---	---	20	20	20	---	---	---

Metabolic Response	Rest	Warm-up	LT	RC	Peak	Pred	%Pred	
VO2 (ml/min)	---	---	5268	4983	4832	3072	157	
VO2/Kg (ml/min/Kg)	---	---	75.26	71.19	65.15	43.88	148	
METS (---)	---	---	21.5	20.3	18.6	12.5	148	
R (---)	---	---	1.08	1.10	1.12	---	---	

Ventilatory Response	Rest	Warm-up	LT	RC	Peak	Pred	%Pred	
VE (l/min)	---	---	159.3	148.1	138.7	163.7	84	
BR (%)	---	---	2	9	15	30.00	50	
VT (l)	---	---	2.762	2.690	2.765	---	---	
Rf (b/min)	---	---	57.6	55.0	50.1	50.0	100	
IC (l)	---	---	---	---	---	---	---	
VD/VT (---)	---	---	0.26	0.24	0.25	---	---	

下圖顯示了鄭教練整個運動過程中心率和攝氧量的變化趨勢。

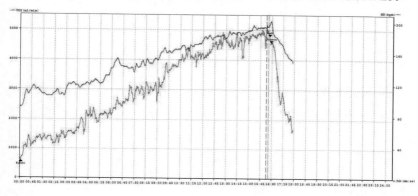

二、最大攝氧量間接測試法

　　上述測試儘管結果精準，但需要佩戴精密昂貴的儀器才能進行。因此，這種方式一般用於運動科學實驗或用於精英運動員測試。對於大眾跑者而言，只要完成規定時間或規定距離的走或跑，測試距離或者耗時就可以推算出最大攝氧量。

　　以下幾種測試方式，跑者可以結合各自情況，選擇性地進行測試。耐力比較好，有跑步基礎的跑者可以選擇 12 分鐘跑、2.4 千米跑，初級跑者或者體力較差者可以選擇強度稍低的 1.6 千米走進行測試。

測試方法 1

- 1.6 千米走測試：受試者在水平地面上以最快速度步行 1.6
  千米，測試運動後即刻心率，並通過公式計算：最大攝氧量

=132.853-0.035× 體重（千克）－ 0.3877 × 年齡 + 6.315×
性別 － 3.2649 × 時間（分鐘）－0.1565 × 心率（次 / 分）（男
性性別 1，女性性別 0）。

測試方法 2

- 12 分鐘跑測試：測試 12 分鐘內跑動的最大距離，並通過公
  式計算：

  最大攝氧量 =0.0268 × 距離（米）－ 11.3 或

  最大攝氧量 = 平均跑速（米 / 分）× 0.2+3.5

測試方法 3

- 2.4 千米跑測試：測試跑動 2.4 千米需要的最短時間，並通
  過公式計算：

  最大攝氧量 = 平均跑速（米 / 分）× 0.2+3.5

以上三種測試方法在普通田徑場就可以完成，跑者不妨一測。

三、最大攝氧量與配速的關係

配速不是評價耐力的標準指標，但跑者已經習慣於應用配速。
以下就是配速與最大攝氧量對應表，根據這個表可以更好地來評價
自己的心肺耐力。

男性，年齡 20-29 歲

評價	最大攝氧量 （毫升 / 千克 / 分）	12 分鐘跑 （千米）	2.4 千米跑 （分鐘）	配速 （分鐘 / 千米）
極好	61.2	3.25	08:22	03:41
	56.2	3.03	09:10	03:58
	54	2.91	09:34	04:07
	52.5	2.85	09:52	04:13
非常好	51.1	2.78	10:08	04:19
	49.2	2.70	10:34	04:26
	48.2	2.66	10:49	04:31
	46.8	2.59	11:09	04:38
	45.7	2.54	11:27	04:43
好	45.3	2.53	11:34	04:45
	43.9	2.46	11:58	04:52
	43.1	2.43	12:11	04:56
	42.2	2.40	12:29	05:00
	41	2.33	12:53	05:09
一般	40.3	2.30	13:08	05:13
	39.5	2.27	13:25	05:17
	38.1	2.20	13:58	05:27
	36.7	2.14	14:33	05:36
差	35.2	2.08	15:14	05:47
	32.3	1.95	16:46	06:10
	26.6	1.69	20:55	07:16

女性，年齡 20-29 歲

評價	最大攝氧量 （毫升 / 千克 / 分）	12 分鐘跑 （千米）	2.4 千米跑 （分鐘）	配速 （分鐘 / 千米）
極好	55	2.94	9:23	04:05
	50.2	2.74	10:20	04:23
	47.5	2.61	10:59	04:36
	45.3	2.51	11:34	04:47
非常好	44	2.46	11:56	04:52
	43.4	2.43	12:07	04:56

評價	最大攝氧量 （毫升 / 千克 / 分）	12 分鐘跑 （千米）	2.4 千米跑 （分鐘）	配速 （分鐘 / 千米）
非常好	41.1	2.34	12:51	05:08
	40.6	2.30	13:01	05:13
	39.5	2.26	13:25	05:19
好	38.1	2.19	13:58	05:28
	37.4	2.16	14:15	05:33
	36.7	2.13	14:33	05:38
	35.5	2.08	15:05	05:46
	34.6	2.03	15:32	05:54
一般	33.8	2.00	15:56	06:00
	32.4	1.95	16:43	06:09
	31.6	1.90	17:11	06:18
	30.5	1.86	17:53	06:28
差	29.4	1.81	18:39	06:38
	26.4	1.68	21:05	07:09
	22.6	1.50	25:17	07:59

男性，年齡 30-39 歲

評價	最大攝氧量 （毫升 / 千克 / 分）	12 分鐘跑 （千米）	2.4 千米跑 （分鐘）	配速 （分鐘 / 千米）
極好	58.3	3.10	08:49	03:52
	54.3	2.91	09:31	04:07
	52.5	2.83	09:52	04:14
	50.7	2.75	10:14	04:22
非常好	47.5	2.67	10:38	04:29
	47.5	2.61	10:59	04:36
	46.8	2.58	11:09	04:40
	45.3	2.51	11:34	04:47
	44.4	2.48	11:49	04:50
好	43.9	2.45	11:58	04:54
	42.4	2.38	12:25	05:02
	41.4	2.34	12:44	05:08
	41	2.32	12:53	05:10
	39.5	2.26	13:25	05:19

評價	最大攝氧量 （毫升／千克／分）	12 分鐘跑 （千米）	2.4 千米跑 （分鐘）	配速 （分鐘／千米）
一般	38.5	2.21	13:48	05:26
	37.6	2.18	14:10	05:31
	36.7	2.13	14:33	05:38
	35.2	2.06	15:14	05:49
差	33.8	2.00	15:56	06:00
	31.1	1.89	17:30	06:21
	26.6	1.68	20:55	07:09

女性，年齡 30-39 歲

評價	最大攝氧量 （毫升／千克／分）	12 分鐘跑 （千米）	2.4 千米跑 （分鐘）	配速 （分鐘／千米）
極好	52.5	2.83	9:52	04:14
	46.9	2.59	11:08	04:38
	44.7	2.50	11:43	04:48
	42.5	2.40	12:23	05:00
非常好	41	2.32	12:53	05:10
	40.3	2.29	13:08	05:15
	38.8	2.22	13:41	05:24
	38.1	2.19	13:58	05:28
	36.7	2.13	14:33	05:38
好	36.7	2.13	14:33	05:38
	35.2	2.06	15:14	05:49
	34.5	2.03	15:34	05:54
	33.8	2.00	15:56	06:00
	32.4	1.94	16:43	06:12
一般	32.3	1.94	16:46	06:12
	30.9	1.87	17:38	06:25
	29.9	1.84	18:18	06:31
	28.9	1.79	19:01	06:42
差	27.4	1.73	20:13	06:57
	25.5	1.63	21:57	07:21
	22.7	1.50	25:10	07:59

男性，年齡 40-49 歲

評價	最大攝氧量 （毫升 / 千克 / 分）	12 分鐘跑 （千米）	2.4 千米跑 （分鐘）	配速 （分鐘 / 千米）
	57	3.04	09:02	03:57
極好	52.9	2.86	09:47	04:11
	51.1	2.77	10:09	04:20
	48.5	2.66	10:44	04:31
	46.8	2.58	11:09	04:40
	45.4	2.53	11:32	04:45
非常好	44.2	2.46	11:52	04:52
	43.9	2.45	11:58	04:54
	42.4	2.38	12:25	05:02
	41	2.32	12:53	05:10
	40.4	2.30	13:05	05:13
好	39.5	2.26	13:25	05:19
	38.4	2.21	13:50	05:26
	37.6	2.18	14:10	05:31
	36.7	2.13	14:33	05:38
一般	35.7	2.10	15:00	05:44
	34.6	2.05	15:32	05:52
	33.4	1.98	16:09	06:03
	31.8	1.92	17:04	06:15
差	29.4	1.81	18:39	06:38
	25.1	1.62	22:22	07:26

女性，年齡 40-49 歲

評價	最大攝氧量 （毫升 / 千克 / 分）	12 分鐘跑 （千米）	2.4 千米跑 （分鐘）	配速 （分鐘 / 千米）
	51.1	2.78	10:09	04:19
極好	45.2	2.51	11:35	04:47
	42.4	2.38	12:25	05:02
	10	2.29	13:14	05:15
	38.9	2.24	13:38	05:21
非常好	38.1	2.19	13:58	05:28

評價	最大攝氧量 （毫升 / 千克 / 分）	12 分鐘跑 （千米）	2.4 千米跑 （分鐘）	配速 （分鐘 / 千米）
非常好	36.7	2.13	14:33	05:38
	35.6	2.08	15:03	05:46
	35.1	2.06	15:17	05:49
好	33.8	2.00	15:56	06:00
	33.3	1.98	16:14	06:03
	32.3	1.94	16:45	06:12
	31.6	1.90	17:11	06:18
	30.9	1.87	17:38	06:25
一般	29.7	1.82	18:26	06:35
	29.4	1.81	18:39	06:38
	28	1.74	19:43	06:53
	26.7	1.70	20:49	07:05
差	25.6	1.65	21:52	07:17
	24.1	1.57	23:27	07:39
	20.8	1.42	27:55	08:26

男性，年齡 50-59 歲

評價	最大攝氧量 （毫升 / 千克 / 分）	12 分鐘跑 （千米）	2.4 千米跑 （分鐘）	配速 （分鐘 / 千米）
極好	54.3	2.91	09:31	04:07
	49.7	2.70	10:27	04:26
	46.8	2.58	11:09	04:40
	44.6	2.48	11:45	04:50
非常好	43.3	2.43	12:08	04:56
	41.8	2.35	12:37	05:06
	41	2.32	12:53	05:10
	39.5	2.26	13:25	05:19
	38.3	2.21	13:53	05:26
好	38.1	2.19	13:58	05:28
	36.7	2.13	14:33	05:38
	36.6	2.13	14:35	05:38
	35.2	2.06	15:14	05:49
	33.9	2.02	15:33	05:57

評價	最大攝氧量 （毫升 / 千克 / 分）	12 分鐘跑 （千米）	2.4 千米跑 （分鐘）	配速 （分鐘 / 千米）
一般	33.2	1.98	16:16	06:03
	32.3	1.94	16:46	06:12
	31.1	1.89	17:30	06:21
	29.8	1.82	18:22	06:35
差	28.4	1.76	19:24	06:49
	25.8	1.65	21:40	07:17
	21.3	1.44	27:08	8:20

女性，年齡 50-59 歲

評價	最大攝氧量 （毫升 / 千克 / 分）	12 分鐘跑 （千米）	2.4 千米跑 （分鐘）	配速 （分鐘 / 千米）
極好	45.3	2.51	11:34	04:47
	39.9	2.27	13:16	05:17
	38.1	2.19	13:58	05:28
	36.7	2.13	14:33	05:38
非常好	35.2	2.06	15:14	05:49
	34.1	2.02	15:47	05:57
	32.9	1.97	16:26	06:06
	32.3	1.94	16:46	06:12
	31.4	1.90	17:19	06:18
好	30.9	1.87	17:38	06:25
	30.2	1.84	18:05	06:31
	29.4	1.81	18:39	06:38
	28.7	1.78	19:10	06:45
	28	1.74	19:43	06:53
一般	27.3	1.71	20:17	07:01
	26.6	1.68	20:55	07:09
	25.5	1.63	21:57	07:21
	24.6	1.60	22:53	07:30
差	23.7	1.55	23:55	07:44
	21.9	1.47	26:15	08:09
	19.3	1.36	30:34	08:49

第五章

沒有傷痛才能輕盈奔跑

跑步百利唯傷膝？科學研究給出定論

醫學期刊《美國骨科與運動物理治療》雜誌在 2017 年 6 月出版的那一期給出的重要結論與建議是：健身跑者關節炎發生率僅為 3.5%，久坐不動人群的關節炎發生率為 10.2%，而競技跑者的關節炎發生率也達到 13.3%。總體來說，跑步有利於關節健康，但過量、高強度的跑步可能會引發關節問題。對於大眾而言，每週跑量的上限為 92 千米。這一結論無疑為跑步是傷害關節還是保護關節這一最具爭議的話題劃上了一個句號。跑步當然是保護關節，有益關節健康的。

一、「跑步百利唯傷膝」缺乏科學依據

經常發現跑者受膝痛困擾，因此人們往往認為長期跑步可能會導致跑者更容易患關節炎。《美國骨科與運動物理治療雜誌》的最新研究最終揭示了科學結論：跑步總體而言，不僅不會引發關節炎，反而有益於關節健康，跑步是否引發關節炎很大程度上受到跑步的強度和量的影響。簡單地把跑步與關節炎劃等號沒有科學依據，「跑步百利唯傷膝」這樣的說法是極大的誤導。

二、即使是長期跑步，也不會引發關節炎

　　大眾非常關心的問題是如果把跑步長期進行下去，例如 5 年、10 年、20 年，是否在比較久遠的將來會引發關節炎？這項研究也回答了這一問題：即使將跑步運動堅持進行 15 年的跑者，相比缺乏運動者和競技跑者，發展成為髖關節和膝關節骨性關節炎的機率也不大。跑步是一項長期安全的運動，它會對膝關節、髖關節健康帶來長期的好處，而缺乏運動者未來發生骨性關節炎的機率更高。此外，長期從事高強度、大運動量跑步也會增加未來發生骨性關節炎的可能性。大運動量跑步是指**每週跑量超過 92 千米，月跑量達到 368 千米是安全跑量的上限**。

三、既然跑步有益於關節健康，
　　如何解釋 3-4 成跑者受到膝痛困擾

　　既然跑步有益於關節健康，那為甚麼會膝痛？根據中國核心跑者調查，的確有 30-40% 的跑者受到不同程度的膝痛困擾。

　　首先需要澄清一個概念，本節所探討的是跑步是否會引發關節炎，與跑步導致的膝痛是兩個完全不同的概念，也是兩類不同的疾病。

1. 不要把跑步引發的膝痛都理解為是關節炎

　　膝關節炎，又稱為膝關節退行性變。關節炎有膝痛表現，但不等於膝痛都是關節炎。膝關節炎主要表現為關節軟骨面的破壞和繼

發骨質增生。例如，關節表面軟骨剝落、關節面凹凸不平、關節邊緣有骨質增生等，這些都是引發疼痛的原因。

而一般跑者發生的膝痛並不在骨性關節炎的範疇。跑者的膝痛多種多樣，例如髕股關節疼痛綜合症、髂脛束摩擦綜合症、髕腱炎、鵝足腱滑囊炎、髕下脂肪墊炎、半月板損傷等，這些損傷也有膝痛表現，有些症狀跟膝關節骨性關節炎吻合，例如膝痛、關節腫脹，但也有很多與骨性關節炎不同，例如膝痛跑者通常就沒有晨起僵硬這樣的表現。

2. 跑步引發的膝痛大部份經過合理治療與康復都可以有效緩解，但如果處理不當則可能引發關節退變

膝關節骨性關節炎的重要病理改變是軟骨磨損，那麼跑步會導致軟骨磨損嗎？軟骨本身沒有神經支配，也就是說軟骨即使發生磨損，也感覺不到痛，因此跑者發生的膝痛如果完全用軟骨破壞來解釋，未必能解釋得通。髕骨軟骨下方壓力增高、靜脈瘀血、營養障礙等這些因素刺激軟骨下方神經，這些才是膝痛的主要原因。

軟骨作為生物體，其磨損過程不同於純粹的物理磨損，這裏面包含非常複雜的機制。在膝痛早期，只是表現為軟骨退變，彈性較正常低，此時通過合理的治療與康復，可以借助軟骨修復機制，控制軟骨退變，但如果不重視膝痛，也不做任何積極應對，可能會導致軟骨繼續被破壞，到後期會引發廣泛軟骨大片脫失，使得只有在老年人身上發生的膝關節骨性關節炎過早發生在中青年跑者身上。

對於跑者發生膝痛的基本建議是：重視休息、明確診斷、合理治療、積極康復。

四、總結

對於任何一項運動而言，適度和合理非常重要，過量跑步人群患關節炎的可能性也高於適量跑步人群，這個上限是每週跑量 92 千米。量力而行、合理跑步、不攀比跑量才能帶來長久的關節健康。

 跑者不要盲目挑戰極限
——信封效應會毀掉你

如果僅僅是把跑步作為健身方式，每週跑步 3 次左右，每次大約 3-5 千米，這樣的跑量對於保持健康完全是足夠的。盲目增加跑量，頻繁跑馬拉松，忽視科學運動，隨之而來的傷痛會成為跑者最頭痛的問題。

一、跑者很容易受傷

根據 2015 年中國跑者調查顯示，只有約 15% 的跑者沒有發生過傷痛，這就意味着跑者傷痛發生率高達 85%。

絕大部份跑步傷痛都屬於勞損性損傷，即過度使用。既然是勞損和過度使用，顯然就和跑量過大有着直接的關係。盲目追求跑量，使跑量超出自己身體承受範圍，因而受傷。這裏將引入一個名詞——信封效應。

二、甚麼是信封效應

信封效應是解釋過量運動導致傷痛的重要理論。這一理論充份解釋了為甚麼一次過量運動，例如跑馬拉松，或者某一階段跑量明顯增加，會導致跑者由原本身體健康到開始出現傷痛。

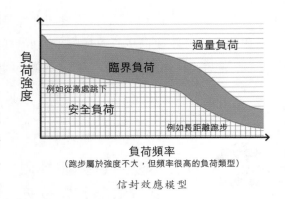

（跑步屬於強度不大，但頻率很高的負荷類型）

信封效應模型

並且這樣的傷痛一旦發生，往往長時間都無法徹底痊癒。跑者會陷入時好時壞的情況或者病情越來越糟糕，最終導致無法跑步或者放棄跑步。

人體是一個非常精密複雜的機器，一切生命活動都處於動態平衡中，當這種平衡被打破時，人體具備自我調節能力使其再次重返平衡，但是當這種平衡被嚴重破壞時，人體就無法再次回到平衡了，從而使得生命活動受到極大干擾和影響。

肌肉骨骼系統同樣也處於動態平衡中，運動時，肌肉骨骼就會承受、傳遞、最終消解運動負荷。當運動負荷恰如其分，身體不僅可以承受，而且還可以變得越來越強壯。但是，當運動負荷達到身體能夠承受的極限水平時，就有可能造成損傷，產生不適、疼痛、腫脹等炎症反應，此時身體也會啟動修復機制，還有可能康復。但如果運動負荷明顯超過了身體承受能力，導致身體結構，例如關節

軟骨、肌腱等發生實質性損害，修復無法完成，那麼這時傷痛就會真正產生。

這就如同一個信封，信封越大，裏面能裝的東西就越多，循序漸進的運動負荷可以讓身體變得越來越強壯（信封越來越大），承受更大的跑量；但是如果信封很小，你卻拼命往裏面塞東西，自然就有可能把信封撐破，這就如同一次過量跑步（例如平時一次最多跑 8-10 千米，貿然參加一次馬拉松，明顯超過平時跑量）就會讓身體產生損傷。這也解釋了為甚麼有些跑者在跑完一次馬拉松後就出現了傷痛，並且傷痛從此纏身。

同樣，如果你不是一次跑量過大，而是一段時間跑量增長過快，沒有貫徹循序漸進的訓練原則，導致這段時間積累了明顯超過自己身體承受能力的跑量，也會發生不可逆的運動損傷。一旦損傷，你的能力將下降（信封變小），能承受負荷的能力也會下降，這就是所謂的越受傷能力越弱，能力越弱就更加容易受傷。

這就是著名的運動損傷信封效應。總而言之，身體承受運動負荷的能力是有上限的，無論是一次過量跑步，還是跑量增長過快，都有可能使運動負荷超過身體承受和修復能力，身體動態平衡被嚴重破壞，導致受傷。

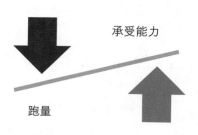

跑量一定要與身體能力匹配

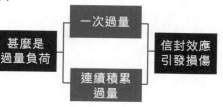

三、不要挑戰極限，超越自我

挑戰極限往往將自己置於巨大風險之中，信封效應告訴我們，身體雖然具有一定的傷痛修復能力，但前提是負荷是在身體可承受能力範圍以內。如果負荷明顯超過自己的承受能力，那麼修復機制將不起作用，不可逆的運動傷痛極有可能發生在你身上。即使真想挑戰自己，也只需要做到接近自己極限即可，但這麼做也是有風險的。

四、不要沒有準備，貿然參加馬拉松比賽

在此提醒各位跑者，沒有跑過至少 15 千米，請不要報半馬；沒有跑過至少 30 千米，請不要報全馬。跑步是大眾運動，人人可參加，但馬拉松是極限運動，不建議人人參加。

五、總結

每個跑者的能力都可以比作一個信封，信封有大有小，初級跑者能力差，信封小，能承受的跑量小，資深跑者經過多年跑步，能力強，信封大，能承受的跑量也大。每個跑者都需要守住自己的信封，不要輕易挑戰極限，超越自我。

第三節 跑步總受傷，可能是因為不夠「軟」

　　肌肉性能在很大程度上決定了運動能力的高低。肌肉富有彈性，既可以收縮變短，也可以拉伸變長。好的肌肉質量表現為肌肉柔軟而富有彈性：柔軟説明肌肉沒有因為運動變得僵硬；富有彈性則説明肌肉張力正常，拉長縮短性能良好，不會因為僵硬而無法被拉長。

一、甚麼是柔韌性

　　運動訓練學對柔韌性的定義為：柔韌性是指關節周圍的肌肉、肌腱、韌帶等軟組織的伸展能力及彈性，即關節活動幅度和範圍的大小。柔韌性涉及兩個方面，一是關節本身結構的關係，二是跨過這個關節的肌肉、肌腱、韌帶等軟組織的延展性。

　　關節結構、年齡、性別等因素很難通過訓練來改變。但拉伸練習等都可以改善柔韌性。此外，環境溫度、疲勞程度和心理因素對柔韌性也會有影響。例如，環境溫度較高時，柔韌性就好（再次強調跑前熱身的重要性）；在疲勞的情況下，柔韌性下降，做適當的調整後，柔韌性會恢復；心理過度緊張也會影響中樞神經系統，進而影響到人體各部位的工作狀態，使神經過程由興奮轉為抑制，也會影響柔韌性。

二、柔韌性與跑步傷痛的關係

1. 缺乏足夠的拉伸放鬆會導致肌肉僵硬

在很多情況下，由於運動較多，肌肉頻繁收縮加之代謝廢物堆積，同時缺乏足夠的拉伸和放鬆，會導致肌肉彈性下降，僵硬緊張。而這種緊張，往往無法察覺，但其後果就是增加了傷痛的發生。

2. 肌肉僵硬會導致跑步傷痛

對於熱愛跑步的跑者而言，因為缺乏拉伸和肌肉放鬆，而發生跑步傷痛是一件非常遺憾的事情，為甚麼肌肉僵硬會導致跑步傷痛？以下示意圖說明了原因。

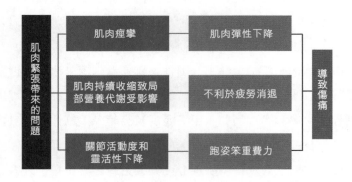

例如，最常見的膝前痛，專業術語稱為髕股關節綜合症（PFPS），很多研究表明膝關節周圍肌肉及軟組織過緊是導致髕股關節綜合症的原因之一。如果膝關節外側髂脛束及外側支持韌帶過緊，當膝關節屈曲時，髕骨被向外牽拉並同時產生過大的壓力，

這是髖股間作用力增加導致軟骨過度磨損引起疼痛的重要原因。

研究發現，大腿前側股四頭肌柔韌性不足也會引起髖股關節綜合症，主要原因是股四頭肌柔韌性不足可導致髖腱、股四頭肌腱和膝關節周圍軟組織產生的張力提高，增加髖股關節間壓力。皮瓦等學者研究發現，大腿後側膕繩肌柔韌性不足也會導致髖股關節綜合症，其原因是在膝關節運動（步行、跑步、跳躍等）時，由於膕繩肌柔韌性差，迫使股四頭肌必須克服更大的阻力以更有效完成伸膝動作，所以髖股間壓力也會隨之增加。此外小腿三頭肌柔韌性不足同樣可以導致髖股關節綜合症，其原因是小腿三頭肌柔韌性差可能導致距下關節的過度內翻，從而增加髖股間的壓力。股四頭肌、小腿三頭肌和膕繩肌柔韌性均可增加發生髖股關節綜合症的風險，所以雙下肢肌群的柔韌性不足是導致髖股關節綜合症的重要因素之一。

3. 肌肉緊張帶來肌肉彈性下降

肌肉的持續緊張將演變為肌肉痙攣，雖然這種痙攣程度很輕，可能僅僅有肌肉發緊的感覺，但始終得不到放鬆的肌肉將因此喪失彈性，這將成為惡性循環的起點。而認真地做完拉伸、泡沫滾筒放鬆、按摩棒放鬆，甚至享受一次推拿後，緩解了肌肉緊張，身體會倍感輕鬆。

4. 肌肉緊張使身體柔韌性和靈活性大受影響

肌肉如果變得僵硬，那麼不僅收縮能力會下降，肌肉伸展性也會大受影響。收縮能力下降表現為為了完成運動，肌肉不得不更加吃力地收縮，自然就感覺跑步很費勁。而肌肉伸展性不足，就會影

響動作幅度，也就是說邁不開腿不僅跟力量不足有關，跟身體柔韌性差也有關係。這些都會使靈活性大打折扣。

　　高水平馬拉松運動員跑姿舒展瀟灑，這跟他們既有很好的力量，也有很好的身體柔韌性和靈活性有關。此外，柔韌而富有彈性的物體才可以很好地緩衝衝擊力。肌肉是實現落地緩衝的重要結構，富有彈性的肌肉可以最大限度緩衝落地所受到的衝擊力，而肌肉僵硬將使得在着地時硬碰硬，進而發生傷痛。

5. 肌肉緊張不利於疲勞消除

　　肌肉緊張還會使得局部壓力增高，導致局部炎症因子、代謝廢物排出不及時，使得疲勞消除變慢，身體總帶着疲勞進行下一次訓練，這樣就容易積累疲勞而引發傷痛。因此，肌肉僵硬將會埋下勞損性損傷的隱患，時間一長，自然引發損傷和疼痛，而疼痛本身也會導致肌肉保護性痙攣，進一步加劇肌肉緊張，惡性循環如右圖所示。傷痛原因眾多，但說肌肉緊張是傷痛發生的重要起始原因並不為過。

三、如何測試肌肉緊張度

　　肌肉緊不緊，最簡單的方法是用手摸，但需要找有經驗的推拿師或康復師進行檢查。本節講述的方法是通過一些特定動作來測試

肌肉緊張度，不僅簡單易行也較為準確。

1. 小腿肌肉緊張度自我測試

研究證實，小腿肌肉緊張與跟腱疼痛（跟腱炎）、足底痛（足底筋膜炎）密切相關。小腿肌肉緊張本身也會導致跑步時無法利用跟腱的彈性，小腿受累較多也更容易痠脹。

測試方法：膝蓋貼着牆壁或櫃子等物體，觀察自己在腳跟不離地的情況下，腳尖距離物體的最大距離是多少。

評價：如果大於 10 厘米，說明小腿的柔韌性良好；小於 10 厘米，說明小腿緊張或腳踝靈活性存在問題。

>10厘米

小腿肌肉緊張度自我測試

2. 大腿後群緊張度自我測試

大腿後群的柔韌性差是男性的通病，大腿後群柔韌性差容易導致肌肉拉傷、邁腿不充份。

測試方法：仰臥於瑜伽墊上，伸直膝蓋，上抬整個下肢至最大幅度。

評價：大腿後群柔韌性差，抬起側腳踝垂線位於膝關節以下。

大腿後群柔韌性差

大腿後群柔韌性尚可，抬起側腳踝垂線位於膝關節以上、大腿中段以下。

大腿後群柔韌性好，抬起側腳踝垂線位於大腿中段以上。

大腿後群柔韌性尚可　　　　　　　　　　大腿後群柔韌性好

3. 臀肌緊張度自我測試

臀肌是跑步時主要的發力肌肉，臀肌緊張會導致蹬地無力和擺腿不充份，這是跑不快的重要原因。

測試方法：坐姿，蹺二郎腿。

評價：臀肌柔韌性良好時，兩側大腿可完全重疊。

臀肌緊張時，兩側大腿無法重疊，只能將一側大腿架於另一側大腿之上。

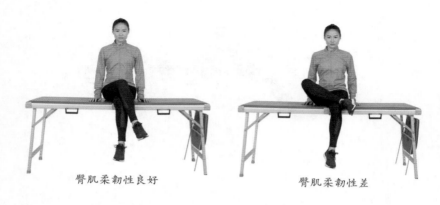

臀肌柔韌性良好　　　　　　　　臀肌柔韌性差

4. 下肢緊張度自我測試

測試方法：該方法可綜合測試下肢緊張度，但由於自己無法觀察到身體位置，所以需要一名同伴來觀察評價。需要一張結實的桌子，或比較高的床，臀部坐在桌子或床的邊緣。平躺，一側手用力抱膝，將一側腿自然放下，主要觀察放下一側腿的位置。

評價：下肢各肌肉緊張度正常時，膝關節低於髖關節，小腿與地面垂直。

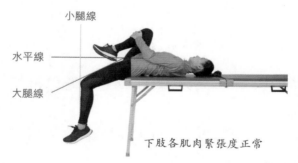

小腿線

水平線

大腿線

下肢各肌肉緊張度正常

　　大腿前側肌肉緊張時，小腿無法下落至與地面保持垂直。這是因為大腿前側肌肉緊張拉住了小腿。大腿前側肌肉緊張是髕骨勞損的重要體徵，這塊肌肉緊張本身也加劇了膝關節前方的疼痛。

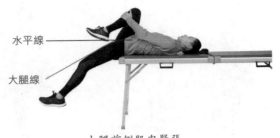

水平線

大腿線

大腿前側肌肉緊張

　　髖前部肌肉緊張，使膝關節高於髖關節，大腿無法下落。髖前部肌肉緊張在伏案人群中極為常見，這塊肌肉緊張一方面容易引發腰痛，另一方面會使跑步時腿無法後伸，使腿前擺受到極大限制。

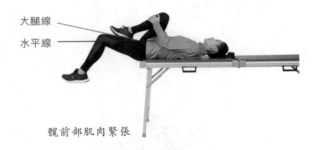

大腿線

水平線

髖前部肌肉緊張

　　從正面看，如果大腿與身體前正中線平行，表明髂脛束緊張度正常。

　　從正面看，如果大腿向外打開，表明大腿外側髂脛束緊張，因為髂脛束緊張會拉動大腿向外。

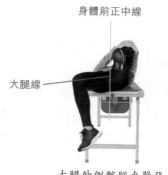

身體前正中線

大腿線

身體前正中線

大腿線

髂脛束緊張度正常　　　　　　大腿外側髂脛束緊張

四、總結

　　以上肌肉緊張度測試方法都是相對比較專業的評估肌肉緊張度的測試方法。如果發現肌肉緊張，就要注意拉伸和放鬆肌肉了，如果不重視，跑步傷痛隨時發生。

第四節 一個動作預測你的跑步受傷風險

　　導致傷痛的原因眾多，身體、跑鞋、環境、天氣……不一而足，但歸根結底，自身能力不足是傷痛高發的內在根源。那麼究竟是哪方面的能力缺陷導致了跑步傷痛呢？

一、力量弱和柔韌差是導致跑步傷痛的兩大重要原因

　　一切運動的動力都來自肌肉收縮，跑步也不例外。肌肉收縮產

生足夠的力量是推動人體向前的
唯一動力。力量差當然跑不快，
更易疲勞。此外，力量差減弱了
騰空落地時的緩衝作用，導致關

節受到更大的衝擊力。而柔韌不足，導致身體僵硬、伸展性和彈性
差，使得動作幅度受限，不夠舒展。

　　這兩大因素加起來大大弱化了人體控制運動的能力，嚴重影響
到跑步的經濟性和協調性，導致跑得更費勁、更吃力，加之長期負
荷積累，很容易受傷。一言以蔽之，肌肉力量不足且僵硬是跑步傷
痛的根源。

二、用過頭舉全蹲測試你的受傷風險

　　有沒有簡便的方法預測跑步傷痛？從上述分析可以得知，只要
快速地評價力量和柔韌水平就可以從某種程度上預測你是否屬於跑
步傷痛的高危人群。下面這個經典動作可以比較綜合地反映你的力
量和柔韌素質。能高質量地完成該動作，說明傷痛沒那麼容易影響
你；反之，如果動作質量不佳，要當心，傷痛很可能正窺視着你。

動作解析

　　1. 預備動作：雙手上舉一根棍子（掃把、晾衣竿之類的道具均
可），要求棍子在頭頂正上方，雙腳開立與肩同寬，膝蓋自然伸直，
挺胸收腹。

　　2. 緩慢下蹲至大小腿完成摺疊（通俗點說就是蹲坑式），同時
仍然能夠保持挺胸收腹狀態，棍子基本上仍然在頭頂正上方，同時

膝蓋不過度超過腳尖，全腳掌踩實地面。

全蹲（正視圖）　　　　　　全蹲（側視圖）

　　看上去很簡單是吧，對着鏡子做做看。如果手不上舉，相信多數人都可以蹲到底，但是當雙手上舉時，各種動作缺陷就出來了。這個動作綜合反映了人體上肢、腰背和下肢所有關節的靈活性與穩定性，跑步恰恰需要上肢、腰背和下肢的協調運動，靈活性就是柔韌的體現，穩定性則是靠力量實現的。

　　常見錯誤動作與預警提示

　　錯誤 1：能蹲到底，但腳跟無法落地，膝蓋過度超過腳尖。

　　提示：跟腱彈性差，小腿肌肉過緊，足踝靈活性不夠，跑步時容易導致跟腱炎、足底筋膜炎、小腿脛骨應力綜合症、髕骨勞損。

　　錯誤 2：無法下蹲至大小腿摺疊。

　　提示：臀肌、大腿肌肉過緊，下肢力量差，跑步時容易導致小腿脛骨應力綜合症、髕骨勞損、髕腱炎。該跑者是跑步傷痛的高危人群。

　　錯誤 3：能蹲到底，但含胸弓背明顯，棍子無法保持在頭部正

上方。

提示：腰腹力量差，上背部僵硬且力量差，肩部柔韌性差，跑步時軀幹容易不穩，大大降低跑步效率，影響呼吸。

錯誤 1　　　　　錯誤 2　　　　　錯誤 3

錯誤 4：下蹲時膝蓋內扣。

提示：臀肌力量差，動作模式錯誤，跑步時容易發生髂脛束摩擦綜合症、髕骨勞損等。

錯誤 5：下蹲時無法保持棍子水平。

提示：身體存在旋轉、不平衡等代償現象，跑步中容易出現受力不均。

錯誤 4　　　　　　　錯誤 5

三、總結

上述 5 種錯誤動作要麼揭示柔韌性不足,要麼反映力量差,或兼而有之。這些都會大大增加發生傷痛的可能性。如何糾正這些問題?無外乎加強拉伸以提高身體的柔韌性,加強力量和穩定性訓練從而打造強有力的肌肉系統。柔韌性改善了,力量增強了,跑姿自然就會大大改善。

第五節 跑者膝前痛:從治標到治本

膝前痛是跑者最常見的傷痛,因此又名跑者膝。初級跑者往往跑一段時間就會發生膝蓋不適,進而出現疼痛;成熟跑者的膝痛則會時斷時續。

膝前痛始終是困擾跑者的第一大問題,緩解疼痛的方法不少,但這些方法似乎往往只能治標,無法治本。

一、膝前痛的主要表現

膝痛只是一種症狀,很多損傷都可以引起膝痛。與跑步有關的膝痛通常發生在兩個部位,一個是膝蓋前方,另一個是膝蓋外側。所以,膝前痛和膝外側痛都可以稱為「跑者膝」,其實跑者膝是兩種疾病的概稱。

膝前痛的學名是髕股關節綜合症，又稱髕骨勞損、髕骨軟骨軟化症。主要症狀包括：膝蓋前方痛但定位不明確；剛開始活動時疼痛明顯，活動一段時間後減輕，但後半程又加重；上下樓梯時疼痛加劇，下樓時尤為明顯；長期固定於一個位置後，膝蓋痠痛。

當然，還有一些跑者會表現為膝蓋下方疼痛（常見為髕尖末端病）、膝內側疼痛（常見為鵝足腱滑囊炎）和膝後疼痛（常見為膕繩肌止點拉傷），但這些傷病的發生率均低於膝前痛和膝外側痛。

二、大眾跑者容易出現膝前痛的原因

1. 跑量過大

對於馬拉松運動員而言，可以承受每週 100 千米以上的跑量，但對於大眾跑者而言，將跑量視為成就可能就埋下了傷痛隱患。眾多研究一致認為，每週跑量超過 64 千米，對於普通跑者而言，傷痛率將大幅提高。

2. 跑量增長過快或者準備不足就參賽

突然加大訓練量，是導致跑步受傷的重要元兇。可以通過近期跑量與一般跑量的比值來衡量受傷的風險。如果這個比值在 1.6 以上，即最近一週的跑量比正常情況下一週的跑量增加了 60%，那麼受傷風險大幅增加。建議近期跑量與一般跑量的比值在 1.1 左右，比值超過 1.5 是一個危險的信號。

此外，一個平時單次跑量只有 10 千米左右的跑者，在準備不充份的情況下參加全馬也會出現膝痛。這說明一次過量運動就足以

讓你達到疲勞積累引發損傷的臨界點。

3. 體重過重

超重或肥胖人士參加跑步運動，相比體重正常的跑者，更易出現膝痛。這顯然與體重過重、對膝關節產生了更大的衝擊負荷有關。

4. 下肢肌肉過緊，柔韌性差

下肢的眾多肌肉如臀肌、大腿前部肌肉、大腿後部肌肉和小腿後部肌肉過緊，都會讓膝關節承受的壓力增加。因此，下肢柔韌性差是導致跑者膝痛的重要因素。

5. 肌肉力量差

跑步是一項長時間的運動，如果沒有足夠的肌肉力量和肌肉耐力，那麼受傷的風險很大。這也是很多跑者的膝痛出現在跑步中後程的重要原因。因為此時，肌肉力量下降，原本由肌肉承擔的一部份負荷被迫轉移至關節，增加關節的壓力。

6. 跑姿不合理

力量可以通過訓練改善，柔韌性可以通過牽拉改善，但跑姿或許是大眾跑者與馬拉松運動員最大的差距，也是最難改進糾正的地方。沒有合理、良好的跑姿，要想從根本上解決膝痛，難度很大。力量訓練可以保養關節，而不合理的跑姿意味着損耗關節，保養再好也趕不上持續的損耗。跑者應當極力避免腳後跟着地、着地點遠

離重心且膝關節伸直鎖死的着地方式，這種跑法對於膝關節傷害極大。

7. 下肢力線異常

「下肢力線異常」是一個專業術語，是指下肢的髖、膝、踝等關節排列不合理，例如 O 型腿（膝內翻）、X 型腿（膝外翻）、膝過伸、長短腿、扁平足和高足弓等，這些因素容易使髕骨運動軌跡異常，造成不正常的應力作用，從而導致膝痛。

當然，下肢力線異常只是增加了發生膝痛的可能性，絕非意味着 100% 發生膝痛。對於先天就存在的結構性力線異常，例如 O 型腿、扁平足，無法改變；但對於後天由於力量不足或者肌肉過緊引發的代償性力線異常，可以通過合理的訓練加以改善。

三、緩解疼痛——跑者膝治標的方法

跑步引起的膝痛自然是一種很不舒服的體驗，但疼痛其實是一種重要的自我保護機制，因為這會提示我們膝蓋出現了問題，應該休息保養。所以，疼痛看起來不見得都是壞事，但疼痛作為損傷的具體表現，本身又是一種不良刺激，會帶來肌肉痙攣緊張、影響代謝和功能異常等問題。如果不做任何處理，往往會令疼痛加重。

針對疼痛，處理的方法有休息、治療和防護三個部份。

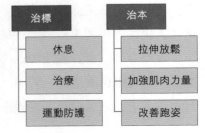

跑者膝的完整解決方案

四、跑者膝治標方法之休息

既然跑者膝與跑步有關，那麼減少跑步就成為理所當然的處理方法。適當的休息可以給予受傷部位足夠的修復時間，人體組織本身具有一定的修復能力，但修復本身需要時間，所以一定的休息是必要的；而在有炎症的情況下堅持運動，就有可能導致損傷加重。

出現膝痛並不意味着一定要完全停跑休息。如果是急性損傷，如肌肉拉傷、韌帶扭傷，需要停跑，完全休息 1-2 週。而跑者膝屬於慢性勞損，如果疼痛不是很明顯，則不必完全停跑；但一定要減少跑量，減至跑步時和跑步後不引起疼痛為度。跑步過程中如果出現疼痛，要果斷停跑，因為越痛越跑的後果往往就是越跑越痛。

五、跑者膝治標方法之治療

治療方面，最佳建議當然是諮詢醫生，因為只有醫生才能明確診斷，對症下藥。跑者也可以先購買一些非處方藥物進行治療。常用的非處方藥物包括中藥類和西藥類兩種。它們都可以發揮消炎鎮痛的作用，但作用機理不同。

中藥類外敷藥物的代表如紅花油，其主要作用是活血祛風，舒筋止痛。由於紅花油具有活血作用，所以急性膝關節扭傷 48 小時以內禁止使用，否則反而會加重病情。

西藥類外敷藥物的代表是服他靈（Voltaren）（雙氯芬酸），這類藥物的專業術語稱為非甾體類抗炎藥。非甾體類抗炎藥能夠抑制止痛物質——前列腺素的合成，從而發揮消炎鎮痛的作用。像亞

士匹靈、布洛芬也都是非甾體類抗炎藥。這類藥物由於起效不是通過擴張血管，所以甚麼時候都可以使用。

除了外敷藥物，其他治療手段，如關節腔注射、理療等，均需要醫生根據病情進行治療。因此再次提醒，如果使用非處方藥物一週不見效，請及時就醫。

六、跑者膝治標方法之運動防護

所謂運動防護，是指在不得不帶傷運動的情況下，運用專門的技術和方法，給予受傷部位支撐保護，以減輕疼痛，防止傷情加重。使用護具就是典型的運動防護，另外，近年來逐漸被跑者了解的肌貼，也屬於運動防護的範疇。

膝前痛跑者的護具選擇：以膝關節包裹透氣型護具最佳。

膝外側痛跑者的護具選擇：以髂脛束支持帶最佳。

膝關節包裹透氣型護具

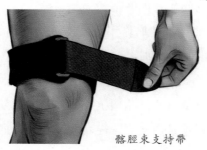

髂脛束支持帶

七、跑者膝治本之拉伸放鬆

經過休息和治療，以及在跑步中使用護具肌貼，膝痛在很大程度上可以得到緩解，但這僅僅屬於治標的方法，一旦跑量恢復乃至增加，疼痛很有可能再次出現，因為上述方法本身並無法提高你的能力。當你的肌肉力量不足以支撐長時間跑步，並且錯誤

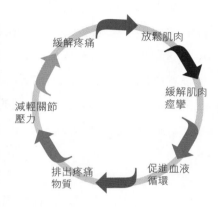

的跑姿使你的膝關節壓力較大時，你難免陷入「跑步—受傷—治療—再跑步—再受傷」的惡性循環。因此，加強力量和改進跑姿對於跑者膝來說是可以達到治本效果的方法，再加上全面的肌肉放鬆和適當的交叉訓練（所謂交叉訓練就是指除了跑步，也做做別的運動，如游泳、騎自行車等），才能讓你從此擺脫膝痛的困擾。

積極地放鬆肌肉本身也可以很好地減輕疼痛，這是一種非常重要的非藥物治療手段。因為通過拉伸、按摩等技術，有效緩解了肌肉痙攣，降低了肌肉激惹性，肌肉張力下降，從而有利於受傷部位代謝廢物排出。這時關節壓力得以減輕，疼痛自然大大緩解。

1. 緩解膝痛只做牽拉遠遠不夠

要想緩解疼痛，需要對局部進行更加細緻化的放鬆，這時光靠牽拉就遠遠不夠了。牽拉雖然可以放鬆僵硬的肌肉，提高肌肉彈性，但對肌肉由於長時間痙攣所引發的一些扳機點（也就是痛點）

作用較為有限，並且身體某些肌肉的拉
伸效果較差。而滾揉類按摩技術，在消
除肌肉痛點、降低肌肉張力方面的作用
相比牽拉更勝一籌。將肌肉牽拉與肌肉

拉、滾、揉三管齊下
緩解疼痛效果最好

滾揉有機結合，可以充份發揮各自的優勢，最大限度地放鬆肌肉，
緩解疼痛。泡沫滾筒、網球都是放鬆的好工具。前面的章節已經介
紹了泡沫滾筒的放鬆方法，下面主要介紹如何利用網球進行很好的
放鬆。

2. 膝痛緩解之網球按揉技術

採用網球進行肌肉放鬆既可以做滾揉，也可以在特別疼痛的位
置持續按壓 30-40 秒。重點
是放鬆大腿前側、臀部及大
腿外側。

大腿前側肌肉放鬆

大腿外側肌肉放鬆

臀部肌肉放鬆

小腿前側肌肉放鬆

小腿後側肌肉放鬆

小腿外側肌肉放鬆　　　　　　　　小腿內側肌肉放鬆

八、跑者膝治本之加強力量訓練

不管是膝前痛還是膝外側痛，
加強膝關節周圍肌群、臀部肌肉尤
其是臀部外側肌肉、軀幹的力量，

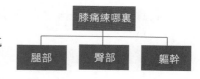

是跑者膝康復的三大法寶。如何加強臀部外側肌肉臀中肌的力量和
軀幹（核心）力量，在前面的章節已經做了詳細介紹；膝痛跑者如
何加強腿部力量，可能比想像的更為複雜。

1. 有些腿部力量訓練增加了關節壓力，並不適合膝痛跑者

最常見的跑步膝痛的專業術語為「髕股關節紊亂」，即膝蓋前
方的髕骨受到某些因素的影響（例如股外側肌強於股內側肌），不
在大腿骨構成的凹槽裏平穩滑動，與凹槽的邊緣產生摩擦、撞擊、
擠壓，使膝關節的關節面異常受力，軟骨下方神經受到刺激而引發
疼痛。在沒有針對性地糾正髕骨運動軌跡異常的情況下，過多的腿
部負重訓練，反而使得髕骨與相鄰骨面的異常摩擦擠壓更加明顯，
加劇了關節疼痛。

除此以外，以最常見的下蹲練習為例，下蹲練習被認為是腿部

和臀部力量訓練的經典動作，下蹲幅度越大，訓練難度越大，對於肌肉的刺激效果越好。對於關節健康的人來說，適當增加一些下蹲幅度，確實可以提升訓練效果，但對於有膝痛的跑者而言，下蹲幅度加大也就意味着關節面壓力增加。在關節面本身就存在異常受力的情況下，盲目地像健康跑者那樣下蹲，只會進一步增加關節面的壓力，從而加劇疼痛。

有些時候，一些膝痛跑者下蹲幅度大一點就會出現膝痛，有些雖然下蹲時沒有明顯的疼痛，但往往訓練後的第二天感覺膝痛加重，其實就印證了這一點：膝痛跑者並不適合像健康跑者那樣去做下蹲。

2. 不適合膝痛跑者的腿部力量訓練動作

那些在對抗自身體重甚至更大負重情況下的動作（例如槓鈴下蹲），以及要求膝關節有較大屈伸運動幅度的動作，都不太適合膝痛跑者。以下動作均不適合膝痛跑者。

幅度較大的靠牆靜蹲：靠牆靜蹲是跑者最常用的訓練動作，對於健康跑者而言，可以下蹲至大小腿呈 90 度，但膝痛跑者蹲到這麼大的角度，通常會感覺疼痛或者無法承受。

下蹲：普通下蹲通常要下蹲至大腿與地面平行，或者大小腿呈 90 度，這樣的下蹲幅度只適合健康跑者，並不適合膝痛跑者。（動作請參閱第 147 頁深蹲）

弓箭步：弓箭步要下蹲至前腿與地面平行，這會導致膝關節承受較大壓力，因此並不適合膝痛跑者。（動作請參閱第 149 頁）

單腿下蹲：單腿下蹲時會將體重完全壓在一條腿上，如果下蹲

幅度大，膝關節承受了明顯較大的壓力，所以也不適合膝痛跑者。（動作請參閱第 281 頁）

力量訓練是康復最重要也是最主要的手段，但力量訓練不等於康復訓練，純粹強化力量、面向健康人群的訓練方法並不完全適用於試圖緩解疼痛的受傷人群。受傷人群需要有特定的訓練方法，這才被稱為康復訓練。

3. 膝痛跑者如何進行正確的康復訓練

膝痛跑者需要減少較大負重下大幅度膝關節屈伸練習，即減少下蹲、弓箭步、低位靠牆靜蹲練習。但輕負重下的膝關節屈伸練習，例如採用坐姿進行膝關節屈伸練習，甚至幅度較小的靠牆靜蹲、下蹲、弓箭步練習，膝痛跑者可以採用。加強大腿前側股四頭肌的力量對於膝痛跑者至關重要，但也不能只是練大腿前側，大腿後側及臀肌強化也必不可少。

- 減少較大負重下大幅度膝關節屈伸練習
- 輕負重下膝關節屈伸練習是允許的
- 強化大腿前側肌肉力量（開鏈練習）
- 強化大腿後側肌肉力量
- 強化臀肌力量

膝痛跑者應如何康復

4. 針對膝痛跑者的專門性康復訓練方法

高位靠牆靜蹲： 在保持膝關節微屈情況下做靠牆靜蹲是安全的，膝關節壓力也較小。保持 30-45 秒，完成 2-3 組。

仰臥直腿抬高（負重或非負重）： 該動作看似簡單，但要求在大腿前側肌肉完全繃緊的情況下完成抬腿動作。如果下落時腳跟碰

地，那麼訓練效果會大打折扣。可以在腳踝處綁上一個沙袋進行訓練，這樣可以提升訓練效果又不引起膝關節壓力增加。每組16-20個，完成2-3組，注意抬起和放下腿時速度不要太快。

仰臥直腿抬高

單腿硬拉：該動作主要增強大腿後側肌肉力量。大腿前後側肌肉力量的均衡對於減少膝痛也很有幫助，而大腿後側肌肉力量訓練往往被跑者忽視。每組12個，完成2組。（動作請參閱第150頁）

臀橋：這是一個經典的臀肌訓練動作，膝關節壓力很小。臀肌發達且充份激活，一方面可以增加跑步的動力，另一方面可分擔膝關節所受到的負荷。每組12-16個，完成2組。（動作請參閱第148頁）

當然，除了上述康復訓練動作以外，臀中肌訓練和核心訓練也十分重要，具體可參考本書其他章節的內容。

九、跑者膝治本之改善跑姿

沒有合理、良好的跑姿，想要從根本上解決膝痛，難度很大，因為跑姿不合理將導致膝關節受到額外的衝擊力，將好不容易積累的力量訓練效果毀於一旦。跑者應當極力避免腳後跟着地、着地點遠離重心且膝關節伸直鎖死的着地方式，這種跑法對於膝關節傷害極大。

前腳掌着地，膝關節負荷得以減輕，是以腳踝小腿負荷增加為

代價的，這就是為甚麼有些跑者改善跑姿了，膝痛大大緩解，但繼而發生跟腱炎、足底筋膜炎、小腿脛骨應力綜合症的原因。解決這一問題，一方面可以通過加強腳踝小腿肌肉實現，另一方面，就是採用全腳掌外側着地的方式。採用全腳掌外側着地既避免了腳後跟着地的弊端（膝關節容易受到較大的峰值應力），也避免了足踝小腿肌肉容易緊張疲勞的問題。

改進跑姿，除了改進着地方式外，還要注意着地位置。

綜上所述，對於膝痛跑者，改進跑姿重點是採用前腳掌或全腳掌外側着地，同時縮小步幅，讓着地點靠近重心，在着地瞬間膝關節保持略微彎曲，不要伸直鎖死。

十、總結

跑者膝是一種成因複雜的跑步損傷，不管原因如何，適當休息、積極治療、加強防護對於緩解疼痛都是必要的。但這僅僅屬於治標的手段，也是一種被動的方式。要想徹底解決膝痛，還需要積極拉伸放鬆肌肉、加強力量和改善跑姿，這些主動積極的方式才是跑者膝治本的必由之路。

徹底解決跑步引起的膝外側痛

> 由跑步引發且只與跑步有關的是膝外側疼痛，即「髂脛束摩擦綜合症」。

一、1 個直接原因

首先了解一下膝蓋和大腿外側的重要結構——髂脛束。它是闊筋膜張肌和臀大肌共同沿大腿向下形成的肌腱結構，也是連接骨盆和下肢的強韌有力的結締組織。

摩擦是導致疼痛的直接原因。膝外側疼痛的學名為「髂脛束摩擦綜合症」。一般認為，髂脛束與股骨外上髁（可以理解為股骨外側的骨性凸起）的表面不斷摩擦，引發了無菌性炎症。當膝關節反覆做高強度、長時間的屈伸運動時，髂脛束在股骨外上髁前後來回滑動，這一「摩擦撞擊區域」在膝關節屈曲 30 度時最為明顯，這正是腳剛剛觸地時。這就是在腳落地時膝外側最為疼痛、最為明顯的原因。

過度的摩擦會使髂脛束充血、水腫，長此以往還可能導致髂脛束攣縮變硬，彈性下降，進一步令跑步時髂脛束摩擦，形成惡性循環。跑量大的跑者稍不注意

1	個直接原因
2	個典型症狀
3	個檢查方法
4	個治療方式
5	個放鬆恢復措施
6	個康復訓練動作
7	個相關因素

髂脛束摩擦惡性循環模式圖

就容易產生髂脛束摩擦綜合症。

二、2個典型症狀

　　髂脛束摩擦綜合症表現為非常典型的膝蓋外側局限性疼痛，疼痛定位準確，這一點不同於髕股關節綜合症的疼痛定位模糊。跑者往往在剛開始跑步時一切正常，但跑一會兒就逐漸出現疼痛，並且越來越痛，這也是馬拉松比賽中後程時，不少跑者只能選擇直腿行走、步態明顯異常的主要原因。因為疼痛在膝關節大約彎曲 30 度、腳着地時最為明顯，為了減少疼痛，跑者只好減少彎曲，呈現直腿走路這一異常步態。

　　髂脛束摩擦綜合症非常折磨人，但一旦跑步結束，疼痛很快就會減輕或消失，平日走路也沒有不適感，因此這個傷病不大影響日常生活。此外，由於髂脛束下端與髕骨外側緣和髕骨外側支持帶相連，也有跑者表現為膝蓋正中偏外一點的位置疼痛。

三、3個檢查方法

　　如果按壓膝外側關節線上方 2-3 厘米時會引發疼痛，那麼這個點是摩擦最為明顯的部位。

　　擠壓測試（Noble 測試）：讓受試者側臥，檢查者將拇指置於膝關節外上方，另一手輕抓腳踝，使受試者做被動的伸膝動作。若受

壓痛　擠壓測試　緊張度測試

試者在伸直約 30 度時再現疼痛，即為髂脛束摩擦綜合症。

髂脛束緊張度測試（Ober 測試）：受試者側臥，患腿屈膝 90 度，外展、後伸，隨後下落，直至腳觸地。此時，大腿在下落過程中要求膝蓋能自然接觸地面。如果你感覺大腿外側很緊張，拉住了膝蓋，導致膝蓋無法接觸地面，甚至無法超過身體的正中線，這就意味着你的髂脛束太緊張了。

四、4 個治療方式

髂脛束摩擦綜合症之所以折磨跑者，是因為一跑步就痛，跑步結束就緩解，但再次跑步又重複出現疼痛。因此，光靠休息無法解決這個問題，即使停跑的時間再長，恢復跑步時仍有可能再次引發膝外側疼痛。尋求更加積極的解決辦法才能有效克服這一傷痛。

消炎鎮痛	拉伸放鬆
康復訓練	護具支持

在消炎鎮痛方面，可以採用塗抹非甾體類消炎藥〔如服他靈（Voltaren）〕，採用超聲、衝擊波、超短波、離子滲透療法等理療方式消炎鎮痛。

除了消炎鎮痛，加強髂脛束的放鬆和臀部肌肉訓練是促進康復的最為重要的措施，具體可參照下文。

當然，使用髂脛束保護帶也能起到一定的支持保護髂脛束、緩解疼痛的作用。需要注意的是，切不可將保護帶勒得太緊。

五、5 個放鬆恢復措施

　　冰敷具有消腫鎮痛的作用，可以用於跑後緩解疼痛症狀。但冰敷僅僅用於長距離跑後的應急處理，不可以作為常規恢復方式，因為反覆用冰敷刺激收縮血管不利於患處的修復。

　　加強髂脛束拉伸可以鬆解髂脛束緊張，減少繃緊的髂脛束和股骨表面的摩擦。如第 55 頁「大腿外側髂脛束拉伸」圖示的站姿牽拉方式，許多跑者感覺牽拉感並不強烈。

　　所以，建議跑者採用泡沫滾筒進行髂脛束滾揉放鬆。（動作請參閱第 65 頁「大腿外側放鬆」）這個動作做不好反而會加劇髂脛束緊張，主要原因是受力過大導致肌肉保護性痙攣。可以用手和一條腿將身體適度撐起，滾揉時切不可認為越痛效果越好，感覺舒適的力度才能放鬆髂脛束。

　　網球體積小巧，常常用於痛點的持續按壓。如果用網球滾揉大腿外側時發現某些點（扳機點）特別疼痛，可以保持網球固定不動，對扳機點持續按壓，從而消除這些痛點。（動作請參閱第 270 頁「大腿外側肌肉放鬆」）

　　同時，還可以利用放鬆神器——按摩棒對大腿外側進行按摩放鬆。

　　無論是髂脛束牽拉，還是泡沫滾筒放鬆，從循證醫學的角度來看，這些方法均不是髂脛束康復的最佳方法。真正對髂脛束摩擦綜

合症最有效的方法是加強臀中肌的訓練（參閱第三章第四節）。

六、6 個康復訓練動作

造成髂脛束緊張的最主要原因是臀肌，尤其是負責髖外展動作的臀中肌薄弱。臀中肌位於臀部外側。當臀中肌力量不足時，由於髂脛束也協助髖關節外展，可以在一定程度上彌補臀中肌力量的不足。因此，為了防止膝內扣、穩定膝關節，髂脛束會過度緊張，從而引發疼痛。

加強臀中肌訓練特別重要，練好臀中肌可以控制下肢骨骼的運動軌跡、骨盆的位置，並且可以確保髂脛束不會被「拉離」膝蓋或過度緊張。只有練好臀中肌，才能從根本上擺脫膝外側疼痛。

1. 側臥位直腿上擺

側臥，將一側腿向後伸，向上盡可能抬起至最高處，再控制其緩慢下落但不觸地。注意保持骨盆不動，腳尖朝前而不能朝上翻轉。16 次 1 組，完成 2-3 組。（動作請參閱第 159 頁「側臥腿外擺」）

2. 側臥貝殼式

屈髖屈膝並腿側臥，發力將上腿如同貝殼一樣打開。保證脊柱和骨盆不動（小竅門：後背貼牆可以防止骨盆翻轉）。16 次 1 組，完成 2-3 組。（動作請參閱第 159 頁「側臥貝殼式」）

3. 臀橋

練好臀橋可以有效減輕髂脛束壓力。屈膝仰躺於瑜伽墊上，腳後跟靠近臀部，勾腳尖，用上背部和腳後跟作為支撐點將臀部盡量抬高。16 次 1 組，完成 2-3 組。（動作請參閱第 141 頁「仰橋（臀橋）」）

4. 跪姿側橋

跪姿側躺，肘撐地，臀部發力將軀幹抬起至身體呈一條直線，緩慢還原至初始位置但髖部不要觸地。保證骨盆的穩定性，同時腰背挺直。一側完成 20 次左右，做 2-3 組。（動作請參閱第 141 頁「跪姿側橋」）

5. 單腿下蹲

單腿練習可以有效訓練下肢穩定性。緩慢下蹲至膝關節彎曲約 45 度。同時注意保持腰背挺直和骨盆的中立位。下蹲與站起的動作要緩慢且有控制，並保證下蹲時膝蓋方向與腳尖方向一致，切勿內扣。一邊完成 12 次左右，做 2-3 組。

單腿下蹲

6. 側橋外展

這是在跪姿側橋基礎上增加腿外展動作，增加了動作難度，12 次 1 組，完成 2-3 組。（動作請參閱第 160 頁「跪姿側橋接上擺腿」）

七、7個相關因素

髂脛束摩擦綜合症的產生除了臀肌力量不足這一重要原因外，還跟 7 個因素有關。例如長短腿現象。排除結構性問題，長短腿往往與骨盆不正，一高一低有關，因此，加強臀中肌訓練本身也具有一定穩定骨盆、矯正長短腿的作用。

兩種常見的足形異常，如扁平足和弓形足也是多種跑步傷痛，包括髂脛束摩擦綜合症的誘因。因此，選擇一雙適合自己的跑鞋對於糾正足形異常具有一定意義。

X 型腿也是造成髂脛束摩擦綜合症的重要原因，女性更加容易出現臀中肌力量不足而加劇 X 型腿的情況。腿長成甚麼樣，很難完全矯正，但是通過合理的訓練可以代償腿型所帶來的膝關節負擔過大，並緩解髂脛束摩擦綜合症。

長短腿	扁平足	弓形足
X 型腿	越野跑	跑量過大
只沿跑道一個方向跑		

當然，頻繁的越野跑，特別是下坡跑，跑量過大，突然增加跑量，也是導致髂脛束摩擦綜合症的重要原因。對於這些誘因，只有通過減少跑量，減少下坡跑，遵循科學訓練原則來克服。

最後一點，在塑膠跑道上跑步對於跑友來說是一個不錯的選擇，雖然繞圈看似枯燥，但田徑場跑步有助於減少膝關節衝擊，也便於計算里程，是間歇訓練的最佳場所。提醒一點，不必總是逆時針沿跑道跑步，時而順時針，時而逆時針，對於預防膝外側疼痛也很有幫助。

搞清楚跑者膝的重要類型，你就會早日擺脫跑者膝。

第七節 處理跑步引發的膝內側疼痛

　　膝痛一直是困擾跑友的第一大傷痛問題。膝痛的部位不同，原因、症狀、治療、康復也不盡相同。本節和跑友聊聊跑步還有可能引發的膝內側痛問題。

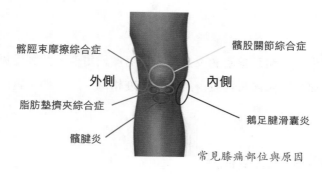

髂脛束摩擦綜合症　　　　　　髕股關節綜合症

外側　　　　　　　**內側**

脂肪墊擠夾綜合症

髕腱炎　　　　　　　　鵝足腱滑囊炎

常見膝痛部位與原因

一、膝內側疼痛的最常見原因是鵝足腱滑囊炎

　　鵝足腱滑囊炎是膝內側痛的最常見原因。縫匠肌、股薄肌、半腱肌組成的聯合肌腱，在膝關節內側向下止於脛骨處形成的結構因形狀酷似鵝足，因此有「鵝足腱」之稱。

　　肌肉收縮會牽拉肌腱，肌腱附着於骨骼，因此拉動骨骼產生了人體運動。為了減少肌腱在拉動骨骼過程中與骨骼表面產生過度摩擦，在鵝足腱與脛骨之間形成了特定的軟組織——鵝足腱滑囊。該滑囊壁增厚，並伴隨滑囊液過度產生，會導致局部腫脹和疼痛，被稱為鵝足腱滑囊炎。

二、膝內側痛的產生原因

鵝足腱滑囊可以避免肌腱與骨骼過度摩擦，但凡事有利就有弊。像跑步這樣的反覆膝關節屈伸運動，因為有了鵝足腱滑囊，所以肌腱不會與下方的骨骼劇烈摩擦，但是肌腱有可能與下方的鵝足腱滑囊過度摩擦，從而發生鵝足腱滑囊炎。加之鵝足腱滑囊區局部肌腱互相嵌插、排列緊密，當這些肌腱配合協調不一致，容易產生慢性勞損，加劇了鵝足腱滑囊炎。

總體來說，**鵝足腱滑囊炎也是一種過度使用傷，其發生原因與高頻次的屈伸膝關節、內收內旋小腿高度相關，**所以鵝足腱滑囊炎在跑者當中並不少見。

三、膝內側痛主要症狀

1. 膝關節前內側疼痛，運動後加重，休息後減輕。
2. 膝關節內側關節線下方 2-5 厘米疼痛、壓痛、腫脹。
3. 膝關節屈伸、上下樓梯時疼痛加重。

四、膝內側痛的治療及康復方法

1. 休息

對於勞損，休息一直是緩解症狀的不二法門。當你在跑步過程中覺得膝內側疼痛時，請及時停下腳步。同時適當控制跑量也是必要的。大量科學研究得出的一致結論是，普通人一週跑量不要超過

92千米，超過這個跑量，發生運動性勞損的概率會大幅提高。

2. 治療

- 對於運動後即刻產生的膝內側疼痛，可以選擇冰敷來緩解。
- 塗抹非甾體類抗炎藥，如服他靈（Voltaren）、吲哚美辛等（建議使用外敷藥而非口服藥）。
- 較為嚴重（腫脹明顯，劇痛難忍）者建議盡快就醫，遵醫囑進行理療。
- 對於非急性膝內側痛，可以到醫院理療科、康復科進行理療。此外，也可以適當使用肌貼來增強膝內側本體感受。

3. 拉伸

當膝關節周圍肌肉過緊時，會導致鵝足腱與鵝足腱滑囊摩擦增加。因此，肌肉過緊、柔韌不足，也是鵝足腱滑囊炎的重要誘因。跑步後針對起止於膝關節周圍的肌肉都需要充份拉伸。

4. 訓練

僅靠拉伸是遠遠不夠的，增強膝關節周圍（大腿前側、後側，小腿後側）的肌肉力量，加強膝關節穩定性才是治本的方法。

五、總結

鵝足腱滑囊炎是由於過度使用而引起的膝內側疼痛。常用的處理方法包括休息、冰敷、塗抹消炎藥等，較嚴重者建議就醫接受理

療，待炎症消解後疼痛會明顯減輕甚至消失。通過拉伸和力量訓練來提高膝關節周圍的肌肉質量是一種較好的從根本上治療鵝足腱滑囊炎的方法。

第八節 沒被了解過的膝後疼痛

膝關節有一個地方的疼痛跑友對其了解不多，但它又確確實實困擾着不少跑友。這就是膝後側疼痛！這一節給跑者介紹一下很多人都不了解的膝後側疼痛。

一、膝後側的特點

膝蓋後側的「窩窩」有個專業的學術名詞，叫作膕窩，指膝後區的菱形凹陷。外上界為股二頭肌腱，內上界主要為半腱肌和半膜肌，下內和下外界分別為腓腸肌內、外側頭。有脛神經、腓總神經及膕動脈、膕靜脈等**重要神經及血管通過**，所以膝後側的疼痛千萬不能輕視。膕窩部位疼痛只是一種症狀，有好幾種病症都可能引起膝後痛，下面介紹了膝後痛的幾種常見原因。

二、膝後痛之大腿後群肌肉止點性損傷

這是導致跑者膝後疼痛的最常見的原因。大腿後群肌肉又稱為膕繩肌，是大腿後群半腱肌、半膜肌、股二頭肌三塊肌肉的合稱。

相比大腿前群的股四頭肌，跑友們對於大腿後群肌肉知之較少。

大腿後群肌肉是跑步主要的發力肌肉，在跑步支撐腿後蹬及擺動腿提拉的過程中扮演重要作用。因此，**大腿後群肌肉損傷會嚴重影響跑步時的後蹬及擺腿動作**。那這種損傷是怎麼造成的呢？

1. 大腿後群肌肉損傷的機制

大腿後群肌肉的損傷有兩種類型：勞損與急性外傷。

勞損一般是由於細微損傷逐漸積累而成的，疼痛多發生在大腿後群肌肉的起點處或止點處，大腿後群肌肉的起點位於坐骨結節處，就是坐在櫈子上時屁股尖兒的部位。因此，有的跑友大腿後群肌肉拉傷會表現為臀部不適，**而大腿肌肉止點處勞損，就表現為膝後痛**，因為大腿後群肌肉止點位於膝後膕窩處。

大腿後群肌肉急性拉傷一般是在跑步過程中後蹬發力不當或大腿前擺用力過猛造成的，以大腿後群中段拉傷最為多見，但也有可能表現為大腿後群下段止點處拉傷，這也會造成膝後側痛。

2. 大腿後群肌肉損傷的誘因

大腿後群肌肉訓練不足，力量弱、韌性差是導致損傷的主要因素。一般來說，大腿後群肌肉的力量弱於前側，如果平時的訓練中不注意大腿後群肌肉的力量練習，這種差距會進一步擴大，導致大腿前後側力量明顯失衡。換句話說，不是腿部力量不夠強，也不是下蹲練得不夠多，而是從未訓練過大腿後群肌肉，這也是導致膝痛的重要原因之一。再加上大腿後群肌肉是跑步主要發力肌肉，跑者容易過度使用而導致它僵硬疲勞，柔韌性下降。此外，準備活動不

充份、越野跑、跑姿不協調也是導致大腿後群肌肉損傷的因素。

3. 大腿後群肌肉損傷的症狀

- 慢性勞損多見於重複某一動作時疼痛，被動牽拉時疼痛。
- 急性損傷因拉傷輕重而不同，輕者僅在重複某些動作時疼痛，休息時不痛；重者走路時都會感覺疼痛。
- 急性拉傷時可能會聽到有斷裂音，嚴重者會出現大腿後側瘀血及腫脹。
- 按壓痛，屈膝抗阻痛。
- 直腿抬高高度下降，肌肉縮短。

4. 大腿後群肌肉損傷的處理方法

- 急性損傷應立刻冷敷，抬高患肢，加壓包紮。
- 大腿後群肌肉急性拉傷往往恢復較慢，應當有足夠休息，不可勉強堅持跑步。
- 急性受傷當天可以配合使用服他靈（Voltaren），急性受傷後 48 小時內不可用紅花油，但後期使用可能有較好的效果，可同時配合針灸、按摩、理療等治療手段。

5. 大腿後群肌肉損傷的康復方法

改善大腿後群柔韌性

大腿後群柔韌性不足，一方面增加跑步向前邁腿的阻力，降低跑步效率，另一方面也使得大腿後群肌肉容易拉傷。如果拉傷部位發生在大腿後群下段，就容易引發膝後痛的症狀。而很多跑者，特

別是男性跑者，大腿後群柔韌性普遍不足。因此，加強大腿後群的拉伸對於預防和減少膝關節後方疼痛有一定意義。

加強大腿後群肌肉訓練

跑友們重視力量訓練，尤其是下肢力量訓練，這本是一件好事，但只重視是不夠的，你還得訓練得法。跑者往往做了不少靠牆靜蹲、下蹲、弓箭步等力量練習，這些動作當然是好的，但這些動作只能鍛煉大腿前群肌肉，大腿後群肌肉通過這些動作是無法鍛煉到的。你還得多練專門針對大腿後群的練習。以下動作是訓練大腿後群肌肉最常見的徒手訓練方法。

單腿硬拉

左腿微屈離開地面，以右腿支撐身體，在保持右腿伸直的情況下，身體前傾，在完成動作的過程中，保持骨盆穩定，做 12-16 次，然後換一側。完成 2-3 組。（動作請參閱第 150 頁「單腿硬拉」）

臀橋

做 12-16 次，完成 2-3 組。（動作請參閱第 141 頁「仰橋（臀橋）」）

單腿臀橋

單腿臀橋的刺激比普通臀橋更大，在完成動作的過程中需要集中精力去控制各關節保持穩定以便控制骨盆偏轉，做 8-12 次，完成 2-3 組。（動作請參閱第 151 頁「單腿臀橋」）

三、膝後痛之膕肌損傷

1. 損傷機制

膕肌，位於膕窩底部，是一塊重要的屈曲小腿的肌肉，並且有保持膝關節穩定性的作用。膕肌也是屈小腿肌肉中最小、最短且力量最薄弱的一塊肌肉，因而受損傷的概率也大。膕肌損傷同樣分為急性和慢性兩種，慢性損傷大部份表現為膝後鈍痛，急性損傷則是劇烈或較劇烈的撕裂疼痛或牽扯疼痛。

2. 症狀

- 膕窩深部痠痛，膝關節屈伸不利，過伸膝關節時疼痛加重。疼痛在下蹲、起立、上樓梯時尤為明顯。
- 膕窩中央稍偏外下方有明顯壓痛。

3. 處理方法

- 症狀較輕者可適當使用服他靈（Voltaren）等抗炎藥，同時配合膝關節的過伸以鬆弛痙攣的膕肌以及針灸、理療等。
- 疼痛明顯者建議及時就醫。有研究發現膕肌的損傷多伴有前後交叉韌帶損傷、半月板撕裂等損傷。
- 康復可參考大腿後群肌肉拉傷的康復方法。

四、膝後痛之膕窩囊腫

膕窩囊腫，又稱 Baker 囊腫，多發生於膕窩內側，一般為滑膜疝或滑囊的膨出。

1. 病因

膕窩囊腫主要分為兩類：第一類為原發性囊腫，多見於青少年，可能與基因相關；第二類為繼發性囊腫，發生於成人，常與半月板損傷及類風濕性關節炎合併發生。另外，膝關節結核、痛風等導致膝關節積液、關節內壓增高的疾病可能也會誘發膕窩囊腫。

2. 症狀

- 多數無明顯痛感，膕窩處可以觸及腫物，伸膝時明顯。
- 囊腫較大時，可能會出現膝後部痠脹、不適或疼痛，膝關節屈曲受限。

3. 處理方法

一般需要就醫手術切除，保守治療可穿刺抽吸。但如果是其他疾病引發的膕窩囊腫，只是單純地切開皮膚去掉囊腫而沒有找到問題的根源，那治療之後復發的概率會很高。

五、總結

1. 跑者的膝後疼痛最常見的原因還是大腿後群肌肉止點性拉傷或勞損，但也可能是膕肌損傷、膕窩囊腫甚至是半月板損傷引起的。切不可掉以輕心，**建議首先去醫院檢查，明確診斷。**

2. 大腿後部肌群訓練不足，力量弱、韌性差是導致大腿後群止點性拉傷的主要因素，因此大腿後群的力量及柔韌練習不可忽視！切不可只做靠牆靜蹲等鍛煉大腿前群肌群的力量練習。大腿後群的

力量練習也需要加強，以保證大腿前後側力量的平衡，這樣才能最大限度增加膝關節穩定性，預防膝後痛。

3. 大腿後群肌肉無論是拉傷還是勞損，往往恢復較慢，病程時間長。因此，要給予大腿後群肌肉足夠的休息、恢復和修復的時間，不可勉強跑步，同時積極進行以拉伸和力量訓練為主的康復訓練。

第九節 為甚麼跑步小腿會痛——脛骨內側應力綜合症完全康復方案

小腿疼痛和不適是跑者的常見傷痛問題。小腿的問題主要分為兩大類：脛骨內側應力綜合症和跟腱病。本節主要講述脛骨內側應力綜合症的相關內容。

一、發病原因

脛骨內側應力綜合症主要是由於小腿脛骨後的組織反覆過度牽拉脛骨，局部應力高引起的。這些應力既來源於外力（緩震不足，衝擊過大），也來源於肌肉自身作用力。例如騰空落地時地面的反作用力就是典型的外力，以及肌肉收縮時牽張力共同作用。

跑步時，持續的地面反作用力作用於脛骨，人體會產生自發反應——通過肌肉收縮來減輕這樣的應力。跑步時雖然每一次騰空着地受到的衝擊力並不大，但是由於跑步持續時間長，這種不大的衝

擊力經過長時間積累，仍然會產生足夠大的破壞力。

為了減輕這樣的破壞力，肌肉勢必需要更加努力持續地工作才能幫助人體減輕衝擊力。一方面，肌肉的疲勞會導致收縮乏力，它們抵消應力的能力大大減弱，這就使得脛骨受到的應力異常增高。另一方面，肌肉的持續工作會使肌肉傾向於比較緊張，肌肉緊張不僅不利於肌肉自身代謝廢物的排出，還會造成脛骨應力集中的現象。因為小腿足踝的肌肉基本起自脛骨，肌肉緊張牽拉脛骨勢必導致對於脛骨更大的應力。

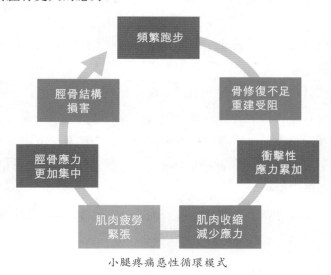

小腿疼痛惡性循環模式

二、脛骨內側應力綜合症症狀

該症狀表現為小腿前側或後內側中下段（內踝上 15 厘米區域內）較深層的疼痛，運動中疼痛明顯，休息後減輕或消失，按壓

痛，也有表現為脛骨周邊疼痛。

這一點與跟腱炎引起的疼痛區別明顯。跟腱炎疼痛位置更低，即在跟腱末端，脛骨內側應力綜合症則主要表現為跟腱靠上位置以及小腿前面疼痛。

及時識別這些症狀十分重要。若不注意休息和處理，就會不斷惡化，症狀加劇，甚至引發骨折。

三、脛骨內側應力綜合症的風險因素

- 經常跑公路（硬地）、上下坡，越野跑。
- 扁平足／弓形足。
- 脛骨後肌過份緊張（小腿前後肌力不平衡）。
- 足踝過度外旋外翻。研究證實，髖外展功能不足導致膝蓋內扣和足外翻，也與脛骨內側應力綜合症相關。可以對自己的下肢形態進行評估，看看自己是不是因為髖關節的問題而導致的小腿疼。
- 新手跑者過大或突然增加的訓練量／強度。新手跑者增加跑量時不能心急。

四、康復始於肌肉放鬆

肌肉疲勞緊張一方面不利於肌肉自身新陳代謝和修復，另一方面加劇了脛骨應力集中現象，因此，解決小腿疼痛的第一步是充份放鬆小腿肌肉。肌肉放鬆了，不僅有利於肌肉自身修復，也有效降

低了脛骨應力。

　　放鬆肌肉的方法主要是及時的牽拉和按摩。需要放鬆的小腿肌肉除了小腿後群腓腸肌和比目魚肌外，還有小腿前側（脛骨前肌）、小腿後側深層（脛骨後肌）和小腿外側（腓骨長肌，腓骨短肌）等肌肉。這些肌肉相比比較發達的腓腸肌和比目魚肌肉，更容易疲勞、緊張，導致小腿脛骨應力集中，久而久之，就容易引起慢性損傷。

五、如何進行康復訓練

1. 練小腿不能只練小腿後群肌肉

　　脛骨內側應力綜合症的風險因素之一是小腿前後肌力不平衡。大部份人的小腿後側肌肉（小腿三頭肌、脛骨後肌等）都是相對有力的。對應的小腿前側的脛骨前肌是弱的，即缺乏訓練的。小腿後側肌肉主要作用是繃腳尖，脛骨前肌與之拮抗，發揮勾腳尖的作用。勾腳尖的力量與繃腳尖的力量一定要相對均衡，才能保持小腿避免損傷。

　　為了對抗小腿後側的拉力，維持足踝的前後穩定，脛骨前肌會努力收縮，然而小腿後側肌群（小腿三頭肌、脛骨後肌等）太有力，脛骨前肌無法拉住，就會出現離心性緊張。肌肉被拉長但又處於收縮狀態就是離心性緊張，也就是說當小腿三頭肌提踵發力時，脛骨前肌被拉長，但事實上脛骨前肌也會適度收縮從而使得提踵動作受到控制，這就是所謂的肌肉又被拉長又處於收縮狀態。這就是為甚麼大多數跑者跑完後除了小腿後側肌肉緊張外，前面肌肉也緊張僵

硬的原因。光靠牽拉無法解決這個問題，得進行針對性訓練。

此外，脛骨前肌本身在跑步中也是不容忽視的角色，由於 90% 以上的人採用腳後跟着地，需要脛骨前肌把足尖拉起來（勾腳尖），這樣才可以讓腳掌以滾動方式着地，從而減少緩衝。如果脛骨前肌無力，就會導致腳尖碰地或者緩衝不足，增加對於小腿脛骨的應力作用問題，所以脛骨前肌的力量訓練很重要。

2. 練小腿要強化小腿肌肉的離心訓練

導致小腿疼痛的關鍵是緩震不足，這將有兩方面問題：一是落地時骨關節會承受和吸收更多的外力衝擊；二是緊接着蹬地離開時需要更大的肌肉向心收縮力，這會使肌肉對骨的牽張力明顯增大，最終共同結果是脛骨內側應力綜合症的發生。

緩震則來源於小腿三頭肌、脛骨後肌、腓骨長短肌這些小腿肌肉群的離心性力量。跑者一般練小腿主要注重訓練提踵能力，其實提踵之後的緩慢放下也很重要，緩慢放下的過程就是離心訓練。離心訓練動作的關鍵在於不僅是對抗阻力，還要注意動作還原階段速度不能快，要緩慢控制。

3. 強化足弓訓練

足弓是由足部骨骼、韌帶、肌肉一起構成的拱形結構，三者互相影響，形成一個整體。當我們站立負重時，足弓輕度降低，這時重力傳導至韌帶，韌帶被拉緊，同時足部肌肉開始收縮來協助韌帶維持足弓，避免足弓塌陷。因此，骨骼構成足弓的第一道防線，韌帶是第二道防線，肌肉是第三道防線。

通過正確的足部肌肉強化訓練，可以增強足弓彈性，提升足弓功能。也就是説無論是否扁平足，足弓訓練都是需要的，足弓訓練的本質是訓練足部肌肉。當然，需要提醒的是，對於已經塌陷的足弓，足部肌肉訓練可能難以糾正，但通過肌肉訓練，可以強化足弓功能，代償足弓作用，彌補足弓塌陷所產生的不良影響。而對於本來就是正常的足弓，足部肌肉訓練可以增強腳踝力量，增加腳部緩衝能力和扒地能力，這也是減少小腿傷痛的重要策略。

4. 脛骨內側應力綜合症必做的康復動作

脛骨前肌訓練：勾腳練習

採用站立位，雙腳做勾腳尖動作，盡可能勾腳至最大幅度，可重複 30-50 次，直至小腿前側有痠脹感。（動作請參閱第 163 頁「勾腳練習」）

小腿三頭肌離心訓練：提踵離心

找一個台階或者櫈子，腳前掌踩在上面，做快起慢落的練習，要求提踵 1-2 秒，而還原落下 6-8 秒，要強化動作還原過程，而不是強調提踵過程。也就是説通過小腿肌肉又拉長又收縮來訓練跟腱的強度。找一個台階或櫈子的目的是讓腳跟懸空，下落時可以讓腳跟落至低於腳前掌的位置。

提踵離心

足底肌肉強化：抓毛巾

抓毛巾

足弓提拉訓練

在全腳掌不離開地面的情況下，做足由外向內的動作。

足弓提拉訓練

5. 單腿落地穩定性練習

雙腳站在櫈子或台階上，從櫈子上跳下，單腳穩定地落地，落地後膝蓋保持一定彎曲。注意落地時用前腳掌落地同時屈膝緩衝，這樣可以更好地模擬真實跑步單腳落地的姿態。落地後越快保持身體姿態穩定越好。落地時雙手前伸，另一側腿也是前伸，這樣可以增加動作難度。注意落地時膝蓋盡可能正對腳尖，同時腰背挺直，不要出現膝蓋內扣和彎腰駝背的不良姿態，膝蓋也不要過度彎曲超過腳尖，略超過腳尖是允許的。

第十節 跟腱疼痛完整解決方案

> 跟腱疼痛是跑者遇到的常見傷痛之一，處理不當往往造成病情遷延，形成頑固性疼痛。

一、概況——粗壯不代表不會出問題

跟腱位於小腿下段，平均有 15 厘米長，是人體最大最粗壯的肌腱。跑步過程中腳踝的緩衝和扒地動作，全靠這條強有力的肌腱。跑步人群是最容易患此病變的人群。研究顯示，跑者的跟腱病發生率在 10% 左右，並且隨着年齡增長，跟腱損傷也有增多的趨勢，30 歲以上中年跑者更容易出現這一問題。

①	概況
②	原因
③	風險
④	症狀
⑤	診斷
⑥	治療
⑦	拉伸
⑧	康復
⑨	預防

二、原因——過度使用是根源

跟腱疼痛屬於非常典型的過度使用損傷。在跑步過程中，跟腱要承受高達 8-12 倍體重作用，也就是說跟腱受到了巨大力量的反覆牽扯，導致輕微創傷反覆發生，引發跟腱力學衰竭，並隨之發生結構改變，疼痛自然難以避免。

跑者常常聽說的「跟腱炎」這一術語並不準確，事實上跟腱並不存在炎症細胞，所以定義為「跟腱病」更為精準，以下均採用更為科學的術語——跟腱病。跟腱病頻繁發生在兩個位置：跟腱腱體上疼痛（距離跟腱止點近端 2-6 厘米）；跟腱止點處疼痛。其中，跟腱腱體的疼痛比較常見。本節主要討論腱體疼痛。

三、風險——不止於過度使用

某些特定風險因素也會誘發跟腱病。

1. 勾腳尖幅度不足

在膝蓋伸直狀態下，如果勾腳尖幅度不夠，通常被認為跟腱過緊，因此患跟腱病風險增大。

2. 腳踝內外翻活動異常

腳踝除了實現屈伸運動，還具有內外翻運動，有些跑者曾經扭傷腳踝，這有可能令腳踝變得鬆弛，導致內外翻運動增加。這也是跟腱病的誘因。

3. 繃腳力量弱

小腿後群肌肉是小腿最主要的一塊肌肉，主要功能就是繃腳（學名蹠屈）。跑步時腳的扒地動作其實就是靠這塊肌肉實現的，所以小腿後群肌肉力量特別重要。當繃腳力量不足時，跟腱往往會承受更大負荷，這樣就更易發生跟腱病。

4. 扁平足

如果扁平足同時伴隨腳踝力線異常（跟骨軸線與跟腱軸線不成一條直線），會對跟腱造成「鞭打效應」從而導致跟腱異常受力。

上述因素都是跟腱病發生的內在風險因素，外在的風險因素主要包括訓練不當、環境因素和跑鞋因素等。跑者的訓練不當包括：跑步距離突然增加、強度增加、爬坡訓練、停訓後重返訓練上量過快等。與夏季相比，冬季更易患跟腱病。這可能是由於低溫時跟腱和筋膜組織之間摩擦增加所致。

四、症狀——跟腱腱體疼痛

跟腱疼痛當然是跟腱病最主要的症狀，但是疼痛還有具體表現。

- 長時間不活動（例如睡覺、長時間靜坐）之後，跟腱出現局部疼痛並感覺僵硬，活動一下後緩解。

- 剛開始運動時感覺跟腱疼痛，活動開後疼痛減輕，但快要結束時又感到疼痛，也就是活動起始、結束痛。隨着病情進展，疼痛可能伴隨整個運動過程，因此對運動造成很大困擾。
- 上下樓梯、躡足行走時疼痛加重。

五、診斷——注意區分腱體和止點疼痛

- 典型疼痛位置位於跟腱腱體上，也就是跟腱附着於跟骨處（跟腱止點）上方 2-6 厘米處；如果疼痛部位不是在腱體上，而是在跟腱連接跟骨的位置（也就是說疼痛部位更低），那麼除了跟腱病，也有可能是足跟滑囊炎、跟骨 Haglund 畸形等。
- 按壓跟腱腱體有疼痛感，跟腱外觀可能正常也有可能呈現梭形腫大、有結節感，並伴有跟腱腫脹變粗。
- 站立位做單腳提踵動作時，患側與健康一側相比，提踵能力下降。例如，健康一側可以完成 30 次提踵，而患側僅能完成 20 次。
- 如果病史典型，且經過保守治療康復有效，通常不需要輔助檢查。X 光對於診斷跟腱病沒有幫助，超聲和核磁共振有助於判斷跟腱結構，常用於輔助檢查。

六、治療——不是所有方法都有效

醫生和治療師已經採用大量方法用於跟腱病的治療。經過嚴謹

的循證發現，有的方法的確非常有效，有的方法則可能有效，還有些方法存在爭議。建議跑者採用最有效的方法，或者諮詢專業的運動損傷醫生和康復治療師。

1. 康復訓練

康復訓練對於跟腱病是最有效的治療方式，但前提是跑者得正確完成康復訓練。跟腱病康復方式主要是離心訓練。

2. 理療

在諸多理療方式中，低水平激光治療和離子滲透療法最為有效，而近兩年廣為採用的衝擊波療法研究報道存在爭議。

3. 拉伸

反覆持續的拉伸也有助於改善勾腳尖幅度不足的情況。

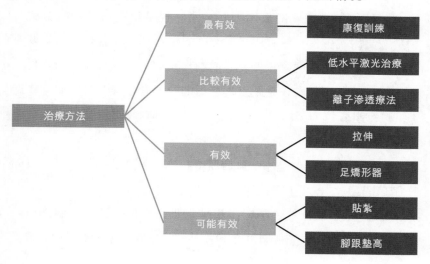

4. 足矯形器

以矯形鞋墊為代表的足矯形器對於扁平足同時伴隨腳踝力線異常的跑者有一定幫助，因為這樣可以改變跑步時錯誤的腳踝受力。

5. 貼紮

以肌貼為代表的貼紮可以減少跟腱張力，越來越多的跑者採用肌貼這一可以隨意靈活使用的工具。

6. 腳跟墊高

利用特製的腳跟墊將腳跟墊高，可以起到減輕跟腱張力的作用。但不是對每一名跑者都有效。

七、拉伸——做得更到位更充份才有效

拉伸作為最主要的放鬆方式，同時也是跟腱病的治療方式，對於改善跟腱彈性，減輕跟腱壓力，避免小腿肌肉緊張具有重要意義。對於跟腱病來說，拉伸要做的動作類型更多、拉伸時間更長、更徹底。以下 4 個動作是跟腱病必做的拉伸動作。要求每個動作做 4 組，每組牽拉 30 秒，也就意味着 4 個拉伸動作就得做 16 組，這樣才能治療跟腱病。

1. 墊上小腿拉伸是小腿腓腸肌牽拉感最強烈的動作之一。（動作請參閱第 57 頁「小腿拉伸（墊上）」）

2. 站姿小腿拉伸是小腿淺層腓腸肌站立位牽拉的 2 個常用動作。（動作請參閱第 55 頁「小腿拉伸（站立位）」）

3. 站姿比目魚肌拉伸是小腿深層比目魚肌的牽拉動作。要求後腳踩實地面，充份屈膝，感受跟上述動作不一樣的牽拉感。

站姿比目魚肌拉伸

八、康復──離心訓練是最有效的方式

康復訓練是跟腱病真正最有效的康復方式。

1. 最核心的康復方法──提踵離心

在做該練習時，重點不是提踵過程，而是還原下落過程（參閱第五章第九節）。需要注意的是患跟腱病的跑者往往在提踵還原過程伴隨跟腱疼痛。一切康復訓練都以不產生疼痛的幅度為度，切不可忍痛訓練。（動作請參閱第 298 頁「提踵離心」）

康復目的

2. 勾腳練習

雙腳做快遞勾腳動作 30-50 次，直至小腿前方肌肉疲勞（參閱第五章第九節）。小腿前方肌肉與小腿後方肌肉互為拮抗肌群，一方面從肌肉平衡角度而言，不能只鍛煉小腿後群肌肉；另一方面增強小腿前方肌肉力量可以降低小腿後群肌肉緊張度。（動作請參閱第 163 頁「勾腳練習」）

九、預防——做好跑前跟腱熱身

跟腱病經過治療和康復，有可能時好時壞、病程遷延，所以加強力量，做好跑前熱身、跑後拉伸對於預防跟腱病非常重要。患有跟腱病的跑者要注意休息，避免過多跑步刺激跟腱。但需要提醒患有跟腱病的跑者，在跑前除了常規熱身，也需要對於小腿和跟腱部位進行特定熱身，以達到激活肌肉、減輕跟腱牽拉的作用。例如立踵行走、勾腳尖行走，各走 15 米，每種做一遍，就是很好的跟腱熱身。

十、總結

跟腱的英文是 achilles，來源於古希臘戰神——阿基里斯。其神話故事的寓意是再強壯的人也有脆弱部位。所以不要讓看似粗壯的跟腱影響你跑步。

 第十一節 一網打盡足底痛——來自美國物理治療協會的權威治療指南

足底痛，又稱為足跟痛，學名是足底筋膜炎，是跑者常見的傷痛之一，對部份跑者造成不小的困擾。據估計，每年大約有 200 萬美國人患有足底筋膜炎。研究顯示，足底筋膜炎在運動和非運動人群中均普遍存在，尤其是在跑

步人群中高發，是最常見的足部疾病。

美國物理治療協會已經在全面總結足底筋膜炎研究文獻的基礎上，發佈了權威的治療指南。

一、足底筋膜及其功能

人的腳是由眾多足骨所構成的一個拱形構架，人在走路或跑步的過程中，足骨自然受到地面很大的反作用力，硬碰硬當然會很痛。所以，腳底覆蓋有多層軟組織（脂肪墊、筋膜）用來緩衝腳着地時的撞擊力。

足底筋膜就是位於足底的軟組織，它起自腳後跟處的跟骨，向前止於腳趾。由於腳趾頭有 5 個，所以足底筋膜向前分叉為五束，足底筋膜的主要功能是緩衝，同時也協助維持足弓。

在跑步過程中，腳趾頭特別是大腳趾也會背伸用力，在腳離地瞬間再助推一把。腳趾背屈時相當於在足底筋膜遠端產生張力，堅硬的足底筋膜就會被動牽拉跟骨，產生「捲揚機效應」，使足弓抬高縮短。

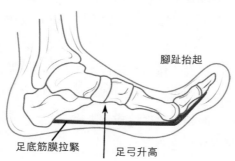

腳趾抬起

足底筋膜拉緊　　足弓升高

二、足底筋膜炎不是炎症，而是勞損

所謂炎症，一般有紅、腫、熱、痛這樣的表現，但足底筋膜炎除了疼痛，往往沒有腫脹、發紅、發熱的表現。所以近年來，主流觀點認為足底筋膜炎其實並非真正的炎症，而是由於反覆的細微損傷、過度緊張引起的足底筋膜勞損和退化。加之足底筋膜不是肌肉，本身缺乏彈性，僅能延長約 4%，當足底筋膜受到很大作用力時，例如跑步帶來的持續高強度牽拉，難免導致結構受損。

三、足底筋膜炎的典型表現

患有足底筋膜炎會感到足底疼痛，疼痛的具體特點包括以下幾方面。

- 最典型症狀：早晨醒後下床，腳落地時，腳後跟部疼痛最為明顯，走動一會兒後疼痛會有所緩解。
- 典型症狀：休息一段時間，例如看電影、久坐後，或者腳在不負重一段時間後，站起行走的前幾步出現隱隱作痛。
- 疼痛的具體位置是在腳後跟靠內側處，這裏恰恰是足底筋膜從腳後跟發出的起點處，偶爾也有患者反映疼痛在足底中部。
- 患者在充份活動，例如行走或跑步後，腳後跟部疼痛減輕，但是在長距離跑步後程，可能再次出現疼痛甚至被迫停下腳步，還有夜間腳後跟部疼痛會加重。
- 足底筋膜炎女性更為多見。

四、容易誘發足底筋膜炎的因素

1. 勾腳尖幅度不夠

腳踝有足夠柔韌性和靈活性對於跑者來說，非常重要。勾腳尖幅度不夠，被認為是導致足底筋膜炎最重要的風險因素。你可以坐在床上，雙腳併攏同時用力勾腳，觀察自己的傷腳和健康一側腳的勾腳幅度是否相同。勾腳尖不足通常表明小腿和跟腱較緊。

2. 肥胖

超重或肥胖人群由於體重較重，使得足底承受了比較大的壓力，足底筋膜自然容易受到過重的體重的牽拉，而導致勞損。

3. 久站的職業工作

長時間站立或行走的人，例如商場營業員，也是足底筋膜炎的高危人群。

4. 突然增加跑量

足底筋膜炎往往發生在突然增加跑量、提高跑步強度的跑者身上。此外，越野跑也容易誘發足底筋膜炎。因此，循序漸進仍然是跑者應該遵循的基本訓練原則。

5. 扁平足 / 高足弓

扁平足本身是一種正常現象，許多馬拉松運動員也是扁平足，但如果扁平足同時伴隨腳踝力線異常（跟骨軸線與跟腱軸線不成一

條直線），專業術語稱為腳外翻，過度外翻會導致足底筋膜受到更大的負重應力而容易誘發足底筋膜炎。高足弓又稱為弓形足，也是足底筋膜炎的危險因素，所以足弓的正常很重要，過高過低都不利。

五、如何檢查自己是否患有足底筋膜炎

腳後跟特定部位按壓疼痛和晨起下床腳後跟痛，是判斷足底筋膜炎的重要依據。此外，跑者可以通過一個被稱為「捲揚機試驗」的測試來進行自我診斷。採用坐位，握住大腳趾，將大腳趾用力背伸，如果誘發疼痛，則表明是足底筋膜炎。

有跑者到醫院檢查，拍片後顯示有跟骨骨刺（專業術語稱為跟骨骨贅），認為足底長出骨刺所以導致疼痛。其實，骨刺不是導致疼痛的主要原因，骨刺刺激了足底筋膜才是產生疼痛的主要原因，足底筋膜炎治好了，自然疼痛也就消失了，所以對於跟骨骨刺不必過度擔心。

六、如何治療足底筋膜炎

足底筋膜炎治療方式眾多，但真正經得起推敲、效果明顯的方法其實並不多。

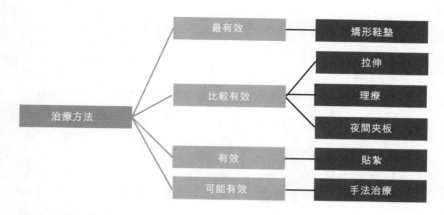

		矯形鞋墊
	最有效	
		拉伸
治療方法	比較有效	理療
		夜間夾板
	有效	貼紮
	可能有效	手法治療

1. 矯形鞋墊

　　定製適合自己的矯形鞋墊，可糾正不正常的足過度外翻，較快緩解疼痛及改善功能，被認為是效果最佳的治療方法。需要注意的是鞋墊是個性化的，而非隨意買一個放在鞋子裏，不合適的矯形鞋墊沒有意義。這方面你需要諮詢醫院康復科矯形支具部門或者專業機構。

2. 拉伸

　　充份地拉伸小腿和足底筋膜，也是緩解足底筋膜炎的有效方法。因為小腿過緊是足底筋膜炎的危險因素，反覆拉伸小腿，對於改善足踝柔韌性，減少足底筋膜張力非常重要。

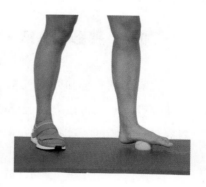

　　• 足底筋膜拉伸：握住腳後跟，將腳趾頭上掰。

- 來回踩網球放鬆足底筋膜。

3. 理療

0.4% 地塞米松或 5% 醋酸應用離子導入法局部治療、衝擊波治療等都可以在短期（2-4 週）緩解疼痛。

4. 夜間夾板

在夜間睡眠時，足底筋膜炎患者會發生足底筋膜攣縮，這是導致第二天早上晨起下床時，足底劇痛的直接原因。採用特製的夜間夾板可以防止睡眠時足底筋膜攣縮，對於患該病 6 個月以上仍無改善的患者，可以使用夜間夾板。

5. 貼紮

跑者還可以在跑步前嘗試使用 low-dye 貼紮法。研究表明，貼紮可使功能得到改善，減輕疼痛。至於手法治療，跑者還得諮詢醫院康復科治療師。

七、加強小腿腳踝訓練，預防和康復足底筋膜炎

強有力的小腿和腳踝肌肉，不僅可以增加跑步的推進力，讓你跑得更輕鬆，也可以充份發揮肌肉在騰空落地時的緩衝作用，減少對於足底筋膜的過度牽拉，所以無論是預防，還是更快地康復足底筋膜炎，小腿和腳踝力量訓練都十分重要。

八、總結

足底筋膜炎是跑步勞損性損傷發生在足底的典型代表，80-90%的病例經過積極治療康復都會預後良好。首先，休息是十分必要的，這樣可以給予軟組織足夠修復和恢復時間；其次，尋求專業的運動醫學醫生和康復治療師幫助，可以更有針對性地制訂個性化的治療方法；最後，加強小腿和腳踝肌肉訓練必不可少。如果進行治療康復，仍然不見好轉，那麼就要從力學或跑步訓練方面找原因，看看是不是存在跑姿、下肢力線異常等問題。

第十二節　腳踝扭傷最全恢復指南

跑步由於不涉及身體激烈對抗衝撞，因此絕大部份傷痛都屬於勞損性損傷，例如髕骨勞損、髂脛束摩擦綜合症、跟腱病、足底筋膜炎、小腿應力綜合症等，但這並不代表在跑步過程中就不會發生急性損傷，其中最常見的就是腳踝扭傷，俗稱崴腳（編按：即粵語「拗柴」）。跑步時大意、路面不平整、夜跑看不清道路、越野跑都容易發生急性腳踝扭傷，加之跑步時速度快，衝擊力大，一旦扭傷腳踝往往比較嚴重。

急性腳踝扭傷後如果處理不得當，很有可能留下以腳踝反覆扭傷（腳踝不穩）和慢性疼痛為典型代表的後遺症，嚴重影響跑步。本節主要講解腳踝扭傷的恢復。

一、腳踝扭傷之後的緊急處理

90% 以上的腳踝扭傷屬於腳踝內翻受傷，即傷到了腳踝外側的軟組織。受傷當時處理是否正確直接關係到後期恢復的快慢和效果。所以，腳踝扭傷後正確的急救處理非常重要。

1. 就地休息

腳踝扭傷後腳踝立即就會出現疼痛、腫脹等急性炎症，這時的處理就是盡可能控制腫脹和炎症反應，應當遵循經典的「大米」原則，即「RICE」原則。

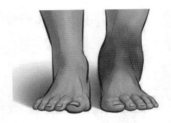

「R」是指 rest，就是休息、停止活動的意思。因為腳踝扭傷本質是突然超範圍的活動拉傷了腳踝韌帶。事實上這時皮下的血管已經破裂，進一步活動只會增加出血量，加劇皮下瘀血腫脹。因此，腳踝扭傷後就地休息是首先要做的，受傷後忍痛繼續跑步是導致傷情加重的重要原因。

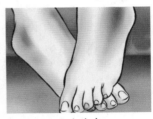

就地休息

2. 想辦法冷敷處理

「I」是指 ice，就是冷敷，冷敷可以鎮痛，同時冷可以使得血管收縮，減少皮下出血，從而減輕腫脹。冬季可以立即用自來水淋腳，而夏季必須要用冰塊，現

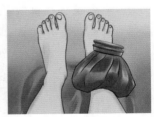

冷敷處理

場沒有冰塊，買一兩根冰棒外層包上一層塑料袋也可以應急。此外為防止凍傷，一般也不建議冰塊直接作用於腳踝，而是用塑料袋、薄毛巾包裹住更為合適。一次冰敷持續 15-20 分鐘，當天至傷後 48 小時以內可以一天重複多次。

腳踝扭傷後防止局部變腫的最佳辦法並不是冰敷，而是立即用大拇指壓迫腳踝外側，這樣即使皮下血管破裂，因為壓住了破裂處，也不會導致嚴重的出血腫脹。

3. 冷敷後加壓包紮

「C」是指 compression，就是對傷處進行加壓包紮，做過冰敷就可以包紮，包紮可以壓迫止血、減少出血和腫脹，同時也可起到穩定腳踝、減輕疼痛的作用。你可以到醫院進行包紮，也可以在藥店買紗布卷，如果有肌貼，可以將肌

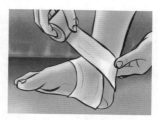

冷敷後加壓包紮

貼完全拉緊包紮（注意肌貼有彈性，應當將肌貼完全拉緊進行包紮）。包紮的具體方法是繞着腳踝做 8 字纏繞，加壓包紮的意思是包紮時應當適當包得緊一些，起到防腫作用。

4. 睡覺時用被子將腳墊高

「E」是指 elevation，即晚上睡覺時用被子將腳抬高，要求高於心臟平面，這一措施可以促進血液及組織液回流，減輕腫脹。受傷當天建議剩下時間平躺

睡覺時用被子將腳墊高

休息，減少腳下垂時間，也可以起到緩解腫脹的作用。需要注意的是，抬高傷腳僅僅指的是將腳抬高，有的跑者誤以為是將整個小腿抬高，而且往往膝蓋一抬高，腳又垂下去了，反而不利於血液回流。

現在，也有人將「RICE」原則改為「PRICE」，所謂「P」即 protective，保護受傷部位的意思，其實通過減少活動、冷敷、加壓包紮就基本可以起到保護受傷部位的作用。

5. 受傷當天可以用服他靈（Voltaren）等西藥類外敷藥，不要用紅花油等中藥類外敷藥

紅花油等中藥類外敷藥的主要作用就是活血化瘀，在腳踝扭傷後 48 小時以內，皮下瘀血，組織液正在滲出，炎症反應正在發生，這時如果用紅花油就意味着加重出血和腫脹。

而西藥類的外敷藥，例如服他靈（Voltaren），其發揮作用不是通過活血實現的，而是抑制疼痛物質產生，從而起到消炎鎮痛的作用，可以用於受傷當天以及後期。

二、腳踝扭傷之後需要積極地做康復訓練

腳踝扭傷後正確而及時的處理可以有效減輕炎症反應，為接下來的恢復奠定良好基礎。但即使跑者沒有按照上述內容進行急救，在經過一段時候後，炎症也會慢慢消退，瘀紫腫脹也會逐步減輕，你會發現疼痛好像是減輕了，但似乎有些懼怕跑步，勉強恢復跑步總感覺腳踝沒勁兒，不穩，隱隱作痛，似乎總是恢復不到受傷之前的狀態。

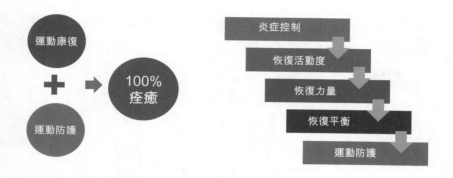

　　經過了一段時間養傷，炎症的確是減輕了，但往往會遺留那麼一點腫和痛，更要命的是腳踝的靈活性、穩定性、力量都難以通過養傷養好，還需要進行康復訓練，被動休息治療結合主動康復訓練才能最大限度恢復受損的功能。

　　腳踝康復應當按照恢復活動度——恢復力量——恢復平衡能力——恢復爆發力的順序進行。

1. 康復訓練始於關節活動度訓練

　　如果沒有骨折等問題，受傷後 48-72 小時以後，就可以開始進行簡單的康復訓練。長時間休息不活動會導致腳踝關節黏連、肌肉萎縮、力量下降等一系列併發症。首先需要做的是放鬆小腿及踝關節附近緊張的肌肉，恢復關節活動度。小腿拉伸放鬆動作都可以做。

2. 腳踝力量訓練

　　腳踝扭傷本身就跟腳踝力量不足有關，最容易扭傷腳踝的時候是在跑步中後程，這時肌肉疲勞，導致腳踝控制變弱，受傷後長時

間休息更會導致肌肉力量進一步下降。因此，恢復腳踝力量是康復最重要的環節之一。腳踝力量練習需要做以下 4 個練習。

提踵離心

提踵離心

勾腳練習

前文已經對本練習進行了講解，在此不再贅述。詳見本章第九節。

外翻練習

腳踝除了繃腳勾腳動作，還能完成內外翻動作，而腳踝扭傷通常都是內翻受傷，所以增加內外翻肌肉的訓練，有助於平衡腳踝內外翻運動和增強腳踝控制能力。採用坐姿，握住腳外側，手給予腳向上的阻力，腳踝做向下發力動作即是外翻練習。重複 16 次為一組，做 2-3 組。

內翻練習

採用坐姿，握住腳內側，手給予腳向下的阻力，腳踝做向上發力動作即是內翻練習。重複 16 次為一組，做 2-3 組。

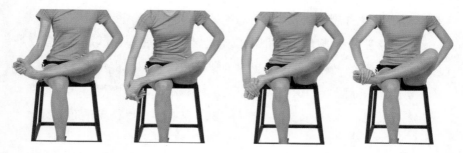

外翻練習　　　　　　　　　　內翻練習

3. 平衡能力訓練至關重要

當腳踝具有了一定力量，接下來就可以進行平衡能力訓練。平衡訓練本質就是腳踝穩定性訓練。穩定要以力量作為前提，它可以增強腳踝適應能力。這種適應能力恰恰是跑步時，腳踝適應凹凸不平的地面，不至於扭傷所需要的。

從支撐面大到支撐面小

↓

從睜眼到閉眼

↓

從靜態到動態

腳踝扭傷後，平衡功能也會受損，表現為腳踝亂晃不穩，所以平衡訓練是腳踝康復訓練的重要環節。平衡訓練應當遵循逐漸增加難度的訓練原則，同時平衡訓練本身也充滿樂趣和挑戰。

需要注意的是，平衡訓練本身具有一定危險性，一定是從低難度開始，逐步進階。（動作請參閱第 164 頁「單腳站立」組圖）

靜態平衡訓練三級難度

靜態平衡 1 級難度：睜眼雙手側平舉單腳站立，目標 60 秒。

靜態平衡 2 級難度：睜眼雙手抱胸前單腳站立，目標 45 秒。

靜態平衡 3 級難度：閉眼雙手抱胸前單腳站立，目標 20 秒。

4. 爆發力訓練

腳踝是否恢復？何時開始恢復跑步？以能否單腳起跳和穩定落地為評估依據。跑者也可以想像，腳踝扭傷初期，走路一瘸一拐，十分費勁，而隨着腳踝靈活性、力量、穩定性逐步恢復，就可以開始進行最後一步——跳躍穩定性練習。只有腳可以穩定地起跳和落地，才說明腳踝恢復了八九成。當然，這個練習也必須以前面活動度——力量——穩定練習作為基礎。

三、總結

腳踝扭傷是跑步最常見的急性受傷之一，看似問題小，但若處理不當和缺乏一定的康復訓練，常常發生長期的腳踝不穩和慢性疼痛。腳踝扭傷現場應當以 RICE 原則進行急救，傷後 3-5 天就應該開始進行康復訓練，這對於加速腳踝康復，能以健康的腳重新跑步是必不可少的。當然，若腳踝嚴重扭傷，還是需要及時就醫，以排除骨折或者其他問題。

第十三節 # 跑者腿上的肌內效貼布是否有用

不知道從何時開始，越來越多的受傷跑者使用肌內效貼布。在如今大大小小的賽事中，你總能看到五顏六色、貼法天馬行空的肌內效貼布出現在跑者身體的各個部位。但是，這種貼布到底有甚麼實際功效？這種貼布對跑者跑

步過程中發生的問題真的有用嗎？

一、肌內效貼布的前世今生

肌內效貼布最早由日本的加瀨建造博士在 20 世紀 70 年代末發明，命名來自於英文「運動學」一詞「Kinesiology」的前綴，國內翻譯為「肌內效」，國內專業人士多稱為肌內效貼、肌能貼、肌貼等。其設計初衷是為了在對肌肉骨骼和關節產生一定保護作用的同時保持一定的關節活動範圍。

二、肌內效貼的結構

肌內效貼共分為三層：最外層是透氣且有彈性的防水棉布（因此貼布可以在一定限度內拉伸，最大可達 130-150%），中間層通常為丙烯酸酯低敏
膠，內層是背親紙。中間層的膠面呈水波紋狀分佈（波紋的寬度、間距、波長和振幅都有規定），波紋也是官方宣稱使貼布發揮作用的關鍵技術。合格的貼布上塗布的膠水應通過生物相容性測試，一般不易引起皮膚過敏且不含有藥物成份。

三、總結

最後，總結一下目前國內外關於肌內效貼臨床研究的結論。

1. 對於可能增加骨骼肌力量的肌內效貼布應用也許有一定的治療效果，但不具有臨床意義。部份研究中，單個肌肉的峰值力量／峰值力矩有增加，但貼布沒有幫助健康成人獲得力量的增長。

2. 一項對健康人在相同部位採用不同的肌內效貼貼紮方法的研究表明：不同的肌內效貼法都不能產生易化和抑制作用（也就是不能增加肌肉力量）。

3. 對於支持肌內效貼有作用的人來說，更多來自於心裏暗示效應。

4. 肌內效貼布可能有預防損傷的作用，但這些研究沒有提供預防損傷的直接測量結果。

5. 在一個研究肌內效貼布緩解疼痛的對比研究中甚至出現了沒有臨床價值的結果。

6. 在一項關於肌內效貼對於腰背痛症狀作用的研究中，應用肌內效貼布適度拉伸在皮膚產生皺褶的方式並沒有比不拉伸貼布的方式更有效，這個結果直接挑戰了這種療法的作用機制。

7. 肌內效貼布的合適貼法對於限制關節活動範圍有一定的作用。

8. 目前的研究表明：應用肌內效貼布沒有在關節運動時產生更高的峰值力矩和增加做功，也並沒有縮短健康年輕人運動時峰值力矩的保持時間。因此前人關於肌內效貼布研究的積極結果可以歸結為安慰劑效應。

所以，肌內效貼的心理安慰效果大於實際的物理作用。

TIPS

如果大家要使用這種貼布來減輕腫脹和緩解疼痛或者是部份限制關節活動，一定要掌握正確的使用方法，並且在貼好貼布後讓身體適應一段時間再活動。如果貼有貼布的部位出現了癢或者其他不適的感覺，抑或是改變了原有的運動模式，請立刻去除貼布。

 跑者應當警惕長期高強度跑步
可能對心臟的負面影響

一、跑步是最有益於心臟健康的運動之一，但這是有前提條件的

跑步是典型的耐力性運動，長期耐力運動對於人體的益處毋庸置疑。耐力性運動可以顯著提高生活質量，主要表現在改善人體心血管功能和提高整體健康水平。耐力性運動不僅有益於健康，還可預防和輔助治療疾病、促進疾病康復。因此，早在 2007 年，美國運動醫學會就提出了著名的觀點——Exercise is Medicine（運動就是良醫），也就是說運動可以像傳統的醫學治療手段一樣，有效地防治一些常見的慢性疾病，例如心力衰竭、冠心病、肥胖症、糖尿病、高血壓、部份類型癌症和抑鬱症等。大量研究也已經證實，堅持耐力運動的人群身體功能障礙的發病率顯著低於不運動的人群，

而且他們的平均壽命也比不運動的人更長。

那麼，多大的運動量才能有益於心臟健康呢？目前主流觀點認為每週應當至少積累 150 分鐘中等強度運動，或者每週積累 75 分鐘大強度運動，這個運動量是絕大多數人不用太費力就能實現的運動目標。跑步本質是一種大強度運動，也就意味着每週跑步總時間達到 75 分鐘就足夠有益於心臟健康。當然，還有一個重要觀點就是運動量相對越多，健康收益越大，這個被稱為劑量效應關係。

因此，我們鼓勵大家積極投身運動，運動越多，所能獲得的健康收效也就越大。但運動量是不是可以無限增加？同時也能帶來好處的無限增加？顯然不是這樣的。正如藥物有最大的安全劑量，運動也是如此。超過一定的運動量就會對機體產生不利的影響，抵消運動帶來的一部份好處，甚至弊大於利。我們絲毫不懷疑經常跑步、多跑步對於健康的好處，但這不能超越過量跑步的邊界。當然，這個最大跑量是多少？並沒有統一觀點。一般來説，精英跑者能承受的最大跑量大於普通跑者。

也就是説，運動量與健康之間實際上是 U 型曲線關係，運動不足有害健康，適量運動有益於健康，而過量運動可能又會帶來不少對於健康的負面影響。

二、耐力運動員有着強大的心臟，但這也有可能蘊含心臟病的風險

做耐力運動時，機體需氧量持續增加，正常情況下為滿足機體對氧的需求，心臟工作能力也會相應增加，運動時心臟工作能力是

安靜時的 5-7 倍。當長時間需要心臟以如此大的強度工作就會對心臟造成極大的負荷，為滿足如此大的負荷，心血管會產生相應的適應性變化。例如表現為心腔容積增大、心肌增厚、心臟質量增加，我們把這種情況稱之為「運動員心臟」。傳統觀點認為心臟體積大、強而有力能滿足高心率下有氧代謝需求，是人體對於大負荷運動產生適應的一種表現。

事實上，越來越多研究發現，這些心臟結構變化並不是全都是好的。例如，高水平耐力運動員退役後，即便幾年內不參加比賽及大強度訓練，其心臟也不能恢復到正常大小，耐力運動員中有些人會發生心律失常。科學家們因此推測，耐力運動引起運動員形成「運動員心臟」，而這些結構變化又可能為心律失常建立了基礎，進而可導致心臟功能障礙。有時，即使是專業的心臟病大夫，也很難區分運動員的心臟增大是適應良好還是已經發生了心臟疾病，所以常常被誤診，這需要細緻專業的檢查。

普通大眾跑者健身性質的跑步不太可能像運動員那樣發生「運動員心臟」，但那些跑量較大、跑步較多的資深跑者卻有可能存在心臟發生某些不良改變的風險。例如，有些跑者安靜時心率明顯偏低，甚至過低，或者存在心律不齊，而這些往往平時是沒有不適表現的。

三、跑馬拉松可能導致心肌損傷

耐力運動是健康積極的生活方式中不可或缺的一部份，但馬拉松比賽或者為了馬拉松備賽而進行的大強度耐力訓練卻有可能會對

心血管造成不利的影響。研究發現，持續超過 1-2 小時的大強度耐力運動會導致心臟承受過度負荷，這就使心肌過度伸展，造成心肌微損傷。

研究顯示，馬拉松比賽後心肌損傷的標誌物，例如心肌鈣蛋白、MB 型肌酸激酶、B 型腦鈉肽上升了 50%，這無疑是在提示馬拉松這樣的極限強度耐力運動導致心肌受到了一定損傷。雖然這一變化在 1 週內可恢復到基礎值，但經年累月的過度大強度運動和重複損傷，可導致心肌纖維化（所謂心肌纖維化是指心肌彈性下降，收縮能力受損），進而引起心律失常。此外，長期大強度耐力運動也會加速心臟「衰老」，例如冠狀動脈硬化、心室舒張功能障礙、大動脈血管壁變硬等。眾所周知，冠狀動脈硬化是導致心肌梗塞的主要原因。

四、不重視賽後恢復，頻繁參賽讓心肌損傷雪上加霜

事實上，大強度耐力運動後心臟標誌物濃度上升的意義仍不明確，有學者認為，它完全是一個短暫性的有利變化，反映的是心血管對大強度耐力運動的適應性變化。

一次大強度耐力運動所造成的心臟損傷是可逆的，如果給予充份的恢復和修復時間，這些損傷可以得到修復，這樣就會形成一個更健康、更強大的心臟。倘若休息不夠，恢復時間不充足，那麼，運動對心臟造成的急性可逆性微損傷則會堆積，最終導致心肌纖維化、心律失常等。這就如同大強度跑步引發了膝蓋細微損傷，通常都是可以修復的，而反覆過量跑步，膝蓋就容易出現修復不足和疲

勞積累而引發勞損。

五、即使不是跑馬拉松，過多的跑步也會引起不利的心臟改變

越來越多的研究結果表明，短期大強度耐力運動和長期大強度耐力運動對心臟有不利的影響。大強度耐力運動時心輸出量可增加到安靜狀態下的 5-7 倍，要達到如此高的心輸出量，心臟的 4 個腔室會過度伸展，導致心肌纖維撕裂，造成細微損傷，而且運動時應激激素持續升高，再加上運動時，導致細胞損傷的自由基產生增多，兩者通過誘發和增加炎症反應來惡化這一損傷，最終形成瘢痕組織，使心血管硬化。

長期大強度耐力運動能引起右心房和右心室的擴張，運動後心臟會恢復原來大小，但如果心臟伸展和恢復重複出現，就有可能發展成為慢性結構改變，包括心臟擴張，並伴隨着心肌纖維化。這些變化可能沒有任何臨床症狀，且累積很多年，但慢慢會變成定時炸彈。

六、總結

對於大眾而言，沒有人天生就是馬拉松高手，有些人富有潛力，跑一跑成績提升就很快，有些人則經過訓練提升也很有限，這都是非常正常的現象，大可不必攀比。請跑者不要忘記自己剛開始跑步時，多數情況下都是為了健康，不要給自己制訂不切實際的目

標，不重視休息和營養等。不忘初心，健康為本才是每一名跑者需要經常提醒自己的。

第六章

跑者的合理營養

跑者能從《中國居民膳食指南》中學到甚麼

作為專門針對中國居民而制訂的科學膳食指導——《中國居民膳食指南》，具有很強的科學性、權威性和實用性，是大眾需要了解的膳食基本知識。

作為追求健康生活的一個群體，多數跑者不僅關心怎麼跑，也關心怎麼吃，那麼跑者能從 2016 版《中國居民膳食指南》中學到哪些有用的信息？

一、食物多樣，穀類為主

1. 指南要求

- 每天的膳食應包括穀薯類、蔬菜水果類、畜禽魚蛋奶類、大豆堅果類等食物。
- 平均每天攝入 12 種以上食物，每週 25 種以上。
- 每天攝入穀薯類食物 250-400 克，其中全穀物和雜豆類 50-150 克，薯類 50-100 克。
- 食物多樣、穀類為主是平衡膳食模式的重要特徵。

2. 解讀

食物多樣是指米飯麵條饅頭各種穀類主食、芋頭馬鈴薯紅薯等

各種薯類、各種蔬菜水果、各種肉類、牛奶酸奶芝士、雞蛋鴨蛋鵪鶉蛋、豆腐、豆腐乾、豆漿等各種豆製品、瓜子花生等各種堅果都要吃。膳食種類越豐富，就接近均衡膳食。食物從來就沒有垃圾食物一說，任何食物都包含營養成份，但任何食物過量食用或者單一食用都可能產生弊端。因此，沒有垃圾食物，只有垃圾的飲食習慣。

最重要的還是主食。該指南要求每天攝入穀薯類主食 250-400克，其中含全穀物和雜豆類 50-150 克，薯類 50-100 克。穀類和薯類同屬主食，在營養價值方面有甚麼區別？穀類和全穀類又有甚麼區別？

下表以 100 克大米、紅薯和燕麥為例，三者分別代表穀類、薯類和全穀類，說明了三者營養成份的不同。顯然，大米和燕麥含有更多熱量和蛋白質，但紅薯除能量和蛋白質不敵大米以外，其他營養成份如膳食纖維、維生素 A、維生素 E、維生素 C 含量均遠高於大米。大米和燕麥，兩者熱量差不多，但全穀類因為含有植物的糠皮，所以燕麥的膳食纖維、維生素 B_1 含量遠高於大米。

普通穀類、薯類、全穀類營養價值的區別

	能量（千卡）	蛋白質（克）	膳食纖維（克）	維生素 A	維生素 B_1	維生素 E	維生素 C
紅薯	99	1.1	1.6	125	0.04	0.28	26
大米	349	8.3	0.5	0	0.13	0	0
燕麥	367	15	5.3	0	0.3	3.07	0

備註：維生素 A、維生素 E、維生素 C 的單位為毫克。

分析了主食的營養價值，對於跑者而言，穀類、薯類、全穀類三者之間究竟如何選擇？

如果目的是跑步減肥，應當需要尋求低熱量、高營養價值的主食，建議多吃薯類。因為同樣重量薯類所含熱量較少，而且薯類還有一個顯著優勢，即含較多膳食纖維，所以飽腹感很強，不容易飢餓。但其壞處就是容易腹脹產氣，跑步或跑馬拉松前不建議多吃。平時吃早飯或晚飯時，吃點薯類絕對是減肥跑者的最佳主食選擇。

　　而如果你希望多補糖、快速補糖，你就要多吃米飯。因為米飯熱量高。跑馬拉松前後多吃米飯就是這個道理。

　　食物多樣、穀類為主是平衡膳食模式的重要特徵。綜上所述，減肥的跑者可以多吃薯類主食；跑量很大，希望最好成績的跑者則多吃米飯。全穀類兼有薯類和穀類共同優勢，既有足夠多的熱量，又含有豐富的膳食纖維、維生素，但不同全穀類食物所含營養成份並不均衡。所以，幾乎沒有一種食物含有全部營養素，想要各種營養素均衡攝入，唯一的解決之道就是食物多樣。

二、吃動平衡，健康體重

1. 指南要求

- 各年齡段人群都應天天運動、保持健康體重。
- 食不過量，控制總能量攝入，保持能量平衡。
- 堅持日常身體活動，每週至少進行 5 天中等強度身體活動，累計 150 分鐘以上；主動身體活動最好每天 6,000 步。
- 減少久坐時間，每小時起來動一動。

2. 解讀

「吃動平衡」一直是健康生活的基本要素。

2016 版膳食指南除了強調運動的重要性，更進一步提出了對於運動量的明確要求，「5 天中等強度身體活動，累計 150 分鐘以上」，這就是一個「身體活動充足」的重要標準。那甚麼是中等強度？簡單來說，就是有點累，例如快走（指南裏甚至建議了主動走6,000 步）、騎車、游泳以及非正式比賽的各種球類等。

對於跑者而言，以非常慢的速度跑步，例如 8:30、9:00 配速跑步或者走跑結合，屬於中等強度活動，而 8:00、7:00、6:00 甚至更快速度的跑步，都是屬於大強度活動，也就是說只要你跑起來，克服體重雙腳騰空，就是大強度活動，而不僅僅是中等強度活動。

因此，對於跑者而言，「動」幾乎不成問題。既然跑步都是大強度活動，是否還需要實現每週 150 分鐘？活動強度越大，所需要的運動時間就可以縮短；運動強度降低，活動時間則需要延長，二者比例為 1：2。也就是說大強度活動所需要的時間僅為中等強度活動的一半，跑者每週跑步 75 分鐘與快走 150 分鐘的健身效果基本相同，即對於跑者而言，每週跑步 3 次，每次 20 分鐘左右，就可以實現 2016 版膳食指南中要求達到的運動量，實現「吃動平衡」。

另外，活動要貫穿日常生活，減少久坐時間，每個小時都要起來動一動。最新研究發現，久坐，例如一坐就是三四個小時的危害用半小時跑步也無法補回來，所以時常提醒自己坐坐動動也是健康生活方式的重要組成。

三、多吃蔬果、奶類、大豆

1. 指南要求

- 蔬菜水果是平衡膳食的重要組成部份，奶類富含鈣，大豆富含優質蛋白質。
- 餐餐有蔬菜，保證每天攝入 300-500 克蔬菜，深色蔬菜應佔 1/2。
- 天天吃水果，保證每天攝入 200-350 克新鮮水果，果汁不能代替鮮果。
- 吃各種各樣的奶製品，相當於每天液態奶 300 克。
- 經常吃豆製品，適量吃堅果。

2. 解讀

蔬菜要餐餐有，而且要多吃深色蔬菜，因為深色蔬菜通常維生素的含量更高，例如韭菜、西蘭花、胡蘿蔔、番茄等。

水果也要天天吃。另外，不要以喝瓶裝果汁替代吃新鮮水果。因為水果在加工成果汁時，往往會加很多糖。而且很多時候加工果汁的殘渣會倒掉，裏面有豐富的膳食纖維。而膳食纖維可以讓肚子有飽的感覺，不會增加熱量攝入，還可以潤腸通便。

如果自己打果汁喝，不加糖，連同殘渣一起喝掉，當然會好很多。但是，在打果汁的時候，水果會充份與空氣接觸，維生素就被氧化掉很多。

大豆就是黃豆，黃豆未成熟時就是毛豆。大豆營養價值十分均衡，含有豐富的糖、蛋白質、脂肪、維生素、礦物質和膳食纖維，

幾乎囊括了主要營養成份，所以其營養不輸蛋、奶等。

　　但黃豆的利用率其實比較低，吃多了以後排氣比較多，當黃豆加工成豆腐後，吸收利用率會大幅度提高，所以豆製品要每天吃。對於素食主義者而言，可以不吃肉，但不能不攝入蛋白質，大豆及其豆製品就是素食主義者蛋白質的優質來源。當然，豆類除了大豆，還包括黑豆、綠豆、紅豆等。

　　還有一個優質蛋白質的來源，就是奶類，包括牛奶、酸奶、芝士等。奶類含鈣豐富，蛋白質含量表面看起來不高（3% 以上），但是因為奶類含水量高，多喝液體沒有問題，但多吃東西肚子就難受了。要是你喝牛奶不舒服的話，很可能是因為對其中的乳糖不消化，所以可以通過喝酸奶解決這個問題。

四、適量吃魚、禽、蛋、瘦肉

1. 指南要求

- 魚、禽、蛋和瘦肉攝入要適量。
- 每週吃魚 280-525 克，畜禽肉 280-525 克，蛋類 280-350 克，平均每天攝入總量 120-200 克。
- 優先選擇魚和禽。
- 吃雞蛋不棄蛋黃。
- 少吃肥肉、煙熏和醃製肉製品。

2. 解讀

魚、禽、蛋、瘦肉，這些都是優質蛋白質，即容易吸收而且利

用率高的蛋白質。葷菜也要吃，肉類含有人體所必需的氨基酸（氨基酸組成蛋白質），吃肉沒有任何問題。對於跑步而言，長時間肌肉工作，勢必帶來一些肌肉蛋白的消耗，所以更要注意魚、禽、蛋、瘦肉等優質蛋白的攝入。

近年來，隨着生活富裕、營養過剩問題日益突出，少吃肉，多吃素以其綠色健康的標籤大行其道，素食主義更是被標榜為健康的生活方式。少吃肉特別是少吃肥肉是對的。少吃肉，多吃素也是針對我們現在吃肉多，吃素少的膳食問題提出的，有一定科學道理，但少吃肉不等於不吃肉，嚴格的素食主義會面臨蛋白質不足的風險。

所以，素食主義就是一種自我選擇的生活方式而已，對大多數人而言，避免絕對素食主義，適當吃肉，避免肥肉更為恰當，這也是 2016 版膳食指南的要求。

在 2016 版膳食指南中還特地提到蛋的問題，因為有很多人吃雞蛋只吃蛋白，而把蛋黃扔掉——怕升高膽固醇。現在看來這樣是不對的，蛋黃中雖然膽固醇含量高，但是還有其他營養存在，綜合而言，並不太會升高膽固醇。而且，近些年的研究表明，膽固醇和很多疾病的關係並沒有確鑿證據。所以，在 2016 版膳食指南中就不再提及膽固醇的限量了。但是這也不是說肥肉就可以放開吃，畢竟肥肉脂肪含量高，高脂飲食可是和很多疾病發生有比較確切的關係。

煙熏和醃漬的食品，通常致癌物質的含量較高，所以還是少吃為好。另外，脫離總量談這個食物好，那個食物不好，這個食物致癌，那個食物有毒都是沒有意義的，任何致癌致毒都需要量的積

累，你只要不是天天吃肥肉、煙熏和醃製肉製品，基本沒有健康風險。

五、少鹽少油，控糖限酒

1. 指南要求

- 培養清淡飲食習慣，少吃高鹽和油炸食品。成人每天食鹽不超過 6 克，每天烹調油 25-30 克。
- 控制添加糖的攝入量，每天攝入不超過 50 克，最好控制在 25 克以下。
- 每日反式脂肪酸攝入量不超過 2 克。
- 足量飲水，成年人每天 7-8 杯（1,500-1,700 毫升），提倡飲用白開水和茶水；不喝或少喝含糖飲料。
- 兒童少年、孕婦、乳母不應飲酒。成人如飲酒，男性一天飲用酒的酒精量不超過 25 克，女性不超過 15 克。

2. 解讀

油和鹽都需要適當控制，因為油和肥胖、鹽和高血壓都有關係，所以要適當少吃。油的用量控制在 25-30 克，即最常見的白瓷調羹，3 勺。當然如果能買個有刻度的「限油壺」那就更容易把握了。鹽的用量控制在 6 克。世界衛生組織更是減到了 5 克。

糖也要少吃，一天不要超過 50 克，最好在 25 克以下。含糖飲料的含糖量通常在 10%，也就是一瓶 500 毫升的飲料，含糖 50 克。雖然很多含糖飲料是打着乳飲料的旗號，而實際上乳飲料的蛋白質

含量不足真正奶類的 1/3，倒是糖的含量很高，所以一定要少喝含糖飲料或乳飲料。

酒呢，也要適當控制。少喝點是可以的，少到甚麼程度呢？每天 15-25 克的純酒精量，折算成白酒，大約 50 毫升，一小白酒杯；折算成紅酒，大約 200 毫升，一葡萄酒杯；折算成啤酒，大約 700 毫升，也就是大約一瓶多或者兩罐。

其實最好的飲料是白開水和茶水，每天的飲水量應該在 1,500-1,700 毫升，也就是我們常說的 8 杯水，這個「杯」就是最常見的一次性紙杯的量。一天 8 杯其實不多，每一兩個小時喝一杯就差不多。飲水的要點就是要經常喝，不要等到口渴才喝，口渴的時候其實身體已經輕度脫水。當然，對於跑者而言，跑步本身會大量出汗，每天飲水量還要超過這個水平，每天最好達到 2,500 毫升。

六、杜絕浪費，興新食尚

1. 指南要求

- 珍惜食物，按需備餐，提倡分餐不浪費。
- 選擇新鮮衛生的食物和適宜的烹調方式。
- 食物製備生熟分開、熟食二次加熱要熱透。
- 學會閱讀食品標籤，合理選擇食品。
- 多回家吃飯，享受食物和親情。
- 傳承優良文化，興飲食文明新風。

2. 解讀

一是要珍惜食物，所以備餐的時候要按需準備，寧可少點，不要過多。有研究表明，適當控制總熱量攝入，有助於很多疾病的預防和治療。如果能分餐的話那就更好了，分餐毫無疑問從衛生角度是更合適的。

二是要選擇新鮮的食物和合適的烹飪方法。新鮮的食物維生素含量也更高，而且更加衛生，口味也更好。從營養的角度來看，蔬菜能生吃就生吃，不能生吃就急火快炒。肉類則需要充份加熱後才能殺滅其中的有害微生物，保證食品安全也更容易消化吸收。

本版指南裏還提倡多回家吃飯，這樣做的好處是從營養角度而言，可以更加合理地攝入營養，也有利於增進家人感情。外面的餐館為了讓食物更美味，通常會加很多油鹽和味精，這樣的話很容易造成熱量攝入超標。在家吃的話，就可以更好地加以控制。

七、總結

跑者本來就是整個社會中比較健康積極的群體，跑得好當然還要吃得好，這才是跑者的最高境界。

從《中國居民膳食指南》中我們至少掌握以下三個原則：全面、均衡、不迷信。全面指甚麼食物都吃；均衡指任何食物適可而止；不迷信指不過度迷信那些關於飲食的各種不靠譜的說法。

第二節 這些食物的能量高，跑 10 千米才能消耗

怎麼計算出跑步能量消耗和食物含有多少能量？

第一步：計算跑步能耗

採用國際通用的跑步能耗計算公式（單位為千卡）：

$$跑步能耗 = \frac{速度（米/秒）\times 0.2+3.5}{3.5} \times 體重（千克）\times 時間（小時）$$

當然，不同體重的人以不同的配速跑步，消耗的能量也不完全相同。如果想獲得更精確的跑步能耗數據，可以通過下表進行計算。

當然，有些跑者有使用心率手錶的習慣。當按個人情況設置過身高、體重等數據之後，心率手錶以及相關的跑步軟件也會告訴你所消耗的能量。

不同體重和配速完成 10 千米所消耗的能量（千卡）

配速 \ 體重	50 千克	55 千克	60 千克	70 千克	80 千克
9:00	551	606	661	772	882
8:00	543	597	651	760	869
7:00	535	588	641	748	855
6:30	530	583	636	743	849
6:00	526	579	631	737	842
5:30	522	574	626	731	835
5:00	518	570	621	725	829
4:30	514	565	616	719	822

第二步：計算食物熱量

關於食物熱量計算，主要參考了中國疾病預防控制中心營養與食品安全所編制的《中國食物成份表》（2009 年 12 月）。

食物熱量表

食物名稱	一份重量（克）	100 克熱量	10 千米 = 份數
香蕉	120.0	91.0	5.8
百威啤酒	348	41.0	4.4
拿鐵咖啡	120	220	2.4
賽百味	250	184	1.4
白吐司	35	271.0	6.7
米飯	200	116.0	2.7
Oreo	130	483.0	1.0
果粒橙	450	46	3.1
漢堡	200	250	1.3
星冰樂	355	300	0.6
紅燒肉	500	478	0.3
火腿雞蛋三文治	150	220	1.9
康師傅 3+2	125	452	1.1
可口可樂	355	43	4.1
樂事薯片（原味）	75	532	1.6
肉包	100	227	2.8
士力架	55	467	2.5
大份薯條	120	298	1.8
陽春麵	300	104	2.0
油條	50	386	3.3
粽子	200	495	0.6
花生醬（勺）	25	594	4.3
大臉雞扒	400	657	1

食物名稱	一份重量（克）	100 克熱量	10 千米 = 份數
雜糧煎餅	300	336	0.6
月餅	100	399	1.6
燒餅	100	246	2.6
佳得樂	600	24	4.4
羊肉串	80	206	3.8
鴨脖	100	207	3.1
烤鴨	200	530	0.6
冰淇淋	55	220	5.2

　　美食是人的本能需求，完全抗拒高脂高熱量美食會喪失很多生活樂趣。合理攝入，吃動平衡才是合理選擇。

跑者應該如何補水

　　跑步時會出汗，汗水是鹹的。出汗除了導致脫水以外，還導致了電解質，即鹽分的丟失。因此，跑步時既要補水也要補鹽，所以各種運動飲料、鹽丸大行其道，似乎跑步時和跑步後就該喝運動飲料，事實上真的是如此嗎？

一、大量出汗對於運動能力的損害

　　在跑步過程中，跑者會大量出汗，一些跑者會因此發生脫水。脫水會大大增加心血管系統壓力，因為脫水使得循環血量減少，心臟不得不加快跳動來維持循環血量和供血供氧，這就造成了心率快

速上升，並導致疲勞提前發生。脫水同時限制了人體的散熱，使體溫升高，更加劇了疲勞，嚴重時還伴有抽筋、虛弱、定向能力下降甚至暈厥等症狀。當然，這裏的「脫水」可不是完完全全的水，還包括鹽，即電解質，這就解釋了為甚麼汗水是鹹的。

電解質就是自帶正負電荷的物質，以鈉和鉀作為代表，它們在身體內產生電流，而人體就像一個巨大的電流系統，電解質的作用就是幫助肌肉接收大腦傳遞的信號，調節肌肉收縮，保持人體各器官系統正常活動和動態平衡。電解質的丟失會影響肌肉活動，從而與脫水一起使得人體發生疲勞。

跑步出汗時，水丟失的程度與電解質丟失的程度一樣嗎？是補水更重要？還是補鹽更重要？抑或同樣重要？

二、脫水比電解質丟失更嚴重

當汗液從汗腺分泌出來以後，在經過汗腺導管排到身體表面的過程中，其實大部份鹽分被重新吸收回到體內，因此出汗時，水的丟失比鹽的丟失要嚴重。雖然汗水是鹹的，但汗液中鹽分的濃度比體內鹽分的濃度要低一些，換句話說隨着水分丟失，體內又乾又鹹，這在專業上有一個術語——高滲性脫水。

高滲性脫水即水和鹽同時喪失，但缺水多於缺鹽，又稱原發性缺水。當缺水多於缺鹽時，尿量減少，目的是維持循環血量，減少水分進一步丟失，同時機體啟動口渴機制，促使跑者大量喝水來恢復循環血量。但如果繼續缺水，細胞內缺水的程度越來越嚴重，最後可導致腦細胞缺水並引起腦功能障礙。

在跑步出汗時，一上來就大量喝運動飲料，有可能導致體內鹽濃度進一步升高，越喝越渴。運動飲料是碳水化合物和水的混合，有助於補充體內的糖類（糖原）和電解質，加速補液。長時間運動需要運動飲料的補給，運動飲料成份通常包含碳水化合物 4-8%，鈉 20-30 毫克當量／升和鉀 2-5 毫克當量／升。在超過 1 小時的高強度運動或是長時間低強度運動中，運動飲料中的碳水化合物有助於維持和提高運動能力。為保持體液平衡，可以每運動 1 小時攝入 0.5-1 升運動飲料。一般的運動，只需要補充白水就可以。

三、如何判斷是否需要補水

感到口渴時意味着你的身體開始脫水，但是，口渴並不能作為機體是否缺水的指標。檢查機體水平衡的方法是在運動前後稱重，運動前稱重最好在晨起排便後。比較運動前後體重可以預估運動中機體內水分的流失，只有及時補充丟失的水分，才能保持身體機能穩定。

下表顯示：體液丟失量佔體重 1% 表示脫水；超過 5% 表示嚴重脫水。

體重變化	
水平衡	1+1%
輕度脫水	-1-3%
中度脫水	-3-5%
重度脫水	>-5%

檢查機體水平衡的另一種方法是尿液顏色測試。淺色尿液表明體內含水量正常。尿液顏色越深表明體內含水量越低。

四、補水比補鹽更重要

因為脫水比脫鹽更嚴重，水既然丟失多就得多補水，而鹽分丟失不那麼嚴重，所以也不需要那麼着急補鹽。當然，需要強調的是，不是不補鹽，而是先解決主要矛盾——水。如何科學系統地補水和補鹽？

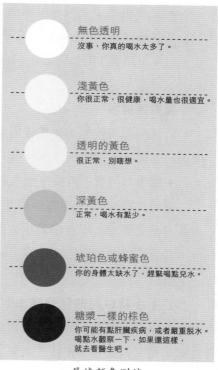

尿液顏色測試

運動前補水

運動前檢查機體水合狀態，因為機體對補液需求存在個體差異。

• 在運動前至少 4 個小時，喝 450-600 毫升的水或運動飲料。

• 在運動前 10-15 分鐘，喝 200-350 毫升水。

攝入適量的飲料、鈉（鹽）或點心有助於刺激機體對水的需求，使機體保持水分。

運動中補水

• 運動低於 1 小時，每運動 15-20 分鐘，喝 100-200 毫升的水。

- 運動超過 1 小時，每運動 15-20 分鐘，喝 100-200 毫升運動飲料（含 5-8% 碳水化合物和電解質）。同時，每小時攝入量不超過 1 升。

運動後補水

對比運動前後體重和檢查尿液顏色來估計體液流失情況。一般情況，運動後 2 小時內須及時補充水分。

- 體重每降低 500 克，喝 550-700 毫升水或運動飲料。

當然，以上是美國運動醫學會關於補水的指南，可能實行起來並不是太實際，畢竟帶着水去跑步並不符合大多數跑者的運動環境，其實可以簡單一點這理解：

1. 1 小時以內的運動補水即可

如果每天進行 1 個小時之內的跑步訓練，那麼補水就行，即喝白水足矣，不需要單獨補充電解質。至於是在運動中每隔一會兒喝點水，還是一鼓作氣跑完再喝水，這個並不重要，看個人習慣。

2. 超過 1 小時的運動，頭 1 小時補水，後面再補充點電解質

如果進行了 1 個小時以上的高強度訓練或者比賽的話，這時出汗量大，鹽分丟失雖然不如水丟失多，但畢竟也有脫鹽，這時為了維持電解質平衡，有補充電解質的必要性。這其中首選運動飲料，只有馬拉松比賽才需要補充鹽丸，但也並非必須。

如果馬拉松比賽不吃鹽丸，會不會導致後程抽筋？科學研究表明，抽筋的根本原因是肌肉能力不夠，是體能不夠的表現，也就是

說平時跑得少的人參加馬拉松比賽才會抽筋，平時注意積累跑量，時不時進行長距離訓練，提高了身體適應能力和肌肉承受能力，體能改善了，自然抽筋就少了。如果平時跑得少，即使一路吃一路喝一路補，照樣發生抽筋。抽筋與電解質丟失關係不大。

五、補水不能過量

補水過多可能會造成「水中毒」。水中毒是身體補充太多的水，這會導致乏力、頭暈、嗜睡、惡心、嘔吐、體重增加、肌肉痙攣、無力、癱瘓，甚至有死亡的風險。所以建議每小時攝入不能超過 1 升的液體。不過這種情況發生的概率還是不高，大家不必過於擔心。大多數跑者只有水攝入不足的時候而沒有過量的時候。

一般來說，水中毒可以通過限制液體攝入量，增加食用鹽（鈉）的攝入量來避免。如果被認為是水中毒症狀，建議去醫院就診，及時治療。

六、總結

汗水雖然是鹹的，但不代表鹽分丟失就與水分丟失同樣嚴重，其實出汗時脫水更嚴重。因此對於廣大跑步愛好者而言，在日常的運動中要養成補水的習慣，至於補鹽，在 1 小時以上的運動中才有必要，運動飲料不是運動時的必需品。對於減肥人群來說，由於運動飲料含有糖，更要慎選。

對於跑者而言，蛋白質不如糖重要嗎

　　談及跑者營養，最熱門的話題往往是補糖和補水。馬拉松比賽後半程撞牆跟糖原耗竭有着直接關係，所以馬拉松比賽補糖似乎很重要。另外，跑步運動會導致大量出汗，補水自然也受到跑友關注。對於運動愛好者而言，除了比賽補給這個話題，日常膳食其實更為重要，因為運動就意味着更大的消耗，就需要更好的營養補充。蛋白質作為七大營養素的重要組成之一，常常不被一些跑者重視。其實，蛋白質對於跑者非常關鍵。

一、蛋白質是生命的組成

　　沒有蛋白質就沒有生命。人體自身構成除了水以外含量最多的物質就是蛋白質。皮膚、內臟、血液、肌肉等人體組織均由蛋白質構成，代謝必需的酶和大腦中傳遞各種信息的神經遞質，以及抵抗疾病的免疫物質等也都由蛋白質構成。

二、跑者需要重視蛋白質攝入

　　肌肉所含蛋白質是人體蛋白質總量的 50%，蛋白質是肌肉生長的原料。跑步是一項長時間、大強度、全身肌肉參與的運動，這就意味着肌肉質量從某種意義上說，對於跑步起到了支撐作用。

有人說跑步是心肺耐力運動，只要心肺功能好就行。其實，心肺功能的意義在於向肌肉提供足夠的供血供氧，但肌肉本身收縮能力就要看肌肉質量，所以肌肉質量對於跑者也非常重要。真正的高水平跑者可能並不需要健美運動員那麼大的肌肉塊，但這並不代表跑者的肌肉就應該是羸弱的。跑者同樣需要符合跑步需要的肌肉線條和肌肉質量。而好的肌肉線條和質量由蛋白質構築。

以下是蛋白質對於跑者的重要作用。

- 增加肌肉蛋白的合成，增強肌肉力量，有助於提高跑力。
- 蛋白質一般不作為能量供給的主體，能量供給的主體是糖和脂肪，但在馬拉松這樣的超長時間運動中，蛋白質同樣可以提供一些熱量。
- 在長時間劇烈運動後，肌肉會有輕微損傷，所以劇烈跑步之後幾天內會有肌肉痠痛的現象，蛋白質可以修復和更新肌肉組織，讓肌肉變得更強壯。
- 蛋白質可以防止中樞疲勞的發生，馬拉松比賽的撞牆現象不僅與糖原耗竭有關，還與中樞疲勞等一系列複雜機制有關，從這個意義上說，賽前補糖和攝入蛋白質都很重要。
- 蛋白質對於保持正常免疫力很重要，一些跑者跑步後容易感冒跟蛋白質攝入不足有一定關聯。

三、甚麼樣的蛋白質才是優質蛋白

很多食物都含有蛋白質，我們當然會選擇那些蛋白質含量豐富、營養價值高的蛋白質作為優先來源。那麼，哪些蛋白質才是優

質蛋白質？

　　蛋白質本身不能被人體吸收，得先分解成更微小的氨基酸，才能被人體吸收，然後重新合成各種蛋白質，以供不同人體組織所用。人體的蛋白質由 20 種氨基酸構成，氨基酸按不同種類、數量以及組合，來合成各類人體組織必需的蛋白質。在 20 種氨基酸中，有 9 種無法由人體自行合成，必須從食物中攝取，這 9 種氨基酸統稱為「必需氨基酸」。因此，蛋白質的「優劣」取決於「氨基酸平衡」，食物蛋白質的氨基酸模式越接近人體蛋白質的氨基酸模式，所含 9 種必需氨基酸越全面，則這種蛋白質越容易被人體吸收利用，這種食物稱為優質蛋白質。

　　如果單從蛋白質含量來看，每 100 克雞肉、羊肉、牛肉和蝦的蛋白質含量在那些常見蛋白質含量較為豐富的食物中是最高的，這就是為甚麼運動愛好者首選雞肉、牛肉和魚蝦為首選蛋白質的重要原因。豬肉脂肪含量較高，而蛋白質含量在肉類中並不算高，當然魚蝦類脂肪含量都遠低於畜禽類。

常見食物蛋白質含量（每 100 克）

名稱	能量（千卡）	水分（克）	蛋白質（克）	脂肪（克）	膽固醇（毫克）
豬肉	395	46.8	13.2	37	80
牛肉	190	68.1	18.1	13.4	84
羊肉	198	66.9	19	14.1	92
雞	167	69	19.3	9.4	106
魚	112	77.3	16.6	5.2	86
蝦	93	76.5	18.6	0.8	193
雞蛋	138	75.8	12.7	9	585
牛奶	54	89.8	3	3.2	15
豆腐乾	140	65.2	16.2	3.6	0

僅憑蛋白質含量是不足以評價食物中蛋白質質量的，因為還涉及氨基酸模式問題。下列評價指標也常用於蛋白質優劣評估。

用於評價食物中蛋白質質量的指標

指標	含義
蛋白質生物價（BV）	指每 100 克食物來源蛋白質轉化成人體蛋白質的質量。它由必需氨基酸的絕對質量、必需氨基酸所佔比重、必需氨基酸與非必需氨基酸的比例、蛋白質的消化率和可利用率共同決定。
蛋白質淨利用率（NPU）	機體對氮的儲留量與氮食入量之比，表示蛋白質實際被利用的程度。
蛋白質功效比值（PER）	指體重增加為基礎的方法，即一段時間內，平均每攝入 1 克蛋白質所增加的體重克數。
氨基酸評分（PDCAAS）	將被測食物蛋白質的必需氨基酸組成與推薦的理想蛋白質或參考蛋白質氨基酸模式進行比較，並計算氨基酸分。

常見食物蛋白質質量（每 100 克）

食物	BV	NPU（%）	PER	PDCAAS	推薦指數
雞蛋	94	84	3.92	1.00	☆☆☆☆☆
牛奶	87	82	3.09	1.00	☆☆☆☆
魚	83	81	4.55	1.00	☆☆☆☆☆
牛肉	74	73	2.30	0.92	☆☆☆☆
大豆	73	66	2.32	0.63	☆☆☆
精製麵粉	52	51	0.60	0.25	☆
大米	63	63	2.16	0.59	☆☆
馬鈴薯	67	60	—	0.42	☆☆

四、跑者應如何補充優質蛋白質

關於選擇優質蛋白質的食物，有以下幾點重要參考意見。

- 富含優質蛋白的動物類食物是首選推薦，如魚蝦（低脂肪含量、高蛋白）、雞蛋（優質蛋白質，消化吸收利用率高）、畜禽肉類等。如果擔心畜禽肉類脂肪含量高，食用時盡量選擇瘦肉，以及去皮後食用，同時烹飪時減少用油。
- 雖然豆類蛋白質的消化吸收率較低，但可以將豆類加工成豆漿、豆腐等豆製品，提高蛋白質消化吸收率。此外，大豆和玉米搭配，可提高蛋白質在體內的利用率。
- 食物多樣化，含優質蛋白食物互補搭配，效果更好。

不同的食物蛋白質中必需氨基酸組成不同，混合食用以後，在人體內重新構成組織蛋白質的時候，可取長補短，從而提高其生理價值，這就是食物蛋白質的互補作用。一般來說，蛋白質食物來源差別越大，搭配的種類越多，互補作用就越大。

研究表明，各種氨基酸必須同時攝取才能達到最高的利用率，攝取時間若間隔 1-2 小時，利用率將受到一定影響。因為人體所需的 9 種必需氨基酸的含量必須按一定比例同時存在於血液和組織中，人體才能最有效地利用它們來組織蛋白質。因此，跑者調配膳食時，可以同時攝入幾種不同的蛋白質食物，這樣混合食用，可以提高營養價值。

五、素食主義跑者的蛋白質攝入問題

近二十年來，隨着缺乏運動和營養過剩導致的高血壓、冠心病、糖尿病、高脂血症、肥胖症等「富貴病」發病率的增高，以及為了健康和美體而興起的減肥瘦身熱潮，吃素逐漸成為一種時尚。

素食主義成為一種流行的飲食文化，素食主義者不食用來自動物身上各部份所製成的食物。世界各國或不同文化下的素食主義有所不同，有些素食主義者可食用蜂蜜、奶類和蛋類，有些則不可以。

一些跑者本身也是素食主義者，素食主義者由於不吃動物類食物，因此無法從動物類食物中獲取蛋白質，但跑步又需要攝入足夠蛋白質，其蛋白質來源主要為豆類及其製品。但從植物中獲得蛋白質，其吸收率要比從動物類食物中獲得的低很多，這意味着素食跑者獲得這類蛋白質更加困難。所以，與非素食主義跑者相比，素食跑者必須更加注意食物種類的豐富性和合理搭配問題，這樣才可能獲得比較全面的營養。

素食主義者認為素食更加健康，這種觀點其實是不對的。與普通人相比，素食者更容易缺乏蛋白質、鈣、鐵、鋅、維生素（尤其是維生素 B_{12}，幾乎只能從動物類食物中獲得）。素食主義是一種生活方式和飲食方式，每個人都有選擇自己生活方式的權利。對於絕大多數大眾而言，葷素搭配仍然是國際公認的健康膳食基本原則。

六、跑者是否需要額外補充蛋白粉

健美愛好者常常在訓練後補充蛋白粉，那麼跑者也需要這麼做嗎？一般來說，這種做法不是必要的，重視一日三餐膳食比任何營養補充劑都重要，寄希望於靠蛋白粉來補充蛋白質攝入不足很難長期實施。對於那些跑量特別大的跑者，如果要額外補充蛋白粉也是允許的，但建議選擇專業的運動營養品牌，而那些面向病患、老年

人的普通蛋白粉並不是特別適合運動人群。

七、總結

蛋白質雖然很少參與能量供應，但是蛋白質對於肌肉組織生長和修復、保持人體正常生理功能是至關重要的，跑者一定要重視蛋白質的攝入。同時，應當盡可能選擇優質蛋白質，並注意蛋白質的多樣化攝取。

第五節 正是那些似有似無的脂肪害了你

隨着人們健康飲食意識的提高，人們更加注重控制脂肪攝入，那些顯性的高脂食物，幾乎已經被很多人唾棄。最常見的顯性高脂食物包括油炸食品，如油條、炸雞腿、炸薯條等，以及紅燒肉、扣肉、奶油蛋糕、麵包、冰淇淋等。

你是不是已經許久沒吃過這些食物了？但是即使我們控制了這些脂肪的攝入，為甚麼還是減不了肥？因為你控制了顯性高脂食物攝入，但你仍有可能攝入過多的隱性高脂食物。其實在日常飲食之中隱藏性脂肪可以佔到脂肪總攝入量的一半以上，這些隱性脂肪食物欺騙性很強，我們很難準確地意識到它們的存在，所以也不能很好控制攝入量。常見的隱性高脂食物有哪些呢？

1. 家禽類的皮

雞肉是營養價值很高，同時脂肪含量很低的高蛋白質食物，但這指的是純雞肉，雞皮就另當別論了。100 克雞皮脂肪含量為 42.76 克，所以想減肥的你，不管是烤雞、燒雞，還是鹵雞、燉雞，只吃雞肉，不吃雞皮才是減少脂肪攝入的正確做法。如果雞肉連同雞皮一起吃下，蛋白質是可以保證充份攝入的，但脂肪攝入可能也超標了。鴨皮同樣如此。烤鴨皮的確美味，為甚麼好吃？因為脂肪多！所以，烤鴨皮還是能少吃就少吃吧。

2. 葷湯

骨頭湯、雞湯以美味著稱，但葷湯含有較多油脂，特別是漂在湯表面的一層油脂相當「觸目驚人」，喝葷湯時應當注意撇去表面的油。

3. 菜鹵汁

一部份人吃飯時，喜歡用各種菜，特別是葷菜的鹵汁拌飯，比如用紅燒魚的鹵汁拌飯，鹵汁中鹽和油脂含量都非常高，用鹵汁拌飯，使得原本只攝入碳水化合物（由米飯提供）變成高糖、高油、高鹽飲食，是與健康飲食背道而馳的做法。

4. 沙拉醬

生吃各種蔬菜本來是一種非常好的飲食習慣，因為蔬菜在烹飪加熱過程，會導致維生素的流失，而生吃則保證蔬菜中的營養成份被人體有效吸收。但生吃蔬菜往往口感不佳且幾乎沒有任何味道，

這時沙拉醬閃亮登場了，用各式沙拉醬拌蔬菜，縱然甜蜜可口，但往往攝入了過多的糖和脂肪。

5. 泡芙

如果只是吃泡芙的皮，那也作罷，但泡芙中塞入了大量奶油，表面看泡芙主要是糖構成，糖畢竟還能提供熱量，但其內部填充的各色奶油瞬間使得泡芙成為高糖高油的隱性脂肪食物。100 克泡芙含脂肪約為 18 克，相當高！

6. 火鍋調味醬

火鍋生根於市井生活，是中國傳統美食之一，冬天家人圍坐，吃着熱氣騰騰的火鍋，是一幅闔家幸福的美好畫面。但你知道嗎？吃火鍋時我們通常要用各種花生醬、芝麻醬、海鮮醬來拌火鍋菜，各色調味醬正是隱性脂肪食物的代表，其中含有的熱量和脂肪驚人。

7. 某些堅果

堅果因為含有不飽和脂肪酸而一直受到推崇，但某些類型的堅果仍然含有大量脂肪，甚至是飽和脂肪，如夏威夷果、花生等。堅果再好，多吃也會使得熱量和脂肪攝入超標。**堅果每日推薦攝入25g 左右，也就是單手自然握空拳一把。**

8. 瘦肉

人們因為控制脂肪攝入而不吃肥肉，這是好事兒，但切不可以

為瘦肉中就不含脂肪，瘦肉只是脂肪含量少一些罷了。豬肉、牛肉、羊肉中的瘦肉中也含有一些脂肪，所以即使瘦肉也不可大快朵頤。而白肉，如魚肉、雞肉相對來說，脂肪含量低於紅色瘦肉，這是為甚麼鼓勵大家吃白肉的原因之一。

9. 方便麵

方便麵因保存需要，往往需要經過油炸過程，所以看上去乾乾脆脆的方便麵其實飽含油脂，100 克方便麵的脂肪含量為 21.1 克，方便麵與普通掛麵相比，具有一種特殊的香味，加上同樣含有很多油脂的調味包，許多人內心深處其實深深地愛着方便麵。但正如其名字，方便麵作為應急方便使用，切不可作為平時膳食。

10. 餅乾

各種黃油蛋糕、麵包脂肪自然含量高，而普通的餅乾則容易被忽視。餅乾在生產加工過程中，會加入大量糖、反式脂肪酸和鹽，早上沒時間吃早飯，買包餅乾對付一下的跑友們要注意了。

除了不吃肥肉、油炸食品，你還得提防那些隱性脂肪攝入。

第六節　跑者如何選擇水果

大量研究證實，訓練後補糖和補水越早、越及時，越有利於體能恢復和疲勞消除。如果身體無法及時消除疲勞，第二天勢必帶着疲勞訓練，就容易出現疲勞積累，引

發運動損傷和過度訓練。因此,對於跑友而言,跑後及時補糖補水,是促進疲勞消除和體能恢復的重要營養手段。

又補水,又補糖,同時還能適當補鹽的東西是甚麼?沒錯,你想到的一定是運動飲料,運動飲料就是為運動後身體需求而設計的,但市面上不少飲料並不是真正的運動飲料,只是打着運動飲料的幌子,跑友們很難辨認。運動飲料多少會加入添加劑成份,有沒有天然的既能補糖,也能補水,同時也含有一定鹽分的食物呢?當然有,就是水果!

運動後吃水果的好處:

- 一些水果含有豐富的糖和水分,可以起到部份替代運動飲料的作用,且天然不含添加劑;
- 水果中的糖主要是單糖(果糖和葡萄糖)和雙糖(蔗糖),進入人體後,容易被消化吸收,從而達到快速補糖的目的;
- 水果含有較為豐富的維生素、纖維素等人體所必需的營養成份,而這些有益成份往往是運動飲料所沒有的;
- 水果中的有機酸和芳香物質含量高,引人食慾,可刺激消化液分泌,改善胃口,跑後不想吃東西,可以暫時用水果替代;
- 攝入水果後會產生一定飽腹感,有利於防止正餐攝入過多熱量。

一、含糖和含水都很豐富的十大水果

1. 香蕉		幾乎所有馬拉松比賽賽中、賽後補給都會提供香蕉。為甚麼香蕉是首選而不是別的水果呢？因為 100 克香蕉含熱量 91 千卡，含水分 75 克，且便於安全衛生地食用，所以香蕉成為補給之王。
2. 椰子		100 克椰子的含糖量幾乎是所有水果中最高的，達到了 231 千卡，含水分 52 克。100 克大米的熱量也就 340 千卡，椰子的熱量達到大米的 2/3，吃椰子幾乎相當於吃主食！
3. 鮮棗		100 克鮮棗含 122 千卡熱量，含水 67 克。鮮棗同樣是營養價值極高的水果，富含人體所必需的有機酸、胡蘿蔔素和微量元素，維生素 C 含量尤其驚人。一個說法廣為流傳：「一日吃仨棗、終生不顯老」。
4. 大樹菠蘿		100 克大樹菠蘿含熱量 103 千卡，含水 73 克。大樹菠蘿是熱帶水果，也是世界上最重的水果。大樹菠蘿含有豐富的糖類、B 族維生素、維生素 C、礦物質等。吃大樹菠蘿時，可將黃色的果肉放到淡鹽水中泡上幾分鐘，以防過敏。
5. 人參果		100 克人參果含熱量 80 千卡，含水 77 克。人參果富含糖和多種維生素、氨基酸以及微量元素。
6. 柿子		100 克柿子含熱量 71 千卡，含水 81 克。柿子營養價值很高，含有豐富的蔗糖、葡萄糖、果糖、胡蘿蔔素、維生素 C。所含維生素和糖分比一般水果高 1-2 倍。

7. 荔枝		100 克荔枝含熱量 70 千卡，含水 81 克。荔枝營養豐富，含葡萄糖、蔗糖以及維生素 A、維生素 B、維生素 C、葉酸、氨基酸等各種營養素。但荔枝性熱，多食易上火。
8. 桂圓		100 克桂圓含熱量 70 千卡，含水 81 克。桂圓含豐富的葡萄糖、蔗糖，含鐵量也比較高，桂圓含有多種氨基酸、皂素、甘氨酸、鞣質、膽鹼等，是其強大滋補能力的來源。
9. 甘蔗汁		100 克甘蔗汁含 64 千卡熱量，含水 83 克。甘蔗含有豐富的蔗糖、葡萄糖及果糖。此外，甘蔗的含鐵量也非常豐富，鐵可以幫助血紅蛋白合成，有助增加紅細胞數量，間接有助於耐力提升。
10. 奇異果		100 克奇異果含 56 千卡熱量，含水 83 克。奇異果的質地柔軟，口感酸甜，味道被描述為草莓、香蕉、菠蘿三者的混合。奇異果營養價值極高，在前三位低鈉高鉀水果中，奇異果由於較香蕉及柑橘含有更多的鉀而位居榜首。同時，奇異果中的維生素含量極高，為柑橘的 5-10 倍。

二、含水豐富、含糖較少的十大水果

立志跑步減肥的跑友們不希望吃水果時攝入太多糖，只想補水。推薦含水豐富、含糖較少的十大水果。

1. 黃瓜		100 克黃瓜，熱量只有 15 千卡，含水量高達 96 克，所以絕對是想減肥的跑友們跑步後首選的補水水果。
2. 楊梅		100 克楊梅含熱量 28 千卡，含水 92 克。
3. 草莓		100 克草莓含熱量 30 千卡，含水 91 克。
4. 梨		100 克梨含熱量 32 千卡，含水 90 克。
5. 芒果		100 克芒果含熱量 32 千卡，含 91 克。
6. 西瓜		100 克西瓜含熱量 32 千卡，含水 92 克。人們往往認為西瓜含糖高，其實西瓜含糖並不高，只不過容易吃多，造成糖攝入顯得偏多。

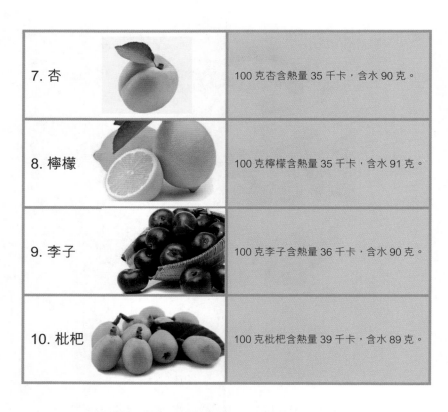

7. 杏	100 克杏含熱量 35 千卡，含水 90 克。
8. 檸檬	100 克檸檬含熱量 35 千卡，含水 91 克。
9. 李子	100 克李子含熱量 36 千卡，含水 90 克。
10. 枇杷	100 克枇杷含熱量 39 千卡，含水 89 克。

　　水果作為運動後補水補糖半替代品是有一定價值的，但是運動後補水仍然是首選。此外，水果本身就是一類食物，即使不運動也應當攝入，減肥人群應當控制糖攝入的總量，包括水果。

第七章

人人關心的話題——如何跑步減肥

更科學才能更持久——
獻給減肥路上的小白

　　為了減肥而運動，是大眾的「剛需」（編按：相對於
「彈性需求」，即基本必須的東西）。可是，艱苦奔跑真
的減肥了嗎？無法持久也許是大眾跑步的最大痛點，為甚
麼無法持久？

　　總結起來無非兩點：跑得太難受、毫無樂趣。單調枯燥的跑步
加上隨之而來的喘不上氣、邁不開腿，胖小白紛紛倒在勵志減肥的
路上。

一、一上來就跑步，十有八九會失敗

　　對於立志減肥的胖小白來說，一開始的運動應當是諸如騎車、
步行、游泳這樣的低衝擊運動，這樣才是安全良好的開端。一上來
就跑步，是不推薦的。因為肥胖人群相比體重正常人群，通常更容
易出現下背部和下肢關節問題。一旦開始跑步，往往會因為跑步帶
來的高衝擊力而加重肌肉關節疼痛。而從步行這樣的低強度開始，
不僅容易接受，而且可以逐步改善體能，為跑步打下基礎。

　　美國一項針對新兵的研究發現，由於有平民轉變為士兵，突
然增加了運動量（每天 2-4 小時軍事體能訓練，每週累計 7 小時的

行軍和 4 小時的跑步），結果，超重新兵運動損傷發生率明顯高於體重正常新兵，其中 65% 的超重新兵發生慢性勞損，35% 的超重新兵發生了急性損傷。所以，對於胖小白來說，一開始就跑步會大大增加發生運動損傷的風險。他們需要從低衝擊步行逐步過渡到跑步，這才是減肥的做法。更何況胖小白普遍心肺功能較差，跑一會兒就會氣喘，這也會大大挫傷運動的積極性。

二、把目標定得過高，是跑步減肥失敗的開端

不少小白立下宏圖大志要跑步減肥，把目標定為通過數週至數月時間，要減多少斤肉，要完成 5 千米到馬拉松等目標。但事實上，這樣的目標並不現實。如果說小白包括那些希望恢復身材的產婦、面臨健康危機的中年人、久坐不動的白領們，他們事實上並不清楚如何開始跑步，更不清楚如何為參加一場比賽而進行準備，一上來就盲目跑步，很容易就發生肌肉或關節損傷，從而被迫放棄跑步。

對於胖小白而言，最初的目標設定應該是預防運動帶來的損傷和建立更加積極的生活方式，這將為長期控制體重奠定基礎。所以一開始設立的目標不應當過於具體，而應該聚焦三個方面，分別是體重開始呈現下降趨勢、避免受傷和享受跑步這一過程。而完成一定距離的跑步或者以一定配速跑步這樣的目標應該是第二位的。

三、胖小白如何開始跑步

對於已經習慣於久坐的胖小白而言，跑步面臨的最大問題是拖

着沉重的身軀，讓自己的關節承受很大的負荷，這會大大增加發生關節受傷的風險。事實上，國際上對於肥胖人群如何開始跑步並沒有可供循證的步驟和方法。就一般情況而言，最佳方式是從走路開始，慢慢過渡到走跑交替，這樣既安全也有利於持久。

四、小步幅快走在最初階段是一個不錯的方法

研究顯示，無論在任何速度下，胖小白走路或者跑步的耗氧量、熱量消耗值都要大於體重正常的人，因為他們需要付出更多肌肉努力來移動身軀，這對於消耗脂肪來說當然是件好事情。因為速度越快，越有利於消耗脂肪，但是速度越快，關節受到的負荷也就越大，越容易受傷。所以適當減小步幅不失為一個好方法，也就是小步快走。研究顯示，將步長縮短 15%，可以增加 4.6% 的能耗，同時還有利於減少關節受到的衝擊力。

五、慢速緩坡走不傷膝，是減肥的好方法

假如胖小白無法適應快走或者存在一些關節疼痛，跑步機上坡走或者緩坡爬山也是一種不錯的選擇。雖然有人會認為爬山傷膝，但是爬山傷膝指的是爬台階或者在速度比較快的情況下，不是任何爬山都一定意味着增加關節負荷。

有一項研究測試了速度為 1.8-6.3 千米 / 時，坡度為 0-9 度的不同速度、坡度組合對人體產生的衝擊力。結果發現，當快走速度為 6.3 千米 / 時，坡度為 0 時，人體所受到的地面衝擊力是最大的，

以較慢的速度在緩坡上行走反而能減小關節負荷。當坡度達到 6 度，肌肉用力才開始明顯變大，並導致小腿脛骨感覺不適。所以要緩坡慢速步行，建議坡度不要超過 6 度。這些數據說明，以比較慢的速度在較緩和的坡度上行走，不會傷害膝蓋，還有利於減肥。

六、如何實現從走到跑

年輕且沒有關節疼痛的胖小白在一段時間步行適應後，如果想要增加運動強度，可以嘗試由走到跑的轉換，這裏的跑在英文中不是 running，而是另外一個單詞 jogging，即輕快慢速地跑。當由走到跑時，速度選擇非常關鍵，這個速度是自己既覺得非常舒適，又能夠堅持的速度。感覺舒適非常重要，一般來說此時配速應不快於 7:00。

研究顯示，每週 3 次，每次 30-60 分鐘輕快慢速地跑，持續 6 個月，可以使體重減少 9%。當然，為了防止勞損，一旦胖小白開始跑步，每跑一次，應當休息一天，也就是隔天跑步最合適。假如存在關節問題或者是嚴重肥胖者，更要慎重決定甚麼時候開始由走到跑。可以通過踩單車等方式，同時保證每天熱量攝入不超過 1,200-1,500 千卡，這樣堅持 3-6 個月，等到體重有一定下降且心肺耐力有所提高，再開始嘗試由走到跑。對於重度肥胖人群，可能需要 3-4 年的努力才能確保安全地開始跑步並且不發生損傷。

七、如何持久地跑

已經由走過渡到跑的胖小白，如何讓跑持久而健康？

為了減少持久跑步導致的關節負擔，至少應當從兩個方面加以解決。第一，加強力量。關節周圍肌肉力量更強，可以讓肌肉承擔衝擊力從而有效減輕關節負荷。胖小白剛開始跑步時膝關節不痛，跑到中後程出現疼痛，主要就是因為肌肉疲勞後力量下降，喪失了對於關節的保護能力。應當加強力量的部位包括腳踝、小腿、髖外展肌群、大腿前側和軀幹。第二，為了預防損傷，當胖小白可以比較長時間跑步時，不要貿然增加跑量或者提高配速。一個穩妥的增加運動量的方法是每週跑量增加不要超過 10%。例如本週累計跑量是 10 千米，下週跑量最多也就增加 1 千米，增加更多會讓關節處於受傷風險之中。另外，建議隔天跑，以便讓肌肉和組織有更多修復和休息時間。這對於預防損傷也很有意義。

八、間歇跑可以更有效地消耗脂肪

　　胖小白平時大多做的都是持續跑，但事實上，由於體重負擔大，持續跑對於胖小白來說不是一個好方法。間歇跑與持續跑不同，間歇跑的好處是可以休息，在跑的過程中可以跑得更快，這樣有助於提高攝氧量水平，燃燒脂肪。研究顯示，間歇跑在控制體重、消耗脂肪等方面優於持續跑。

　　有一項研究比較了兩種不同跑法對於兩組中年肥胖人群減肥的效果。一組是在跑步機上以 90% 最大心率完成 4 分鐘上坡跑和 3 分鐘休息的循環，總計跑 40 分鐘；另一組是在跑步機上以 70% 最大心率完成 47 分鐘持續慢跑。在每週 3 次，總計 16 週跑步結束後，兩組肥胖人群體重下降程度相同，但是採用間歇跑訓練的這一組人

群耐力水平提高幅度更大。更令人驚訝的是，實驗完成時，只有一名跑者發生了關節損傷，其餘人都順利且健康地完成了減肥計劃。這也就證明了科學正確的跑步計劃不會導致受傷。

九、胖小白跑步如果關節疼痛應立即停下來

一個跑步計劃的成功體現在不發生傷痛和令跑者樂在其中，而傷痛會摧毀這一切。胖小白可以將疼痛作為跑還是不跑的重要信號，也就是說，如果在跑步過程中出現了疼痛，這時候應該毫不猶豫地停下來並接受治療。跑完步後，如果有關節疼痛的表現，或者過了 24 小時後仍然疼痛，這就是肌肉骨骼系統還沒有為跑步做好準備的表現。如果因為疼痛發生了步態改變，這樣的跑步毫無疑問必須停下來。

十、總結

為了減肥而跑步，是大眾的核心「剛需」，但是目前還沒有關於肥胖人群應該如何跑步的科學指南。胖小白跑步要圍繞三點：減輕體重、避免受傷和樂在其中。建議胖小白在跑步開始前先加強力量，這對於增加關節承受負荷的能力、避免受傷至關重要。一上來就錯誤地跑步是減肥失敗的開端，胖小白應當從走路開始，走跑交替也是不錯的選擇，同時不建議天天跑，而是隔天跑步。如果你對於跑步減肥抱有健康、持久、循序漸進的心態，你的減肥已經成功了一半。

第二節 一次需要跑多久才可以減肥

　　跑步是不是效率最高的減肥方式？跑步減肥需要跑多久？

一、跑步是一種有效燃脂的運動

　　眾所周知，要將體內多餘的脂肪消耗掉，運動是最主要的方式。跑步時每分鐘的能量消耗是安靜時的 8-10 倍，跑得比較快時，可以達到安靜時的 10-12 倍甚至更多，即便是強度略低一點的快走，能耗也可以達到安靜時的 6-8 倍，因此，跑步是一項可以充份消耗熱量、燃燒脂肪的運動。對於需要減肥的人群而言，跑步就是減脂效率最高的運動之一。

二、為了減肥而跑步的運動量是為了健康而跑步運動量的一倍

　　作為全球健康運動的風向標，2008 年《美國身體活動指南》發佈了權威的面向大眾的運動建議，其中核心要求是成年人每週應該積累至少 150 分鐘（2 小時 30 分鐘）中等強度運動，或者積累 75 分鐘（1 小時 15 分鐘）大強度運動。也就是說，每次參加 30 分鐘快走，每週 5 天；或者每次參加 20 分鐘跑步，每週 3 天，就能夠實現最基本的運動量從而有益健康。

為了健康而跑步，上述運動量完全足夠，但對於減肥來說，就顯得有些不夠。因為減肥運動需要消耗的是脂肪，但脂肪熱量值極高，想要燃燒它，需要更長時間的運動，那麼為了減肥而跑步需要跑多久呢？根據美國運動醫學會的建議，減肥人群需要在此基礎上將運動量增加一倍，即完成至少 300 分鐘中等強度運動或者 150 分鐘大強度運動。

三、每次運動 40 分鐘以上，每週 5 次是減肥人群需要的運動量

　　為了消耗足夠多的脂肪，減肥運動需要的運動量是健康運動所需運動量的一倍。事實上，減肥成功是一件頗有難度和技術含量的事。一方面你要會運動，另一方面你要會吃。

　　從消耗足夠多的脂肪角度而言，每次 40 分鐘至 1 小時，每週 5 次跑步對於減肥人群是必要的。健康跑步的一次跑量達到 20 分鐘足矣，但減肥跑量需要在此基礎上增加一倍，時間越長越好，但考慮到疲勞及受傷風險，1 小時對於絕大多數減肥人群是上限。同樣，每週跑步 3 次是健康人群的跑步頻率，減肥人群則需要增加運動頻率，達到每週 5 次，當然如果能夠天天堅持跑步，減肥效果肯定更好一些。

四、不是跑步 40 分鐘才開始消耗脂肪，而是為了多消耗脂肪跑步 40 分鐘以上

跑步 40 分鐘以後才開始消耗脂肪是運動健身領域流傳最廣的謊言之一，其理由是跑步剛開始消耗的是糖，經過 40 分鐘將糖消耗以後自然就開始消耗脂肪，所以為了減肥，跑步至少要跑 40 分鐘以上。如果是為了消耗更多脂肪，減肥跑者可以把跑步時間拉長一些，但要說跑步 40 分鐘以內對於減肥沒用，絕對是無稽之談。

人體體內的糖主要有 3 個來源，分別是血糖、存儲在肌肉中的肌糖原和儲存在肝臟中的肝糖原。一般來說，普通人血液內大約有 5 克的血糖，肝臟中含有 100 克肝糖原，肌肉中含有 400 克肌糖原。

$$人體內糖含量 =5+100+400=505 克$$

$$1 克糖分解釋放的熱量 =4 千卡$$

$$人體內所有糖含有的熱量 =505 × 4=2020 千卡$$

假定一名體重 60 千克的人以 6:00 配速跑步，6:00 配速時，每千克體重每小時可以消耗大約 10 千卡熱量，這就意味着此人跑步 1 小時，可以消耗 600 千卡熱量。此人如果要完全消耗掉體內所有的糖，需要的時間是：

$$消耗完體內所有糖的耗時 = \frac{2020}{600} ≈ 3.5 小時$$

這就意味着，如果真要把體內糖消耗完，要足足 3 個多小時，雖然人體內實際糖消耗可能不如計算結果那麼精確，但大體情況就是如此。這恰恰證明了為甚麼全馬比賽時，撞牆容易發生在 3-3.5 小時，因為此時體內糖原接近消耗殆盡，就會發生明顯的體力不

支。所以指望用半小時消耗完體能的糖，是不可能的。

其次，著名運動生理學研究先驅愛德華・L・福克斯在《運動生理學》一書中提出，在運動開始半小時以後，的確會有脂肪供能比例增加、糖供能比例下降的現象，但脂肪供能的增加其實是有限的，運動強度才是決定糖和脂肪供能比例的制約因素。

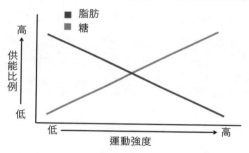

事實上，人體主要供能物質糖和脂肪（蛋白質參與供能很少，忽略不計）都是以混合方式工作的，也就是說幾乎不存在某種活動只由糖供能，或者某種活動只由脂肪供能。只是供能比例略有差別而已。在低強度活動時，脂肪供能比例相對高，糖供能比例相對低；在高強度活動時，則脂肪供能比例相對低，糖供能比例相對高（詳見下表）。所以，我們往往推薦人們參加長時間中低強度慢跑，一方面更易於被人們接受，另一方面低強度慢跑也可以有效促進脂肪分解，但這跟半小時沒關係，只要一開始運動，就會消耗脂肪。

五、減肥時跑步速度不要快，這樣才能既消耗脂肪體驗又好

減肥時，跑步速度不要太快，以中低速慢跑就好，這樣一方面

可以促進脂肪燃燒，另一方面不至於太累，獲得更好的跑步體驗。運動時能量供應的基本原理指出，你跑得比較快時，儘管很累總能耗也比較多，但由於脂肪供能比例低，其單位時間能耗可能還不如中低強度運動。

在不同運動強度下糖和脂肪供能比例

最大攝氧量	心率範圍	脂肪供能 （千卡／分）		糖供能 （千卡／分）	
		脂肪供能	比例	糖供能	比例
40-50%	111-137	3.9	68%	1.8	32%
50-60%	140-153	5.9	67%	2.9	33%
60-70%	145-163	5.5	60%	3.7	40%
70-80%	164-171	5.8	53%	5.1	47%
80-90%	172-177	5.1	41%	7.3	59%
90-100%	178-185	4.3	31%	9.6	69%

從上表可以清楚地看到，如果跑步時速度較慢，強度較低，心率介於 140-153 之間時，脂肪供能比例為 67%，糖供能比例為 33%；而如果跑步時速度較快，強度較高，心率介於 172-177 之間，脂肪供能比例降為 41%，糖供能比例增加至 59%。那麼這是不是意味着心率較低的慢速跑步脂肪消耗就一定多呢？未必。

當我們以較慢速度跑步時，脂肪供能比例雖然高，但由於強度低，總能耗有限，所以使得由脂肪分解提供的能量其實也是有限的，每小時僅僅消耗 39 克脂肪，而如果我們以較快速度跑步，雖然脂肪供能比例低，但由於總能耗多，使得由脂肪分解提供的能量

也並不比慢跑少多少，每小時消耗 34 克脂肪，僅僅比低強度慢跑少 5 克。

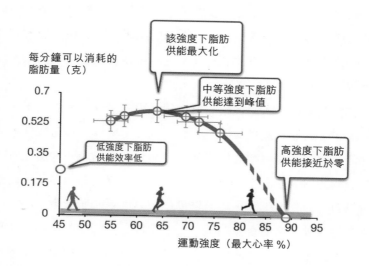

當然，低強度慢跑有一個顯著好處，就是能夠被多數人所接受，而以較快速度跑步，很多人很難堅持很長時間。因此，準確的說法應該是低強度慢跑脂肪供能比例高，但消耗少，需要較長時間才能產生足夠的能量消耗。這就是為甚麼為減肥而進行的跑步需要較長時間的根本原因。

也就是說心率介於 60-70% 最大心率區間時，脂肪燃燒最為充份，這時是有一定強度，但也不至於胸悶氣喘，體驗較好，可以保持長時間的跑步。至於具體配速方面，由於每個人心肺耐力不同，無法規定一個具體的配速。但一般來說，減肥跑步的配速建議保持在 7:00-8:00 之間，耐力比較好的人可以在 6:00-7:00，超過 6:00 的配速不建議減肥人群採用。

六、不要為了一段時間體重沒有變化而灰心喪氣

很多人倒在減肥路上，要麼是無法堅持，要麼是方法不正確。對於減肥人群來說，當然最希望看到的結果是一開始減肥就有效，恨不得立竿見影，但遺憾的是凡是抱着短期內減肥希望的人，往往希望越大失望越大。

在減肥初期，人體代謝需要一個適應的過程。人體在千萬年進化過程中，具備了優良的儲存脂肪的能力，所以人容易長胖，而一旦你開始運動，給機體的信號就是你開始消耗脂肪，人體此時會增強對於脂肪的吸收利用，同時降低安靜時基礎代謝（不單單是節食才會導致基礎代謝下降）從而儲備脂肪以應對脂肪含量下降。而如果你堅持運動，機體會認為這是一個常態，讓運動時脂肪供能比例增加，幫助脂肪燃燒。同時，在減肥初期肌肉含量還會有所增加，這就抵消了減脂帶來的體重下降，所以此時體重可能沒有明顯下降，甚至不降反升。這就讓希望立馬看到減肥效果的人大失所望而放棄跑步。其實你只要繼續堅持下去，接下來你的體重會出現比較明顯的下降。

七、總結

減肥人群絕對是跑步人群中最大的。既要消耗足夠多的脂肪，又要避免過多跑步帶來的傷害。建議每週運動 5 次以上，每次40-60 分鐘。只要開始跑步，糖和脂肪都會參與供能，供能比例與運動強度高度相關，低強度慢跑脂肪供能比例高，但不代表實際脂

肪消耗量就大。我們是為了多消耗脂肪才跑步半小時以上，而不是跑到半小時才開始消耗脂肪。

 跑步與控制飲食，哪個更重要

> 想要減肥得靠運動，但是也有人認為「三分靠練七分靠吃」，那減肥時到底哪個更重要？

一、脫離能量平衡原則的減肥都是空談

想要知道減肥效果哪個好，必須得知道減肥的原理是甚麼。物理學中的能量守恆定律同樣適用於身體內的能量轉化。

- 當我們通過食物攝入的熱量與我們消耗的熱量相同的時候，我們就會維持現有的體重，這稱之為能量平衡。
- 當我們攝入的能量高於我們消耗的能量的時候，多餘的熱量就會堆積在我們體內變成肥肉，這個稱為能量的正平衡，也就是我們體內的總熱量一直在增加。
- 當我們攝入的能量低於消耗的能量的時候，就形成了一個熱量缺口，而這個缺口就需要我們身體中原來就儲存的能量去填補，這稱之為能量的負平衡。這樣就可以消耗我們體內多餘的能量，慢慢地減肥成功。

二、如何進行能量消耗

我們一天的能量消耗包括基礎代謝的能量消耗、進食效應、身體運動的能量消耗。

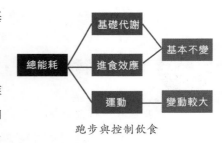

跑步與控制飲食

- 基礎代謝是指身體為了維持人體的基本功能，例如心跳、呼吸這些基礎的生理功能所消耗的熱量。這部份能量消耗佔我們一天能量消耗的一大部份。男性每天基礎代謝消耗的能量大約 2,000 千卡，女性略低些，大約 1,500 千卡。

- 進食效應是指人體由於吃東西而額外增加的能量消耗，除了夾菜、咀嚼這些看得見的動作，還有對食物消化吸收這些體內活動。這一部份消耗的熱量比較少。

- 身體運動的能量消耗。這一部份除了大家熟知的跑步、健身，我們把平時生活中的走路、做家務也都算在其中。在日常生活中，基礎代謝和進食效應所佔的能耗比較固定，只有運動是變動最大的部份。

三、運動減肥效果有多大

運動不僅可以幫助我們消耗更多的熱量，達到減肥的效果，最重要的是運動還可以帶來其他更多好處。例如提高心肺能力、心情變好等。

運動減肥雖然優點多多，但光靠運動減肥有一個繞不開的缺點，那就是，通過運動造成的熱量缺口太小。以跑步減肥的朋友可能都會關注跑步軟件上關於熱量消耗的數值。費力地跑半個小時消耗的熱量基本上在 300 千卡左右，大概也就是基礎代謝的六分之一，可能也就是一天熱量攝入的十分之一。最慘的是，300 千卡差不多就是一瓶可樂、半袋 Oreo 餅乾的熱量，很容易就會吃回來。所以單靠運動減肥雖然好處多多，但見效真的很慢。

四、節食減肥效果有多大

節食就是指那種試圖通過嚴格控制食物的攝入來減肥的方法。常見的方法主要是不吃早飯、午飯、晚飯中的一頓或幾頓。正常人一天的熱量消耗一般在 2,000-2,800 千卡，少吃一頓或幾頓，熱量缺口明顯變大，身體只能通過消耗原來儲存的能源來維持正常的生活。

每天少吃一頓，大概能少攝入 600-800 千卡的熱量，明顯高過跑步消耗的熱量。這些熱量相當於 150-200 克糖或蛋白質，65-90 克脂肪。有學者進行試驗，讓受試者斷食 6 天，平均減重 6.1 千克。

五、節食減肥見效快，但傷害大

由於熱量攝入不足，此時機體的生理活動維持在一個較低的水平上，人會覺得無力、反應遲鈍、頭昏眼花，嚴重的還會由於低血糖而暈倒甚至休克。用這種方法極易減成厭食症，而且極易大量丟

失肌肉，造成基礎代謝的明顯降低。

用這種方法減肥很快，但是體重反彈時常發生。而且這種方法也容易造成體內的一種或某幾種營養元素的缺乏，導致一些疾病。

六、控制飲食比節食減肥效果更好嗎

控制飲食是適當控制熱量的攝入，並且注重合理的飲食結構，例如減少食用油和飲食中過量糖分的攝入。這樣不僅能造成不小的熱量缺口，對身體的傷害也沒有節食這麼大，但並不意味着它就沒有缺點。

單純控制飲食也容易造成基礎代謝的降低。原因是身體會因為能量攝入減少而相應減少消耗能量來保證有足夠的能量支撐身體機能。

脂肪和高糖飲食會讓人覺得幸福、有安全感，這是基因決定的。控制飲食意味着你將遠離這類食物，因此容易造成脾氣不好。

七、運動加控制飲食才是減肥的王道

運動加控制飲食才是減肥的正確選擇。

首先，運動加控制飲食造成的能量缺口巨大，減脂效果堪比節食。假設你今天跑了半個小時，消耗了 300 千卡熱量，然後又沒有喝可樂吃炸雞，又少攝入了 400 千卡熱量，這樣你今天造成的能量缺口就有 700 千卡。所以，運動加控制飲食，減肥效果會倍增。

其次，保持健康的同時還能夠減肥，才是最好的。雖然控制飲

食對身體的傷害很小，但也容易造成基礎代謝下降。但是，運動特別是力量訓練可以保持甚至增加基礎代謝。所以，控制飲食加運動不一定能讓你的基礎代謝增加，但至少能保證它不下降。

雖然控制飲食容易讓人脾氣暴躁，但是運動可以讓人分泌愉快因子，使人心情愉悅。所以，運動加飲食控制，不僅可以收穫較好的減肥效果，而且沒有太大副作用。

八、總結

運動和控制飲食都可以減肥。雖然運動可以提高體適能水平，但由於運動的能量消耗相比於一天的能量攝入只是很小的一部份，通過運動實現消耗大於攝入十分困難，所以單純靠運動控制體重效果有限；控制飲食可以明顯減少熱量攝入，但這不意味着節食。單純控制飲食往往也會帶來情緒不穩定等一系列問題，也是不可取的。運動加控制飲食才能得到最佳的減肥效果。

第四節 高強度間歇運動減肥效果更好嗎

《2015 年中國跑步方式調查報告》中顯示，有 39% 的跑者希望通過跑步來減肥塑形，顯然，減肥是很多跑者跑步的主要目的。理想情況是，一方面消耗了脂肪，減輕了體重，達成了目標；另一方面，則是漸漸喜歡上跑步，把跑步視作自己的生活方式，從而成為一名真正的跑者。

當然，只有達成了前者，才有可能實現後者，跑步減肥效果好不好、有沒有用，很大程度上會決定有多少比例的人會把跑步堅持下去，最終成為一名跑者。

一、低強度慢跑的減肥依據

傳統觀點認為，跑步減肥要採用中低強度長時間慢跑，跑步時間要達到 30 分鐘以上，才能充份燃燒脂肪。原因如下：

（1）肥胖者體重大，中低強度跑步對於身體的負擔相對較輕，更易接受；

（2）中低強度跑步脂肪供能比例高，特別是跑步 30 分鐘以後，脂肪供能比例更是明顯提高，有利於脂肪燃燒。因此，中低強度慢跑更減脂，但持續時間要相對長一些。

二、高強度間歇訓練

高強度間歇訓練就是運動時把強度提高，大大高於中低強度，但高強度運動很快使人疲勞，一會兒就要安排休息，也就是間歇，但間歇時間不能太長，即休息一下就要進行下一組練習，這樣不斷循環往復，始終使心率保持較高水平。

對於跑步而言，高強度間歇訓練就是間歇跑，例如 1,000 米 × 4 組、800 米 × 5 組、400 米 × 6 組等，每組之間安排一定間歇，這種跑法與低強度持續跑（LSD 跑）相對應。

三、間歇跑與 LSD 跑的減脂效果比較

下表是運動生理學教科書上經過科學實驗得出的不同強度運動時，能耗狀況以及糖和脂肪供能比例，是下文分析內容的主要依據。

不同強度運動時糖和脂肪供能比例

最大攝氧量	心率範圍（次/分）	脂肪燃燒		糖燃燒		合計	消耗脂肪（克/小時）	消耗糖（克/小時）
		脂肪供能（千卡/分）	脂肪供能比例	糖供能（千卡/分）	糖供能比例	總能耗（千卡/分）		
40-50%	111-137	3.9	68%	1.8	32%	5.7	26	27
50-60%	140-153	5.9	67%	2.9	33%	8.8	39	44
60-70%	145-163	5.5	60%	3.7	40%	9.2	37	56
70-80%	164-171	5.8	53%	5.1	47%	10.9	39	77
80-90%	172-177	5.1	41%	7.3	59%	12.4	34	110
90-100%	178-185	4.3	31%	9.6	69%	13.9	29	144

假定跑者甲和跑者乙體重相當，體型中等。

跑者甲以 7:00 配速跑步 1 小時，心率在 111-137 之間，跑者甲 1 小時跑了約 8.5 千米。

跑者乙以 5:00 配速跑了 4 組 1,000 米，即 1,000 米 × 4 組，每組之間休息 4 分鐘，心率在 172-177 之間，跑者乙總計用了 32 分鐘完成 4 千米間歇跑（含 20 分鐘跑，12 分鐘累計間歇）。

跑者甲跑 8.5 千米可以視作低強度慢跑，而跑者乙跑 4 千米可以視作高強度間歇跑，跑者甲的用時、跑量基本比跑者乙多一倍。

1. 低強度慢跑 1 小時消耗多少脂肪

從上表中可以清楚地看到，以 7:00 配速低強度慢跑 1 小時，心率相對較低，介於 111- 137 次 / 分之間。在低速慢跑中，脂肪供能比例較高，佔總能耗的 68%，而糖供能比例較低，佔總能耗的 32%，證實了低強度慢跑可以促進脂肪燃燒。在該強度下慢跑，每分鐘可以消耗 5.7 千卡熱量，以該比例計算，來自脂肪的熱量消耗為 3.9 千卡，來自糖的熱量消耗為 1.8 千卡。

慢跑 1 小時消耗的熱量 =5.7×60=342 千卡

來自脂肪的熱量消耗 =342×68%≈232 千卡

來自糖的熱量消耗 =342×32%≈110 千卡

1 克脂肪可以提供 9 千卡熱量，1 克糖可以提供 4 千卡熱量

脂肪實際消耗量 =232÷9≈26 克

糖實際消耗量 =110÷4=27.5 克

2. 高強度間歇跑 32 分鐘消耗多少脂肪

從上表中可以清楚地看到，以 5:00 配速完成 4 組 1,000 米間歇跑，心率較高，介於 172-177 次 / 分之間。以該速度跑，脂肪供能比例明顯下降，佔總能耗的 41%，而糖供能比例升高，佔總能耗的 59%，說明在快速跑中糖供能比例增加。

在該強度下跑步，每分鐘能耗明顯增加，每分鐘可以消耗 12.4 千卡熱量，以該比例計算，來自脂肪的熱量消耗為 5.1 千卡，來自

糖的熱量消耗為 7.3 千卡。而慢速跑時，來自脂肪的熱量消耗僅為 3.9 千卡。

間歇跑 20 分鐘消耗的熱量 =12.4×20=248 千卡

來自脂肪的熱量消耗 =248×41%≈102 千卡

來自糖的熱量消耗 =248×58%≈146 千卡

脂肪實際消耗量 =102÷9≈11.3 克

糖實際消耗量 =146÷4=36.5 克

通過以上對比得出，慢跑 1 小時大約消耗 26 克脂肪，而高強度間歇跑 20 分鐘（不含 12 分鐘間歇休息）消耗 11.3 克脂肪。單從跑來說，間歇跑脂肪供能比例下降，但間歇跑每分鐘脂肪的消耗量是增加的。由於間歇跑的時間短，只有 20 分鐘，總計只消耗了 11.3 克脂肪，只有 1 小時慢跑脂肪消耗量的一半不到。

四、跑步減脂要考慮強度、脂肪供能比例和時間

按照上述方法計算，高強度間歇跑更加減肥的說法並不成立，這裏有三個因素：運動強度、供能比例和總時長，脫離一個或兩個因素談另一個因素都存在缺陷。因此，高強度間歇跑運動強度大、脂肪供能比例低，但每分鐘脂肪消耗量相比慢速跑多，決定脂肪消耗量的另一個重要因素就是運動時間，正是因為高強度間歇跑強調短時高效，所以短時間內，即使每分鐘脂肪消耗量是增加的，但總的脂肪消耗量也是有限的。

五、運動結束後能耗仍然較多是間歇跑減肥效果好的原因嗎

　　上述計算方法漏掉了一個重要問題：過量氧耗。運動後過量氧耗是一個運動生理學專業術語。運動除了本身會引起攝氧量增加外，在運動停止後，機體的呼吸也會引起攝氧量增加。攝氧量短時間內沒有恢復到安靜水平，由於機體的能量消耗由攝氧量決定，所以機體的能量消耗在運動結束後仍然維持較高水平。這種運動後恢復期攝氧量高於安靜狀態下攝氧量的現象稱為運動後過量氧耗。運動時，呼吸加快，攝氧量增加，用以滿足運動時糖和脂肪分解供能需要（糖和脂肪分解需要氧氣參與）。因此，呼吸越快，攝氧量越高，糖和脂肪分解供能越多，能耗也就越大，人體能耗計算的最科學方法就是連續測量呼吸，根據攝氧量和二氧化碳排出量進行計算。

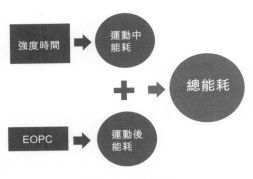

高強度間歇訓練

　　簡而言之，運動停止後機體依然有較高能量消耗，並且高於安靜狀態下的能量消耗。有研究稱高強度間歇運動的過量氧耗會持續24-48小時，說明高強度運動後相當長一段時間的能量消耗都會高於安靜水平。也就是說，運動後即使躺着，也會比運動前安靜狀態

下消耗更多能量，這就解釋了高強度間歇訓練為甚麼是減脂利器的原因。高強度間歇訓練在運動時，能耗明顯增加，但畢竟運動時間短，能耗有限，更多能耗可能來自於運動後過量氧耗。而中低強度持續運動，運動時間長，能耗主要來源於運動中，雖然也有一定的運動後過量氧耗，但持續時間較短，研究顯示低強度運動過量氧耗會持續 12 小時。當然，也有研究顯示，高強度間歇訓練是減脂利器，不能光用運動後過量氧耗解釋，還有一系列複雜的內分泌調節機制發揮作用。

六、科學理性地看待間歇跑和中低強度慢跑的減脂價值

雖然間歇跑具有很好的燃脂效果，但是跑者不要過份地依賴、迷戀間歇跑，因為間歇跑強度高，對跑者的心肺功能要求苛刻，跑者需要更大的毅力才能堅持進行間歇跑訓練，並且如果跑者沒有達到一定的體能水平，很容易造成身體損傷。

因此，間歇跑不適合初級的、體重過重的跑者，中低強度慢跑訓練更適合初跑者和減肥初期的跑者。但如果總是進行中低強度慢跑，也會帶來身體適應和長時間跑步造成膝關節勞損性損傷的問題。所以，當具有一定心肺基礎後，中低強度慢跑與間歇跑訓練有機結合，發揮各自不同的燃脂機制，可能更加有利於突破瓶頸，更快、更好地實現減肥效果。

跑多遠才能消耗 0.5 千克脂肪

跑多少才能消耗大約 0.5 千克脂肪？這需要依據脂肪消耗原理，用數學的方式進行計算。

問題 1：0.5 千克脂肪含有多少熱量？

回答：1 克脂肪含有 9 千卡熱量，0.5 千克脂肪為 500 克，那麼：

0.5 千克脂肪含有的熱量 =500×9=4500 千卡

問題 2：跑步 1 小時可以消耗多少熱量？

回答：跑步所能消耗的熱量由三個方面決定：時間、速度和體重。跑步時間越長，速度越快，所消耗的熱量也就越多。此外，體重越大，消耗的熱量也越大。

例如，一個體重 60 千克的人，以 6:00 配速跑步，每千克體重每小時可以消耗 10 千卡熱量，那麼他跑步 1 小時所能消耗的熱量為：

60×10×1=600 千卡

問題 3：跑步 1 小時消耗的熱量有多少來自脂肪？

回答：速度相對越慢，脂肪供能比例較高；速度相對越快，脂肪供能比例較低。跑步前半小時脂肪也會分解供能，半小時後脂肪供能比例會有所增加。

以 6:00 配速跑步，心率介於 145-163，此時脂肪供能比例為

60%，糖供能比例為 40%。那麼，一個體重 60 千克的人，以 6:00 配速跑步 1 小時，消耗的 600 千卡熱量中，來自脂肪的熱量為：

$$600 \times 60\% = 360\ 千卡$$

問題 4：跑多長時間才能消耗 0.5 千克脂肪？

回答：一個體重 60 千克的人跑步 1 小時可以消耗 600 千卡熱量，其中 360 千卡來自脂肪，那麼要消耗 0.5 千克脂肪所包含的 4,500 千卡熱量，就意味着需要跑：

$$4,500 \div 360 = 12.5\ 小時$$

問題 5：為甚麼減肥那麼難？

回答：通過上述計算，我們可以很清晰地看到每天跑步 1 小時，期間沒有一天休息，也要跑將近 2 週，也就是累計跑 12-13 個小時，才能消耗 0.5 千克脂肪。

有些觀點認為，每週減體重的量不宜超過 0.5 千克，超過 0.5 千克就有損健康。如果按照這個觀點計算，每週跑步要達到 12.5 小時才能實現這一目標，這就意味着幾乎每天要跑步 1 小時 45 分鐘，一週跑量累計達到 125 千米，才有可能實現減脂 0.5 千克的目標，這個跑量即使是資深跑友也不是很容易就能達到。

問題 6：消耗 0.5 千克脂肪需要跑 12.5 小時準確嗎？

回答：這樣的結果是以一個體重 60 千克的人以 6:00 配速跑步計算所得出的，根據不同體重、不同速度去跑步，還會有所變化。

不同速度走 / 跑 1 小時消耗的熱量（千卡）

不同速度走 / 跑	體重（千克）			
	50	60	70	80
散步，3.2 千米 / 時	140	168	196	224
走路，4 千米 / 時（配速 15:00）	150	180	210	240
走路，速度 4.5-5.1 千米 / 時	175	210	245	280
走路，速度 5.6 千米 / 時（配速 11:00）	215	258	301	344
快走，速度 6.4 千米 / 時（配速 9:20）	250	300	350	400
快走，速度 7.2 千米 / 時（配速 8:20）	350	420	490	560
快走，8.0 千米 / 時（配速 7:30）	415	498	581	664
跑步，6.4 千米 / 時（配速 9:20）	300	360	420	480
跑步，8.0 千米 / 時（配速 7:30）	415	498	581	664
跑步，8.4 千米 / 時（配速 7:00）	450	540	630	720
跑步，9.7 千米 / 時（配速 6:15）	490	588	686	784
跑步，10.8 千米 / 時（配速 5:40）	525	630	735	840
跑步，11.3 千米 / 時（配速 5:20）	550	660	770	880
跑步，12.1 千米 / 時（配速 5:00）	575	690	805	920
跑步，12.9 千米 / 時（配速 4:45）	590	708	826	944
跑步，13.8 千米 / 時（配速 4:20）	615	738	861	984
跑步，14.5 千米 / 時（配速 4:00）	640	768	896	1024

不同速度走 / 跑，消耗 0.5 千克脂肪所需的運動總時長（時）

不同速度走 / 跑	體重（千克）			
	50	60	70	80
散步，3.2 千米 / 時	47	39	34	30
走路，4 千米 / 時（配速 15:00）	44	37	32	28
走路，速度 4.5-5.1 千米 / 時	38	32	27	24
走路，速度 5.6 千米 / 時（配速 11:00）	31	26	22	19
快走，速度 6.4 千米 / 時（配速 9:20）	30	25	21	19
快走，速度 7.2 千米 / 時（配速 8:20）	21	18	15	13
快走，8.0 千米 / 時（配速 7:30）	18	15	13	11
跑步，6.4 千米 / 時（配速 9:20）	25	21	18	16
跑步，8.0 千米 / 時（配速 7:30）	18	15	13	11
跑步，8.4 千米 / 時（配速 7:00）	17	14	12	10
跑步，9.7 千米 / 時（配速 6:15）	15	13	11	10
跑步，10.8 千米 / 時（配速 5:40）	17	14	12	11
跑步，11.3 千米 / 時（配速 5:20）	16	14	12	10
跑步，12.1 千米 / 時（配速 5:00）	16	13	11	10
跑步，12.9 千米 / 時（配速 4:45）	19	16	14	12
跑步，13.8 千米 / 時（配速 4:20）	18	15	13	11
跑步，14.5 千米 / 時（配速 4:00）	18	15	13	11

體內能量消耗過程非常複雜，沒有數據計算得那麼簡單，但上述計算也是有科學依據的。跑多少才能減去多少脂肪不見得能找到非常標準的答案，但至少可以給出一個參照，幫助人們了解自己減肥不成功的原因。

總結

消耗 0.5 千克脂肪，一般需要跑 12-13 小時。當然，這只是理論推算。如果你雖然跑了，但吃得也很多，沒有實現熱量負平衡，結果當然是減肥不成功。

第八章

如何健康無傷地參加一場馬拉松比賽

一、不適合參加馬拉松的人群

馬拉松比賽是一項高強度長距離的極限運動，也是一項高風險的運動，對參賽者身體條件有較高的要求。參賽者應身體健康，有長期參加跑步鍛煉或訓練的基礎。參賽者可根據自己的身體狀況和能力，在全程馬拉松、半程馬拉松、10 千米、迷你馬拉松或其他距離比賽中選擇一個項目報名參賽。

有以下情況者不宜參加馬拉松比賽：

1. 先天性心臟病和風濕性心臟病患者；

2. 高血壓和腦血管疾病患者；

3. 心肌炎和其他心臟病患者；

4. 冠狀動脈病患者和嚴重心律不齊者；

5. 哮喘、肺炎及其他呼吸道疾病患者；

6. 血糖過高或過低者；

7. 比賽日前兩週內患過感冒者；

8. 從未跑過（或走跑交替）20 千米或以上距離者；

9. 其他不適合參加比賽者（如孕婦、賽前疲勞者、過度飲酒者等）以及現代醫學上其他不適合此類運動的疾病患者。

二、確保健康參賽的身體檢查

1. 馬拉松猝死概率極低，但危害極大

馬拉松比賽中有人猝死時有報道。其實，猝死是一個極小概率事件，但其後果十分嚴重，很多類型的心臟疾病平時並無症狀，猝死是首發症狀，所以必須重視它。對於越來越多參加馬拉松比賽的跑者，備賽之前都有必要判斷一下自己的心臟能否承受這種賽事。

2. 猝死多源於潛在心臟病

在跑馬拉松時，跑累了、跑不動時，並不意味着這個時候容易出狀況。客觀來說，只要你的心臟是健康的，那麼累了跑不動只是疲勞而已，慢下來緩一緩，不適感就會過去。跑馬拉松 30 千米出現撞牆更多是跟糖原耗竭導致能量供給效率下降有關；抽筋則是缺乏足夠訓練，肌肉疲勞加之電解質丟失的表現。

而如果你本身存在潛在的心臟疾病，那麼累了跑不動時就可能誘發致死性心律失常。一般來說，不存在無緣無故的猝死，猝死的根源往往都是本身患有心臟疾病，長距離跑步只是誘因。

所有人高強度長時間劇烈運動都會增加猝死的風險，但如果經常運動，這恰恰可預防猝死。也就是說，平時缺乏訓練，貿然參賽的人更加危險，而如果你有系統訓練，那麼跑馬拉松猝死機率極低。

三、快速評估自己的運動風險

以下內容就是國際通用的運動風險評估問卷（簡稱 PAR-Q）。

- 醫生是否告訴過您僅能參加醫生推薦的體力活動？
- 醫生是否告訴過您患有心臟病？
- 醫生是否告訴過您的血壓超過 160/100 毫米汞柱？
- 近 6 個月以來，當您進行體力活動或運動時，是否有過胸痛或嚴重憋氣的感覺？
- 近 6 個月以來，當您進行體力活動或運動時，是否曾因為頭暈失去平衡、跌倒或發生暈厥？
- 您是否存在因體力活動或運動加重的骨、關節疼痛，或功能障礙？
- 您是否知道您不能參加體力活動的其他原因？

如果你的答案均是「否」，那麼一般來說，你跑步都是安全的。如果你存在暫時的疾病如感冒、發熱，請等徹底痊癒、身體恢復良好狀態時，再開始跑步。

如果你的答案有一個或多個「是」，那麼建議在馬拉松備賽前進行體檢，或者在跑步開始前諮詢醫生，這樣可以最大限度防患運動風險，排除某些潛在的疾病因素。

四、哪些心臟檢查可以最大限度確保安全參賽

1. 12 導聯心電圖檢查

心電圖是反映心臟興奮的產生、傳導及恢復過程的客觀指標，

其檢測結果可以有效地反映出心臟的基本功能，心電圖不僅可以鑒別診斷各種病理性的心律失常，同時也可以反映心肌受損的程度和心臟各腔室的結構功能狀況。在運動訓練中，其作為一種廉價有效的監測工具對於運動性猝死的預防和篩查有着重要意義。

意大利為了減少運動性猝死事件的發生，在法律中明文規定，在全國範圍內要求 12-35 歲的運動員在從事運動之前必須接受正規的心血管疾病篩查，其中就包括標準 12 導聯心電圖，這一措施使得意大利運動性猝死事件的發生率得到顯著下降，取得明顯成效。

2004 年和 2005 年，歐洲心臟病學會及國際奧林匹克委員會相繼模仿意大利建立了運動前心血管疾病篩查標準化方案，其中也包括標準 12 導聯心電圖。

許多馬拉松比賽要求參賽者必須提供心率、血壓和心電圖檢查報告，因為這三項指標能夠以比較低的成本和較為客觀的方式評價你的心臟風險。

2. 運動平板測試

運動平板測試是心電圖負荷試驗中最常用的一種，它是目前診斷隱匿型冠心病以及其他心臟疾病最常用的一種輔助手段。許多心臟疾病患者，儘管心臟儲備能力已下降，但靜息時往往沒有心肌缺血現象，心電圖完全正常。此時，通過運動的方法給心臟以負荷，增加心肌耗氧量，誘發心肌缺血，從而出現缺血性心電圖改變，這就是心電圖運動試驗，目前採用最多的是運動平板測試。

在進行運動平板測試時，通常以最大心率或亞極量心率（85-

90% 的最大心率）為負荷目標，前者稱為極量運動試驗，後者稱為亞極量運動試驗。運動中持續監測心電圖改變，運動前、運動中每當運動負荷量增加一次均記錄心電圖，運動終止後即刻及此後每 2 分鐘均應重複心電圖記錄直至心率恢復至運動前水平。進行心電圖記錄時應同步測定血壓，有時還會監測攝氧量，以評價最大攝氧量水平。

3. 24 小時動態心電圖

普通心電圖檢查有時難以捕捉到有效的診斷依據，但患者又有明顯自覺症狀，這時會做 24 小時動態心電圖。該項檢查要持續 24 小時，在胸前部黏貼多個電極片，電極片越多則記錄得越全面，一般在 10 個以下。從各個電極片上要連接導線到一個記錄盒。這個盒子上有背帶，連接好後斜肩挎上，並不影響正常生活。

這麼長時間的檢查主要是為了捕捉日常生活中心電圖的改變，也能整體分析一天中心率變化規律，從而更全面客觀地評價心臟健康狀況，捕捉普通心電圖檢查發現不了的問題。

4. 超聲心動圖

超聲心動圖是利用超聲的特殊物理學特性檢查心臟和大血管的解剖結構及功能狀態的一種無創測量技術。超聲心動圖可以比較清晰地分辨心臟解剖結構，同時還可以觀察血流灌注情況，評價心臟功能。超聲診斷技術已經成為無創診斷心血管疾病的重要手段，越來越引起臨床的重視。它包括 M 型、二維、頻譜和彩色多普勒等技術。

5. 心臟磁共振成像

心臟磁共振成像已經發展成為臨床心臟常規檢查之一。磁共振技術具有多平面成像、高軟組織分辨率、可重複性強、無輻射等優點。心臟磁共振成像一次檢查即可以獲得心臟的解剖、功能、灌注、代謝及冠狀動脈分佈等綜合信息。

五、如何選擇檢查方式

心臟檢查有多種方式，並不是說為了確保以健康的心臟參加馬拉松比賽，需要將這些檢查都做一遍。一般來說，標準 12 導聯心電圖可以作為基礎的篩查手段，如果安靜心電圖有異常，往往需要在醫生指導下做進一步檢查，上述檢查手段也各有側重，彼此並不能相互替代。除 12 導聯心電圖外，運動平板測試對於運動人群具有較大健康評估價值，可以作為參加馬拉松這樣極限強度運動前的一種高級篩查手段。

六、總結

猝死是極小概率事件，跑者不必過度恐慌。但為了自己和家人，從主觀（問卷）和客觀（心率、血壓和心電圖）兩個方面了解自己的心臟健康程度，防患於未然非常有必要。跑步的終極目標不是參加馬拉松比賽，而是健康。

大眾跑者是否需要賽前減量訓練

參加馬拉松比賽需要有足夠的準備。經過比較系統和認真的訓練後,你基本具備了參賽所需要的身體素質,但在賽前一週如何更好地訓練,以便消除疲勞,讓身體以最佳狀態迎接即將到來的比賽也是成功參賽的關鍵,否則過度疲勞,甚至感冒腹瀉,將嚴重影響參賽。

賽前減量訓練就是通過減量訓練,消除前期訓練帶來的疲勞,促進身體機能超量恢復,從而讓身體以最佳狀態迎接即將到來的比賽。可是,你真的需要賽前減量訓練嗎?

一、賽前減量訓練

賽前減量訓練,又稱為再生循環訓練,在運動訓練學中稱為賽前調整。減量訓練的主要目的就是要消除生理上和心理上的疲勞,同時繼續提高通過之前訓練獲得的身體適應,促使跑者適時達到高峰競技狀態。

二、賽前如何減量

減量主要是減訓練總量,即減少週總跑量,但跑步配速不變甚至還會提升,最好採用馬拉松比賽時的配速訓練,以適應比賽

時期的節奏。如果平時還有力量訓練的習慣，可以適當減少總訓練內容，此時的力量訓練主要是避免做一些新的訓練動作，應當做自己最熟悉最習慣的訓練動作，以避免產生較為明顯的延遲性肌肉痠痛。

三、賽前減量訓練適合甚麼樣的跑者

賽前減量訓練有着嚴格的適用條件，主要針對高水平運動員或者為了重要比賽，進行了長達 6 個月系統訓練和準備的高水平業餘跑者。因為他們平時維持了很高的訓練量和訓練強度，存在一定的身體疲勞，所以有必要通過合理和恰當的減量訓練來消除疲勞，促進身體狀態達到最佳水平。

四、對於多數跑者，賽前無須減量訓練

減量訓練主要針對專業選手和高水平業餘選手，對於訓練缺乏系統性、跑量積累不夠的跑者，不僅不需要減量訓練，適當增加一些訓練，尤其是學會以正確的方式訓練更重要。

五、平時缺乏足夠訓練的跑者賽前要加緊訓練，但進行正確的訓練更重要

大部份跑者都是職業人群，都有自己的工作，難免因為忙碌導致訓練不系統。如果貿然加大訓練量，超過身體承受能力，則非常

容易出現傷痛問題，這是賽前訓練的大忌。

　　賽前應該如何訓練才能盡可能強化耐力，事半功倍？你需要更多馬拉松配速跑訓練。也就是說，以你計劃的馬拉松比賽時的配速進行訓練，這樣有助於找到適合自己的馬拉松比賽的節奏，增強信心。

- 賽前每次的訓練時間控制在 40-110 分鐘。關於賽前是否需要進行一次 30 千米訓練問題，對於多數跑者來說，賽前 2-3 週不適合進行這樣的訓練，因為 30 千米對於普通跑者往往意味着 3 個小時的訓練，這樣的訓練量過大，容易導致身體嚴重疲勞和長時間無法有效恢復，這不僅達不到賽前適應的目的，反而導致真正比賽時，身體處於透支狀態。如果距離賽前 1 個月甚至更長，則 30 千米訓練是有必要的，這樣有助於身體和心理上的適應。
- 心率控制在儲備心率的 75-84%。
- 當然，也可以採用配速來控制強度，在真正的馬拉松配速區間進行訓練。
- 單次訓練控制在週跑量的 15-20%。
- 在馬拉松配速訓練基礎上，還應當適當進行輕鬆跑和抗乳酸跑訓練，這樣一方面不至於讓身體過度疲勞，另一方面也可以起到賽前最大限度提升耐力的作用。

不同水平跑者馬拉松配速跑參考配速

5 千米成績	10 千米成績	半馬成績	全馬成績	馬拉松配速跑
≥30 分鐘	≥63 分鐘	≥2 小時 21 分鐘	≥4 小時 49 分鐘	7:03 / 千米
27 分鐘	57 分鐘	2 小時 04 分鐘	4 小時 16 分鐘	6:10/ 千米
24 分鐘	51 分鐘	1 小時 50 分鐘	3 小時 49 分鐘	5:29/ 千米
21 分鐘	43 分鐘	1 小時 36 分鐘	3 小時 21 分鐘	4:46/ 千米
18 分鐘	39 分鐘	1 小時 27 分鐘	3 小時 01 分鐘	4:10/ 千米

六、總結

　　賽前減量訓練一般針對運動員和堅持系統訓練的高水平跑者，對於大部份跑者而言，本身跑量就相對不足，減量訓練意義不大。因此，多數跑者需要的不是減量訓練，而是可以適當增加訓練量，這一般也不會導致身體過度疲勞，就方法而言，賽前 3-4 週，最佳的訓練是馬拉松配速跑訓練。

 **最詳細的馬拉松參賽指南：
從賽前 24 小時到成功完賽**

　　經過或長或短的備賽，在賽前最後一天平穩愉快地度過，以最佳狀態參加比賽，不出現任何狀況，同時有策略地應對比賽，是跑者應該做的功課。本節將詳解從賽前 24 小時到成功完賽的種種細節。

一、比賽前一天：輕鬆愉快

1. 裝備領取與檢查

比賽前一天領取參賽包的人較多，如果你是當天領取參賽包，做好長時間排隊的思想準備，不必急躁。領取參賽包後應當核對物料是否齊全，特別是計時芯片、號碼布、參賽指南等是否都在裏面，如有缺漏及時與賽會工作人員聯繫。同時，仔細閱讀參賽指南。

2. 比賽前一天是否需要跑步

比賽前一天跑步通常來説是不必要的，你需要的是足夠的休息和調整身體狀態。如果你已經習慣每天跑步，那麼跑一跑當然也沒有壞處，但比賽前一天的跑步不是為了臨陣磨槍，而僅僅是保持狀態，時間一般 30 分鐘足矣，不建議超過 45 分鐘，可以以比賽計劃的配速跑步，找到該配速下跑步的感覺。

3. 不要以補糖為由吃得過飽

總體而言，比賽前一天最好的做法是吃自己最習慣的食物，切不可暴飲暴食，或者吃得過於油膩，生冷海鮮也不要多吃，以防消化不良，食物過敏。這時如果腹瀉，將嚴重影響參賽。此外，賽前不可飲酒，準確來説，比賽前兩週左右就應該絕對禁止飲酒。

賽前要適當增加碳水化合物的攝入，以達到補糖的目的，這是合理的，但如果比賽前一天的晚餐因此吃得過飽，其效果反而適得其反。比賽前一天晚餐吃到七八成飽即可，晚餐吃得過飽反而影響睡眠。

4. 晚上十點前入睡

由於比賽日當天需要一大早起床,所以為了保證睡眠,建議晚上十點前入睡。在晚上臨睡前,應當仔細檢查第二天參賽的所有裝備,包括運動服、運動褲、壓縮裝備(壓縮衣、腿套等)、襪子、跑鞋、腰包、護具、肌貼、心率手錶、能量補給、遮陽帽、號碼簿、計時芯片、別針、創可貼(保護乳頭)、凡士林(塗抹腋下等易摩擦部位)等,應當將這些物料集中擺放,避免比賽當天早起時,忙中出錯,遺忘裝備。另外,黑暗和較低的房間溫度有助於向人體發放睡覺的指令。

二、從比賽當天起床到比賽發槍:吃對早餐

1. 幾點起床

幾點起床取決於比賽檢錄及開始時間,和你去往起點的路程時間消耗,基本原則是早餐和發槍時間之間最好間隔 2 小時,至少也應當間隔 1.5 小時,目的是有足夠的時間消化早餐。眾所周知,如果飽腹感很強,跑起步來相當難受。因此,如果比賽發槍時間是 7 點至 8 點之間,通常需要在 5 點至 6 點之間起床。要預留去往起點的時間。

2. 早餐吃甚麼

賽前早餐很重要,這基本上是賽前最後一次補充能量,但又不能過度增加胃腸負擔。所以,應該選擇容易消化的食物,賽前飲食的基本要求是三少一多。所謂三少是指產氣食物少、食物體積小、

食物中油脂和纖維素含量少；一多則是指含熱量多。按照這一標準，稀飯、饅頭、普通麵包（油膩型麵包不可）、麵條（不可過鹹和過於油膩）、小量水果等通常是最佳選擇，而豆類、玉米、紅薯、油炸食品通常來說不是太理想。

當然，除了早餐，晨起後也應當攝入足夠的水，賽前讓身體充份水合，對於推遲跑馬拉松時身體脫水很有意義。

3. 吃過早餐則無須再補糖

一些跑者怕早餐攝入熱量不夠，在發槍前還會喝點運動飲料或吃點食物，這種做法可以，但一般來說沒有必要這樣做，主要看個人習慣。此時喝點運動飲料是允許的，但不要吃士力架之類的高能量食物，這會增加飽腹感，且不易消化。也不要在賽前吃能量膠，會導致起跑時不太舒服。可以吃半根或 1/3 根香蕉。

三、從發槍到衝過終點

1. 發槍時你可以激動不已，但還要保持一份理性

當幾萬人擁擠在賽道等待比賽發槍時，那種激動人心的場景會讓人心潮澎湃，跑者往往會感覺自己狀態奇好。在發槍後，也忘記了自己的能力，隨着人流拼命往前跑，加之沿途熱情的觀眾不斷加油鼓勵，更使得參賽選手容易失去理智。在比賽中，拼命跟着別人跑，而不是按照自己的節奏，結果就是很容易導致體能迅速消耗。起跑時，要注意壓住自己的速度，堅定地按照自己計劃的配速奔跑。

2. 逢站必進，小量多次，補水補鹽

對於多數選手而言，遇到補給站點應當逢站必進，但每次不應當喝太多，每次喝水或者喝運動飲料 100-200 毫升，大約 2/3 紙杯或者 1 紙杯，小量多次。在跑馬拉松第一個小時，補水即可。比賽開始 1 小時後，由於出汗量大，鹽分也產生明顯丟失，這時為了維持電解質平衡，有補充電解質的必要性，首選運動飲料。同樣逢站必進，也可以每次飲用一半水，一半電解質飲料。

3. 如何補糖

馬拉松比賽中補糖對於彌補體內糖原消耗、減少飢餓感、推遲疲勞出現具有重要意義。補糖的基本策略是 10 千米以後，逢站必進。賽中補糖不是以吃飽為目的，吃飽會明顯增加胃腸不適，應當小量多次。

4. 能量膠如何吃

每隔 8-10 千米，可以補充自備的能量膠或能量棒。在補充能量膠（棒）時，要注意與適當補水一起進行，因為能量膠（棒）含糖量極高，進食後反而導致吸收變慢，而通過進食補給與補水同時進行，可以達到稀釋糖分的目的。大部份能量膠最合適的用水量在200-300 毫升，相當於普通礦泉水瓶的一小半。注意，士力架等食物並不適合比賽補給，馬拉松比賽得吃專業的能量膠。

5. 配速策略

首先根據自己的能力制定一個目標，例如全馬比賽是 5 小時

完賽，還是 4 小時完賽，然後按照一定配速去跑就可以。完賽時間和配速是跑者制定跑馬策略的主要依據，但配速是一個絕對強度指標，在某種配速下，如果你的心率過高，跑 5 千米、10 千米是沒問題的，但想要以高心率完成馬拉松基本不可能。所以，以平穩配速完成比賽最佳。如果無法保證全程勻速，先快後慢，先跑後走也是允許的。

四、跑馬拉松時緊急情況的應對

1. 抽筋

如果發生抽筋，最簡單直接的方法就是做肌肉反向持續牽拉，直至疼痛感消失為止。跑馬拉松時最容易抽筋的部位是小腿、大腿前側與大腿後側。當然，一旦開始抽筋，基本上就意味着後面會不斷抽筋，你只能降低配速，邊跑邊走、邊抽筋邊拉伸。所以，不要貿然跑馬拉松，要經過充份準備才參賽。

2. 岔氣

以下是預防和應對岔氣的處理方法：發槍前進行充份的熱身活動，即使熱身後開跑，也不建議一上來就猛衝。跑步時呼吸節奏很重要，適當控制呼吸頻率，加強呼吸深度，並且呼吸要與跑步動作配合，兩步一吸兩步一呼，三步一吸三步一呼均可。當發生岔氣時，降低跑步速度，加深呼吸或者停下並按壓痛點，一般能有效緩解疼痛。實在不行，只能停下休息或者尋求醫療點的幫助。

3. 撞牆

撞牆是肌肉疲勞、神經疲勞、體內糖消耗殆盡等多種因素共同作用的結果。面對撞牆，只能選擇降速，跑走結合，多吃補給，慢慢緩過來。

即使已經做到了非常精細化地補糖，撞牆仍有可能發生。撞牆與抽筋一樣，本質是跑力不夠的一種體現。因此，想要從根本上消除撞牆，系統科學的訓練才是根本，而補糖主要起到錦上添花的作用。

五、臨近終點衝還是不衝

距離終點還有一兩千米或者看到終點大拱門時，跑者都會感覺精神為之一振，因為看到了勝利的曙光，這時跑者雖然身體已經極度疲乏，但往往會加快速度，奔向終點。臨近終點的衝刺有風險嗎？

如果你在比賽中一直保持平穩的速度，那麼心肺是以非常穩定的節奏工作，風險其實很小，危險容易發生在突然提速的時候，因為心臟在幾個小時的比賽中一直處於高負荷工作狀態，比賽後半程心率往往比前半程高就說明心臟已經出現了疲勞，這時提速，呼吸被迫迅速加快，突然的刺激使得心臟更加不堪負荷。而衝刺結束後，缺乏慢跑或者走路緩衝，心臟負荷突然消失，這樣的大起大落很有風險。所以，跑者最好以平穩的速度通過終點。

如果衝刺不可避免，那麼你能做的就是衝過終點後不要馬上停下來，而是降低速度再慢跑或者快走一段距離，讓心肺逐漸從

激烈狀態回到平靜狀態，讓肌肉繼續發揮擠壓血管、促進血液回流的作用。

六、總結

對於初級跑者而言，需要多學習跑馬拉松的攻略。對於資深跑者而言，則應不斷總結過去跑馬拉松的經驗。隨時評估自己的狀態，量力而行，健康完賽才能確保安全。

第四節 馬拉松比賽順利跑完的秘訣

很多跑者號稱自己跑完馬拉松了，但相當一部份跑者在馬拉松後半程由於體力衰竭，採用走或者走跑結合來進行，又或者因為疼痛、抽筋被迫減慢速度甚至停下來，走走停停。這樣即使勉強完成馬拉松比賽，實際上仍不具有「從頭到尾跑完馬拉松的能力」。事實上，相當比例的跑者不是「跑完」馬拉松，而是「熬完」馬拉松。

怎樣才能順利平穩地跑完馬拉松？第一，加強平時跑步訓練，提高耐力水平；第二，採用正確的比賽策略。

只有平時多跑步，認認真真積累跑量，才能從根本上提升耐力，讓你的身體能夠承受馬拉松那樣的極限運動量。而跑馬拉松**的關鍵策略就是按照適合自己的配速去跑，即以守住自己的心率**

的方式去跑。

一、全程心率過高是導致跑馬拉松時跑崩潰的主要原因

　　心率是衡量運動強度的一個重要個體化指標，在同等配速下，例如 6:00 配速下，心率低則說明身體對於該配速適應良好，跑起來很輕鬆，可以堅持很長時間或者繼續提升配速。如果心率高，則說明身體對於該配速適應不佳，身體反應很大，跑起來比較吃力，很難堅持很長時間。

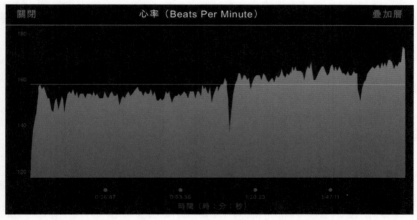

一位跑者參加半馬的心率數據圖：越到比賽後半程心率越高

　　同時，馬拉松比賽時間超長，由於疲勞、大量出汗導致身體脫水、體溫升高等因素，越到比賽後程，心率越高。這種現象又被稱為「心率漂移」，也就是說在馬拉松比賽後半程，即使配速不變，心率也會隨着時間推移而緩慢上升。

而在高心率下，心臟由於收縮期和舒張期明顯縮短，特別是舒張期的縮短使得心臟得不到休息，回心血量不足，導致心臟搏出量下降，這就意味着心臟拼命跳動，但其實效率已經明顯降低。

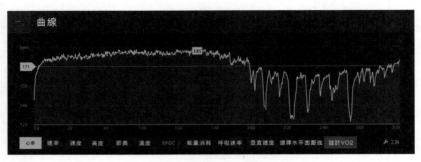

前程心率過高導致後程表現下降

心率過高是跑者疲勞、脫水、電解質紊亂、糖原耗竭等的集中表現。因此，跑馬拉松時心率過高成為跑者跑崩潰的重要原因。

二、跑馬拉松時應該依據心率去跑，而不是按照配速去跑

如果跑者按照配速跑馬拉松，為了維持配速，心率從比賽一開始就處於較高的狀態，後程由於「心率漂移」導致心率更高，從而直接導致身體崩潰。因此，安全理性跑馬拉松的一個重要策略是按照心率去跑，始終把心率控制在合理水平，當心率和配速衝突時，應當優先考慮心率。例如，如果你跑馬拉松時計劃配速為6:00，但是當配速達到6:00時，你的心率已經超過85%最大心率，

你就應該把配速降低，例如降為 6:30 甚至更慢，從而讓自己的心率降下來。當然，在這種情況下，意味着你無法按照預定配速完賽，你的完賽時間將長於計劃時間，但這樣可以避免引發安全問題，至少可以讓你跑完馬拉松，而不是到了後程走走跑跑，熬完馬拉松。

三、跑馬拉松時心率應保持在多少最為合適

- 如果你只是把跑馬拉松作為體驗，並不追求成績，你可以按照輕鬆跑的心率區間去跑，即把心率控制在最大心率的 65-78%。

- 如果你平時訓練有素，有一定成績追求，或者希望在這場比賽中實現個人最好成績，那麼你應該按馬拉松配速跑的心率區間去跑。所謂馬拉松配速跑是指比輕鬆跑心率稍高，但又不會明顯引起乳酸堆積的跑步配速，此時心率相當於最大心率的 79-84%。

- 專業馬拉松選手一般會按照馬拉松配速的最高心率去跑，即使是他們，也不會貿然讓自己的心率長時間處於抗乳酸跑的心率區間（相當於最大心率的 85-90%）。

- 不建議跑者在比賽中心率超過最大心率的 85%，即使超過，也僅僅是由於「心率漂移」現象，在最後 5-8 千米允許超過一點。

例如，一名 40 歲的跑者，假定最大心率為 180 次 / 分，那麼他跑馬拉松的心率區間應該介於 142-151 次 / 分，該跑者比賽全程

心率不應超過 151 次／分，如果長時間超過 151 次／分，達到 160 次／分，那麼這名跑者應該通過主動降低配速，讓自己的心率降至 151 次／分。即使這名跑者在心率達到 160 次／分的時候仍然感覺良好，仍然要讓自己配速降下來，因為此時雖然感覺還不錯，但再跑 10 千米、15 千米，心率還將進一步上升，心率過高時，乳酸堆積、疲勞將不可避免，進而會出現撞牆、抽筋等狀況。

當然，對於資深跑者而言，心率區間可以適當放寬，且允許後半程呈現一定「心率漂移」。一方面由於資深跑者基礎較好，可以承受相對更高的心率水平，另一方面，資深跑者本身最大心率隨年齡增長而下降的幅度較小。

心率漂移值＝（B-A）÷A×100%，這樣就可以得出心率上升的比率。下表給出了一定的比率等級用以判斷目前基礎體能水平，只要能夠維持在 10% 之內就算是優秀，在 5% 之內就能夠達到精英級別。

等級	0	1	2	3	4	5	6
心率漂移（%）	25%	20%	18%	16%	15%	14%	13%
等級	7	7.5	8	8.5	9	9.5	10
心率漂移（%）	12%	11%	10%	7%	5%	3%	1%

四、總結

眾多跑馬拉松策略都只是起到錦上添花的作用，最為關鍵的

是要守住自己的配速，守住自己的心率，讓自己的心率始終保持平穩，不超上限，這樣才可以讓自己安全、順利地跑完馬拉松。

第五節　馬拉松比賽一路吃喝可以預防抽筋嗎

在馬拉松比賽中，特別是後半程，肌肉抽筋是常見的現象，發生率非常高。不僅初級跑者、準備不足者容易抽筋，一些多次跑馬拉松的資深跑者在比賽中仍然可能出現肌肉抽筋的狀況。

傳統觀點認為抽筋是由於水分和鹽分隨着大量出汗丟失所致，醫學界和普通大眾往往對於這種說法也深信不疑。甚至 92% 的運動員教練認為，脫水或電解質丟失造成了肌肉抽筋。因此，在馬拉松比賽中，非常強調補水補鹽，例如多次喝運動飲料、吃能量膠、吃香蕉或其他固體食物，甚至是吃鹽丸。馬拉松比賽中一路吃喝可以起到預防抽筋的作用嗎？本節將以精確的數學計算的方式告訴你真實結果。

一、一場全馬比賽隨汗液丟失了多少鹽

一場全馬比賽對於大眾跑者而言，需要花 4-5 小時，那麼在長時間劇烈運動中，你大概丟失了多少鹽分（鈉）？研究顯示，在跑步這樣的劇烈運動中，每小時出汗量可以達到 1 升，而 1 升汗液含

鈉 2.7 克。如果以 4 小時計算，一名跑者在一場全馬比賽中的鈉丟失量為 10.8 克，即將近 11 克。

二、喝運動飲料可以補充鹽分丟失嗎

如果採用最佳的補水方式，即逢站必進，小量多次，那麼一場比賽下來，你可以補充多少水分和鹽分？以每 2 千米一個補給站點為例，42 千米的全馬比賽補給站點大約為 21 個，如果每個站點都喝 200 毫升運動飲料（這是美國運動醫學會建議的運動中小量多次補水的上限），那麼一場比賽下來你喝了 4,200 毫升運動飲料。

那麼這 4,200 毫升的運動飲料含有多少鈉？以運動飲料的代表——佳得樂來計算，每 100 毫升佳得樂含鈉 45 毫克，那麼喝了 4,200 毫升佳得樂後，相當於攝入 1,890 毫克鈉，約等於 2 克鈉。顯然，只靠小量多次喝運動飲料並不足以補充丟失的電解質。

三、比賽中吃能量膠能可以補充多少鹽

既然比賽中光喝運動飲料不足以補充鹽分，那麼就得靠別的方式進一步補充鹽分，吃能量膠是跑者常採用的方式。除了在補給站點拿點香蕉或其他固體食物，跑者一般也會自備幾袋能量膠。那麼，能量膠可以補充多少鹽分？以最有名的 GU 能量膠來計算，一袋普通 GU 能量膠通常重 32 克，含有熱量 100 千卡，其中鈉的含量為 55 毫克。一般來說，馬拉松比賽中每 8-10 千米補充一個能量膠，也就是說一場全馬比賽需要補充能量膠 4 根，即一場全馬比賽

吃 4 個能量膠可以補充鈉 220 毫克，也就是 0.2 克。顯然，能量膠不是補鹽的最佳方式。

四、比賽中吃鹽丸可以補充多少鹽

既然喝運動飲料和吃能量膠都不足以補充丟失的鹽分，那麼就剩最後一個武器——鹽丸，即專門補充電解質的藥丸。以最有名的品牌 saltstick 來計算，一粒 saltstick 鹽丸含有鈉 190 毫克，按照使用建議，每 10 千米補充鹽丸 1 粒，一場馬拉松最多吃 4 粒鹽丸。這樣計算，通過吃鹽丸能補充的鈉為 760 毫克，即不到 0.8 克，同樣不足以補充丟失的電解質。

五、運動飲料、能量膠、鹽丸三者之和都不足以補充 丟失的鹽分

上文分析結果如下。

一場馬拉松比賽會因為出汗丟失約 11 克鹽。
小量多次喝運動飲料可以補充約 2 克鹽。
吃能量膠可以補充約 0.2 克鹽。
吃鹽丸可以補充約 0.8 克鹽。
運動飲料、能量膠、鹽丸總計可以補充 3 克鹽。

綜上所述，按照最科學、最規範的方式，在全馬比賽中，逢站

必進，每次喝運動飲料 200 毫升，全程吃 4 個能量膠和 4 粒鹽丸，看上去已經吃下去不少東西，但相比鹽分的丟失量，補充量顯得遠遠不夠。當然，這是在不考慮其他食物的情況下計算出的結果。如果在比賽過程中，你還吃了很多固體食物，例如香蕉、各種點心甚至榨菜，那麼鹽分補給量就更複雜了。有鹹味的食物才是我們日常攝入鈉的主要渠道。在比賽結束後進食，它們才是補充電解質丟失最主要的渠道。

運動時，特別是在馬拉松這樣的極限強度運動下，的確會有電解質丟失和身體脫水現象，但如果胡亂補充，反而會加劇電解質紊亂，甚至引發更危險的情況發生，因為某些電解質紊亂或者亂補電解質有致命危險。儘管無法足量補充丟失的鹽分，但是在全馬比賽中，逢站必進，每次喝運動飲料 200 毫升，全程吃 4 個能量膠，吃 4 粒鹽丸已經是足夠正確的補給方式。

六、肌肉抽筋不僅僅只是脫水脫鹽所致，疲勞和個人體質才是罪魁禍首

正如前文所述，即使按照最科學的方式進行補給，我們仍然不足以補充丟失的電解質，那麼真的是電解質丟失導致肌肉抽筋嗎？當跑馬拉松時出現肌肉抽筋，最快最有效的緩解方式是拉伸。如果是電解質丟失和脫水引起的肌肉抽筋，拉伸應該沒有效果，因為拉伸根本不會增加體內電解質含量或電解質濃度，但拉伸的確是跑馬拉松時解決抽筋的唯一辦法。

科學研究顯示，那些曾經發生肌肉抽筋的人在馬拉松比賽中更

容易抽筋。是否發生抽筋與脫水、電解質丟失關係不大，也就是說，即使一路上不斷補水補鹽，也無法完全避免抽筋。是否發生抽筋更取決於你的個人體質、肌肉能力和體能水平。

七、一路吃喝都比不上好好訓練，提高能力

事實上，抽筋是肌肉過度疲勞時的反應，脫水和電解質丟失最多只是誘因，而不是直接原因。體能水平是決定是否抽筋的根本原因。當經過系統訓練後，你的肌肉承受能力提高，體能改善了，抽筋自然出現得少了。當然這並不是說比賽時不需要補水補鹽，只是說平時跑得少，即使一路吃一路喝，照樣抽筋。另外，抽筋跟個人體質也或多或少存在關係。

八、總結

跑馬拉松時，補給是重要的，因為可以部份補充丟失的電解質和水。但不要過度相信鹽丸等補給品，它們不可能起到預防抽筋的作用，其心理作用大於實際作用。扎扎實實地訓練，有準備地參賽，才是順利完賽、享受比賽、避免抽筋的真諦。

最詳盡的馬拉松賽後恢復指南

馬拉松到底對人體有甚麼影響？賽後如何促進恢復？

一、馬拉松比賽對身體的影響

在馬拉松比賽中，身體的肌肉、肌腱、韌帶甚至是身體每一部份都面臨生理學方面的嚴峻挑戰。多數情況下，你可以堅持到終點，可是你的身體實際上一直頂着巨大的壓力。

1. 肌肉損傷

一項科學研究調查了馬拉松比賽中小腿肌肉的損傷程度。賽後小腿肌肉會發生明顯的局部炎症，這些都會明顯地影響肌肉的爆發力和耐力，並產生嚴重的肌肉延遲性痠痛。這項研究清楚地揭示了馬拉松會導致肌肉變得非常虛弱，這就需要足夠時間進行恢復。讓身體休息一段時間是為了接下來更有效地再次投入訓練。

2. 細胞損傷

細胞損傷的標誌物被稱為肌酸激酶（CK），通過對 CK 的測量，可以精確地測定馬拉松比賽後的細胞損傷程度。損傷程度越嚴重，血液中 CK 濃度就會越高。有研究表明，在馬拉松比賽後的 7 天裏，血液中 CK 的含量持續升高；另一項研究則表明，肌紅蛋白（另一項代表肌肉損傷的標誌物）在馬拉松比賽後 3-4 天一直保持

較高水平。細胞損傷已經發生，要讓受損細胞完全恢復，只能通過休息。與肌肉痠痛感不同的是，這些體內生化指標的變動並不會有明顯的感覺，跑者往往以為沒有痠痛感就代表完全恢復了。其實此時細胞損傷仍然存在，因為細胞修復所需時間明顯長於肌肉痠痛感消失的時間，沒有痠痛感並不意味着身體已經恢復。

3. 免疫系統

馬拉松比賽後人體的免疫系統也會受損，這就是為甚麼長時間劇烈運動後人容易發生感冒的原因，這被稱為「開窗理論」。免疫系統因為受損而為病原體侵入人體提供可乘之機，如同為病原體打開窗戶。過度訓練使免疫系統被抑制，帶給你的不會是更好的成績，而是脆弱的身體。

二、馬拉松比賽後不宜馬上做拉伸

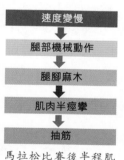

馬拉松比賽後半程肌肉發生的變化

右圖顯示了跑者在馬拉松比賽後半程中，身體和肌肉發生的一些變化。剛開始，主要表現為配速下降，提示肌肉疲勞已經開始發生，這時你當然會繼續堅持比賽，慢慢地你會感覺邁腿動作已經變成機械動作，再往後你會逐漸感覺腿腳似乎已經失去知覺，或者腿腳有麻木感，此時提示的不光是肌肉疲勞，神經疲勞也在進一步發展，肌肉是受神經控制，所以接下來，你會感覺肌肉局部隱隱抽搐，類似半痙攣狀態，最終可能演變為較為明顯的肌肉抽筋。

1. 跑馬拉松後很多跑者肌肉處於半痙攣狀態

完賽跑友中，從肌肉疲勞角度來看，無非分為兩種情況：一種是抽筋，一路堅持到終點；另一種則是沒有明顯抽筋，但到達終點後肌肉其實已經處於半痙攣狀態，即腿腳基本已經不太利索。

2. 跑馬後立即拉伸並不是最佳選擇

平時跑完步後進行拉伸，無疑是正確的做法，跑後拉伸可以達到消除肌肉緊張、緩解疲勞的作用，但跑完馬拉松後，肌肉處在半痙攣狀態下，如果立即進行拉伸，反而可能引發抽筋，造成不良後果。

肌肉是彈性體，當肌肉被拉長時，會導致肌肉反射性收縮，目的是對抗被拉長。被拉長的幅度相對越大，肌肉自身產生的對抗拉長的力量也就越大，這種生理現象稱之為牽張反射。

跑馬拉松結束時，肌肉已經處於半痙攣狀態，也就是說處於半強直收縮狀態，此時如果立即進行力度較大的拉伸，就會引發肌肉進一步收縮，從而誘發明顯的抽筋。這也解釋了為甚麼有些跑者跑馬拉松時沒有發生抽筋，而在賽後拉伸或接受拉伸服務時，反而發生抽筋。

3. 衝過終點後需要做甚麼

綜上所述，跑馬拉松結束後，沒有必要忙着拉伸，可以原地走走，或者輕輕抖動雙腿，讓肌肉逐漸從長時間激烈運動狀態回到安靜狀態。半小時後，待身體給予肌肉的信號是運動已經結束該放鬆時，就可以進行拉伸了。

三、比賽當天多管齊下才能促進恢復

比賽當天認真做好恢復不僅能夠快速有效地消除疲勞，減少各種跑後不適，還可以在一定程度上降低運動損傷的發生概率。馬拉松對於人體造成的疲勞很深，所以也應該「多管齊下」，盡可能做好賽後恢復。

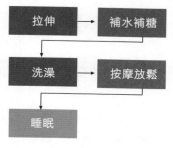

賽後恢復五部曲

1. 跑馬拉松後先放鬆走跑一會兒，然後就地拉伸

跑步結束後，不要立馬進行拉伸，而是以很慢的速度跑 15-20 分鐘，或步行 30-60 分鐘待心肺從非常激烈的狀態緩過來時再進行拉伸，這樣也可以預防突然停止運動後發生重力性休克。

2. 跑馬拉松後盡早補糖補水有助於消除疲勞

跑馬拉松結束後，體內糖虧空，身體也基本處於脫水狀態，消耗很大。大量運動營養學研究證實，運動結束後盡早補糖補水有助於糾正電解質紊亂，消除疲勞，其效果遠遠優於運動後過一段時間再補糖補水。

雖然在比賽中已經注意不斷補糖補水，但在跑步過程中，為了減輕腸胃負擔，一般不會大吃大喝，而採用小量多次的方式進行補給，也就是說比賽中的補給不足以補充身體消耗，賽後身體仍然處於脫水和能量虧空狀態，所以還需要在賽後更積極地補給。喝水、喝運動飲料、吃香蕉、吃能量棒、吃甜點等都可以。

一般來說，賽後尿液從黃色變成澄清透亮的顏色才說明你已經從脫水狀態完成了水合過程。如果尿液一直是黃色，你就需要不斷補水。

當然，賽後吃飯也屬於補糖的過程。由於跑馬拉松時，血液集中供給於肌肉，腸胃長時間處於缺血狀態，賽後一般胃口並不會太好，你可以先吃點能量膠或麵包以補充能量，運動結束後一小時待腸胃功能恢復再吃飯。當然最好選擇營養均衡的飯菜，多吃主食，例如米飯、饅頭、麵條以及蔬菜等。強調賽後大吃一頓並不可取，這在某種程度上只會增加機體的負擔。賽後就餐應當選擇清淡、易於消化的食物，減少油膩食物的攝入，適當攝入優質蛋白質，如魚蝦類。

3. 洗澡是消除疲勞的重要方式

洗澡是消除疲勞的重要方式，但跑後不要立即洗澡。因為跑步結束後的一段時間內四肢肌肉仍然會保持較高的血流量。如果此時洗澡，當熱水沖向身體時，會進一步增加皮膚和淺層大肌肉群的血流量，進而導致身體其他部位血流量不足，尤其是大腦和心臟，容易引起暈厥。

正確的洗澡時間和方法如下。

（1）一般來說當跑步結束後 45 分鐘到 1 小時，人體體溫基本恢復正常，汗液不再產生，這時是相對科學和安全的洗澡時間段。

（2）水溫調至溫水最為適宜，一般來說，冬季水溫不要超過42℃，夏季水溫保持 37℃ 最佳。

（3）洗澡時間不建議過長，一般不超過 20 分鐘。洗澡時間過

長，血液流向全身，回心血量不足，容易引發暈厥。長時間在相對
較熱和密閉的環境中也容易造成缺氧和眩暈。

4. 洗完澡後用放鬆工具做按摩放鬆

跑馬拉松後肌肉疲勞程度較深，光靠牽拉顯然遠遠不夠，應用
泡沫滾筒、按摩棒等滾揉按摩工具，它們在消除肌肉痛點、降低肌
肉張力方面作用更勝一籌。將肌肉牽拉與肌肉放鬆有機結合，可以
充份發揮各自優勢，進而最大限度放鬆肌肉。

5. 充足的睡眠很重要

睡眠是消除疲勞最重要的方式之一，但這一點往往被跑者所忽
視。大部份跑者都是職業人群，都有自己的工作，如果跑量很大，
又睡得很遲，就很容易導致睡眠不足而使得疲勞得不到及時清除。
在專業運動隊裏，至今仍施行定時熄燈制度，其目的就是要保證運
動員有足夠的睡眠時間。避免睡前興奮、保持黑暗環境、調低房間
溫度，這都有利於幫助身體進入睡眠狀態。

當然，有些時候，在極度疲勞時，如跑馬拉松結束後，雖然感
覺身體很累，但往往睡眠反而變差，這主要是由超長時間劇烈運動
導致大腦疲勞所致。

6. 強化恢復措施

有條件的跑者可以採取更多強化措施來恢復體力、消除疲勞。
這些措施如下。

冰水泡腳：將雙腿短時間浸在冰水中，是前女子馬拉松世界紀

錄保持者拉德克里夫的常勝秘訣。時間不要過長，10-15分鐘即可。但是冰敷對於消除疲勞的作用並沒有被研究所證實，冰敷所引發的血管收縮、血流減慢反而可能不利於機體修復過程，所以跑者還是根據自己實際感受選擇性使用。

足療：通過對雙腳的經穴、反射區施以手法按摩，可以達到放鬆小腿、消除疲勞的作用。

壓縮襪：研究發現，運動之後24小時繼續穿著壓縮襪的受試者，主觀肌肉疲痛感也減輕，說明壓縮襪具有加速恢復、更快消除疲勞的作用。所以，跑者不僅跑步時可以穿壓縮襪，跑完步後，特別是跑完馬拉松後也可以再換一雙乾淨的壓縮襪，這樣可以加速消除疲勞。

四、比賽結束後何時恢復跑步

1. 關於恢復時間的科學證據

科學證據支持馬拉松比賽後要進行足夠的恢復，許多精英馬拉松運動員也是這麼做的。美國奧運選手德斯瑞達維拉就曾在接受採訪時透露，自己在比賽後安排了一個月的恢復期，其中前兩週徹底放鬆，接下來的兩週以非常輕鬆的訓練量逐漸開始恢復。

最大攝氧量反映的是運動時運輸和利用氧氣的最大能力，它是評價跑者能力的最佳指標之一，這個指標也常常用來評價停止訓練後，耐力的下降程度。最近的研究表明，訓練有素的運動員在停止跑步6-7天後最大攝氧量幾乎沒有減少（只下降1-3%）。甚至兩週不跑步後最大攝氧量也僅僅減少6%。既然指標下降不明顯，跑

者可以放心休息，耐力略微下降帶來的是煥然一新的身體，過不了多久，你的最大攝氧量又會回到正常水平。

　　一名優秀跑者如果 5 千米耗時為 20 分鐘，那麼這個成績所對應的最大攝氧量為 49.81 毫升／千克／分。假設這名跑者休息了 7-10 天，他的最大攝氧量從 49.81 下降至 48.49，那麼他再跑 5 千米時間為 20 分 30 秒，也就是說休息 7-10 天使得成績只下降了 30 秒，幾乎可以忽略不計，所以一定的休息並不會導致耐力明顯下降。此外，耐力的輕微下降會很快借助恢復訓練而迅速提高。只要再經過 3-4 週訓練就可以重回最好耐力水平。

　　梅布恐怕是說明運動員回到巔峰狀態到底有多快最好的例子。在 2012 年的紐約馬拉松比賽後，梅布由於意外的足部感染被迫休息 3 個月。在僅有 70 天準備 2012 美國奧運馬拉松預選賽的情況下，梅布的身體快速地恢復並拿到了通往倫敦奧運會的門票。梅布的故事還沒結束，在備戰倫敦奧運會期間，他又因為傷病被迫休息了兩週，結果再次恢復訓練的他獲得了倫敦奧運會馬拉松比賽第四名。

2. 需要多長時間才能恢復訓練

　　大多數教練和精英運動員建議在跑馬拉松後應該進行至少一週到兩週左右的休息。如果對跑步太過渴望的話，可以嘗試很輕鬆的慢跑甚至散步，注意這裏的慢跑不是排酸跑。一週後，可以開始進行為期兩週非常輕量的賽後訓練。馬拉松比賽後恢復跑步應該是一件需要謹慎對待的事情，這對於長期健康的跑步是必需的，因為讓你的身體恢復和得到充份休息將為你下一段訓練的開始奠定良好基礎。

五、總結

馬拉松所具有的超長時間、超大強度特徵決定了一場比賽會給身體帶來很強烈的疲勞感，賽後你需要重視讓身體恢復，並採取更多積極的恢復措施。沒有疲勞就沒有訓練，沒有恢復就沒有提高。重視恢復既是科學理念，也需要方法和技巧。

第七節　馬拉松比賽後需要做排酸跑嗎

因為馬拉松比賽強度大、時間長，導致乳酸堆積在體內，所以跑馬拉松後第二天肌肉感覺明顯痠痛，這時通過慢跑，排出體內的乳酸，即為排酸跑。

一、排酸跑的來歷

很多年以前，人們對於運動的認識還比較膚淺，多數的觀點來自於人們的感性認知。因為劇烈運動會導致肌肉產生明顯的痠脹感，運動強度越大，這種痠脹感越明顯。由於運動時的痠脹感主要是由於乳酸堆積引起，因此，乳酸就成為這種樸素認知的起點。

人們發現，除了劇烈運動本身會引發肌肉痠痛外，在參加完一次超出平時正常活動量的運動後，接下來幾天，肌肉仍然會表現得十分痠痛。人們就自然地認為乳酸一直堆積在體內，為了克服痠痛，只能繼續運動，直至乳酸徹底排出為止，排酸跑由此而來。

無傷跑法

二、無論運動多劇烈、時間多長，乳酸都會在運動後半小時內消失

運動時的痠脹感的確是乳酸堆積引起的，這種痠脹感還是導致身體疲勞的重要原因之一。但無論運動時間有多長、運動強度有多大以及運動後是否做拉伸，運動時體內堆積的乳酸都會在運動結束後半小時內被完全清除。

首先，這些乳酸大部份會被徹底分解為水和二氧化碳並釋放能量；其次，還有一部份乳酸在肝臟重新轉變成糖存儲起來（這一過程專業術語稱為「糖異生」）。乳酸清除的過程需要 5-10 分鐘，最多不超過 30 分鐘就會完成。

三、甚麼原因引起跑馬拉松後第二天肌肉痠痛

這種運動後當天肌肉反應不明顯，在運動後第二天出現明顯肌肉反應的現象稱為延遲性肌肉痠痛。通常來說，延遲性肌肉痠痛會在運動後幾小時或一夜之後出現，所以具有延遲出現的特徵，同時，這種症狀消失得比較緩慢，短則兩三天，長則 3-7 天才能完全恢復。

目前主流觀點認為，運動後的肌肉痠痛現象主要是由肌肉細微損傷引發。也就是說，由於運動量超過平時正常能承受的負荷量（例如跑馬拉松、挑戰新的距離、挑戰新的配速），機體不適應，從而導致肌肉的細微損傷。肌肉在修復過程中，引發了炎症反應，導致肌肉痠痛。這樣的細微損傷不同於肌肉拉傷，肌肉拉傷是肌肉

較大面積的急性損傷，立馬會出現腫脹甚至瘀青，而延遲性肌肉痠痛主要發生在微觀層面，肉眼根本看不見。

而且，延遲性肌肉痠痛雖然被稱為痠痛，但其實主要是痛，而不是痠，運動時的肌肉痠痛則主要是痠，而不是痛。

四、既然無酸可排，跑馬拉松後第二天接着跑步有意義嗎

乳酸不可能長時間堆積在體內，自然也就不存在排酸的概念，因此，排酸跑本身是一個錯誤的說法。

跑馬拉松後特別是初次跑馬拉松後，肌肉的細微結構已經受傷，機體這時會啟動修復機制，你需要做的就是休息，繼續跑步容易刺激肌肉，導致修復延遲，甚至加重損傷。這就是為甚麼排酸跑後第二天很多跑者仍然反映肌肉痠痛的原因。有些跑者甚至錯誤地怪自己排酸跑跑得太短，沒有達到排酸的效果，並進一步加大運動量，這時就會導致肌肉反覆細微損傷，並引發更為嚴重的炎症反應。所以，排酸跑不是跑馬拉松後的標配，跑馬拉松後進行休息才是最好的恢復措施。

五、為甚麼有些跑者覺得排酸跑有效果

既然跑馬拉松後第二天應該休息，但為甚麼有些跑者覺得排酸跑後的確肌肉痠痛感減輕了？在肌肉痠痛很明顯時，中低強度運

動具有即刻緩解痠痛的效果，但這樣的效果持續時間非常短暫，一兩個小時後痠痛感又會再次來襲；對於那些資深跑馬者而言，跑馬拉松第二天肌肉只是有些輕微痠痛，到了第三天也就自然消失了，這不是來自於排酸跑，而是來自於肌肉自然恢復過程，如果恰恰在跑馬拉松後第二天進行了排酸跑，這樣就會誤以為是排酸跑在起作用。

所以，排酸跑最多可以理解為積極性恢復。所謂積極性恢復是指在大強度運動後，再進行一些較小強度的運動以促進恢復和消除疲勞。但目前沒有足夠證據證明，恢復性跑步有助於消除延遲性肌肉痠痛現象。

六、跑馬拉松後的肌肉痠痛其實沒有措施可以有效緩解，提高能力是根本

跑馬拉松後第二天出現的肌肉痠痛會帶來很不舒服的感覺，甚至影響工作生活，例如無法下樓、行走困難。但越來越多的研究證據表明，運動後拉伸並不能有效防止或減緩延遲性肌肉痠痛症狀（但運動後拉伸可以改善肌肉彈性）。

冰敷、按摩、針灸等措施在經過嚴格測試和研究後發現，對於緩解疼痛的效果都很微弱。當然，上述方法多管齊下也許可以輕微緩解肌肉痠痛。但即使輕微緩解了痠痛，也沒有證據表明這些方法可以加速機體恢復到正常功能，僅僅只是緩解症狀而已。因為疼痛減輕並不代表機體恢復，深層肌肉損傷和功能降低仍在持續，而完全恢復功能需要 1-2 週。

也就是説，跑馬拉松後第二天肌肉痠痛現象就是身體對於負荷不適應的一種正常現象，它難以從根本上消除，即使不做任何處理，過幾天身體也可以自行恢復，並且恢復後身體會變得更加強壯。

這也是為甚麼初次跑馬拉松時肌肉反應劇烈，而在參加第二個、第三個馬拉松比賽時，肌肉反應就會明顯減輕。因為肌肉已經形成記憶並且練就得更為強大。能力得到提升，可以應付馬拉松，延遲性肌肉痠痛現象自然就出現得越來越少。

七、總結

跑馬拉松後第二天出現的肌肉痠痛是正常現象，無須進行任何處理，過幾天會自然緩解，這時積極地通過拉伸按摩等方式加速痠痛消除也許能獲得一點心理安慰。

如果痠痛很明顯，你需要的是完全休息，給予肌肉足夠恢復和修復的時間；如果痠痛感比較輕微，不是不能跑步，但不要把痠痛消除歸結為排酸跑，只不過是肌肉自然恢復讓你誤以為是排酸跑在起作用。